—————— 阅读之前 没有真相

午 夜 文 库

狩猎聚会
The Hunting Party

［英］露西·福利 著
梁清新 译

新 星 出 版 社　NEW STAR PRESS

怎能忘记旧日朋友
心中能不怀想

现在

二〇一八年一月二日

希瑟

我看到有人在漫天飞雪中跋涉而来。透过白茫茫的雪幕远眺,他几乎不像是人,更像一道影子。

当那人走近时,我才认出他是猎场看守道格。

他正形色匆匆地向别墅赶来,想要奔跑,但飘落的雪花妨碍他前行。他每走一步都跌跌撞撞。即便看不清他的脸,我也有预感——出事了。

待他走近,我看见他面色凝重,带着惊恐。我之前见过这种表情。人只有在目睹非同寻常且可怕的事之后,才会如此。

我打开别墅门,让他进来。屋里随之涌进一股冰冷的空气和一团飞雪。

"出什么事了?"我问他。

一阵漫长的停顿——他气喘吁吁。可还没等他开口,他的眼神已经告诉了我答案,我接收到他无声传递来的恐惧。

终于,他开口说话了:"我找到了失踪的客人。"

"啊,那太好了,"我说,"在哪里——"

他摇了摇头,我到嘴边的话戛然而止。

"我找到了一具尸体。"

三天前
二〇一七年十二月三十日
艾玛

跨年夜。这是大家多年来第一次相聚。我和马克，米兰达和朱利安，尼克和博，萨米拉和贾尔斯，还有他们六个月大的孩子普利亚。还有那个凯蒂。

这是我们为期四天的冬日度假，在一片叫作科林湖的高地荒原。那是相当高端的度假地：他们每年只允许办四场派对——其余时间只用作私人住宅。你也许猜到了，每年的此时是旺季。我不得不早在去年新年后的第二天，等预订一开放就马上预订。与我通话的那位女士向我保证，因为我们一行人包下了大部分住宿，应该能独享整片地方。

我从包里取出宣传册。厚厚的卡片，价格不菲。上面是一片冷杉环绕的湖泊，身后耸立着石楠花色的山峰，虽然它们现在很可能已被积雪覆盖。照片里，那幢狩猎者之屋，用宣传册里的广告词来说，就是"新兴别墅"——是一座别具一格的玻璃房。它是超现代的作品，是最近在蛇形画廊①设计建造夏季展厅的大师

---

①蛇形画廊，位于伦敦肯辛顿花园蛇形湖畔的一座美术馆，包含两处展馆，是伦敦颇受欢迎的当代艺术展馆。

手笔①。在我看来，其设计理念旨在让玻璃房与宁静的湖水融为一体，映照出周围景色和身后峰峦硬朗的线条。

相较之下，玻璃房附近那一小片住宅区不免黯然失色，星星点点的几座房子，仿佛挤在一处抱团取暖。都是些小木屋；一对情侣住一间，但我们会在其中稍大的那座射击屋里吃饭。除了第一晚的高地晚餐——"一场当地时令农产品的盛宴"——我们需要自己做饭。我喜欢烹饪。他们会为我提前订好食材。我提前寄去一份详细的清单：新鲜松露、鹅肝、牡蛎——我计划在跨年夜准备一顿丰盛的晚餐。

这段旅途颇为惊险。道路一侧是大海，行道蜿蜒，仿佛稍有不慎就会越过边缘栽进海里。海水是石灰色的，暗潮汹涌。在一处峭壁顶部，绵羊成群结队，好像在取暖。风声猎猎，不时拍打车窗，而每当这时火车就会随之一阵战栗。

我很恼火，其他人似乎都睡着了，就连小宝贝普利亚也睡得香甜。贾尔斯居然还在打鼾。

"看呐，"我想要说，"看这里有多美！"

这次旅行的攻略是我做的，所以某种程度上我觉得自己有责任：担心大家玩得不尽兴，担心旅途不尽如人意。像窗外这种充满大自然原始野性的美景，已然说明我成功了一小步，一种自豪感油然而生。从照片来看，实景会更天然、更美丽。

他们全都睡着也不奇怪。大家一大早起来赶火车——米兰达当时似乎对这么早起来颇有微词。当然，之后大家都喝了些

---

①此处设计大师应指伊拉克裔英国女建筑师扎哈·哈迪德，其设计风格大胆前卫。

酒。马克、贾尔斯和朱利安早早就去饮料推车买酒,那时火车刚开到唐卡斯特附近,尽管当时才上午十一点左右。他们就喝到微醺,热情地大声攀谈(几个邻座似乎也不以为意)。他们三个很容易就打成了一片。男人的友情更简单。无论距离上次见面已经过去多久,他们似乎都能毫不费力地重拾过往那段单纯的友情岁月——尤其是在斯特拉斯夫妇的帮助下。

说起尼克和博,博是尼克的美国男友,并不算是这个男孩俱乐部的一分子,因为尼克在牛津读书时就不是这个圈子里的……尽管凯蒂之前声称他们玩不到一起,个中缘由没这么简单——几个男孩虽然没明说,但心照不宣地恐同。尼克最开始是凯蒂的朋友。有时候,我能明显地感觉到,他没有那么喜欢我们其余这些人,他只是因为凯蒂才容忍我们。过去我一直好奇他和米兰达是不是相互看不顺眼。两人之间似乎有些隔阂。不过今天早上他已经表现得足够友好了。当我们从约克郡起程时,他当着一群喝着热啤酒的人的面,全然不顾他们嫉妒的目光,笑着从冰袋中取出一瓶冰镇桑塞尔白葡萄酒①。"他原本打算把金汤力装在易拉罐里,"博告诉我们,"但我没让他这么做。我们必须照原本的计划来。"

我和米兰达、尼克,还有博各自喝了一些红酒。就连萨米拉在下车前也决定小酌一杯——"种种最新证据表明母乳喂养时可以饮酒"。凯蒂起初摇摇头,她喝了一瓶汽水。米兰达看了她一眼,那目光冷得仿佛能把那瓶圣培露冻住。最后,她还是接过了酒杯。

我们刚上车时,座位有些混乱。每个人都筋疲力尽、心烦意乱,没有心思解决问题。原来预订的九个座位,其中一个不知怎么在下一节车厢,单独在一处。因为假期的缘故,火车上坐满了人，所以不可能调换位置。

"那明显就是我的座位。"凯蒂坚决地说，下巴上的肌肉紧绷。你看，凯蒂是单身，没有伴侣同行。我想，在某种程度上你可以说，这些天的旅行中，她比我更像是一个局外人。

"哦，凯蒂，"我说，"我很抱歉。我不知道这是怎么回事。我确定我预订的都是中间的座位，确保大家都能坐在一起。系统肯定自己改的。这样吧，你坐过来……我去那里。"

"不用了，"凯蒂说，笨拙地把手提箱举过已经坐在座位上的乘客的头顶，"没道理让你过去。我不介意。"

她的语气暗示了相反的意思。看在上帝的分儿上，我心想，只是坐火车而已。有必要这么较真吗？

其他八个座位在车厢中部，围着两张桌子，一边四个。不远处坐着一个老太太，她旁边是一个打着耳洞的少年——都是独自旅行。就在大家都对这场座位引发的混乱束手无策时，米兰达探过身去和老妇人说了什么，她金色的长发闪闪发光，施展着她的魔力。我看得出那个老妇人对她有多着迷：她出众的相貌、清晰的口齿、颇为古雅的口音。米兰达，只要她想，她就能展现出无穷魅力。认识她的人都曾接收过她释放的魅力信号。

哦，好，老妇人说，她当然会同意换座位。反正隔壁车厢可能更安静："你们年轻人，啊哈！"——虽然如今我们都早已青春不再——"而且，我更喜欢坐在前面！"

"谢谢你，曼达①。"凯蒂亲昵地说，可眼睛却没有真的在看米兰达。她的口气听上去是在感激，但看起来却完全不是那么一回事。我知道这对闺密近来很少见面，而萨米拉和贾尔斯要照顾

---

①米兰达的昵称。

婴儿分身乏术，这也就是说米兰达和我在一起的时间比以往任何时候都要多。我们一起购物，一起去喝酒，一起聊天。我开始觉得，她已经把我当成了她的朋友，而不只是马克的女朋友。

过去，凯蒂一直虎视眈眈地想要霸占我的地位。我知道我应该为她们之间关系疏远感到难过。她们以往总是形影不离。她们相识多年——关系好到就像是姐妹而不是朋友。过去，我感到被排除在外，那份亲密和过往我都无法触及。那样的友情不会给另一段友谊留下喘息的空间。所以在内心隐秘的角落，我感觉——嗯，非常高兴。

但愿凯蒂在这次旅行中不会找麻烦。我只希望此行顺利，大家都能玩得开心。跨年夜出游是一件大事，这是这群老友每年的惯例。在我融入这个集体之前，他们已经形成了传统。我想，在某种程度上，计划这次旅行是我很可怜的一次尝试，试图证明自己是其中一员，试图宣告自己终于正式得到接纳，被允许进入他们的"秘密圣地"。马克和我在一起三年了，好像已经足够长了。但事实并非如此。他们认识的时间都很久——在牛津上学时，他们就成了朋友。

我似乎永远是那个新来的女孩，不管过去多少年。我永远是最后一个进入这个圈子的闯入者。

凯蒂

科林湖车站小得可笑。一座孤零零的站台，背后是一座被铁轨覆盖的陡峭山坡，尽头隐没在云层中。路标采用国家铁路标准，看起来仿佛是个恶作剧。站台上覆盖着薄薄一层雪。上面没有脚印……因为这里没有其他人来过。我想到了伦敦的雪——几乎一落下就变得脏兮兮的，被成千上万的人踩在脚下。如果我需要什么进一步证据来证明我们距离城市有多远，那眼前就是：没有人来过这里，更不用说扫雪了。托托，我有一种感觉，我们再也回不了家了[①]。

我们经过那座小小的建筑。它看起来像废弃了一样，没透出一丝灯光。我不禁疑惑那间挂着指示牌的"候车室"多久使用一次，向内看去，里面还有装满书的书架。我们路过一个小隔间，玻璃窗脏兮兮的：是售票亭或是一间小办公室。我吓了一跳。和我想的一样，有人坐在里面，置身于昏暗的光线中。我只能辨认出一个轮廓：宽肩膀、驼背。我发现他正在观察我们。

"啊！"我惊呼一声。

"怎么了？"贾尔斯走在我前面，他转过身来。

"里面有人，"我低声说，"列车员之类的——吓了我一跳。"

[①]出自美国儿童文学作家莱曼·弗兰克·鲍姆的代表作《绿野仙踪》。

贾尔斯透过窗户往里窥视。"你说得对。"他假装从他的光头上取下一顶想象中的帽子。"早上好。"他用爱尔兰方言笑着打招呼。贾尔斯是我们团队的活宝：可爱、傻气——有时有些过头。

"那是爱尔兰人的问候语，傻瓜。"萨米拉充满爱意地说。这两口子做任何事都很亲热。

坐在隔间里的身影一开始并没有反应过来。过了一会儿，他才慢悠悠地举起一只手，打了个招呼。

来接我们的是一辆溅满泥点的老款路虎车。我看见车门打开了，司机是一个高大的男人，他注视着我们从空荡荡的车厢下来，把行李一件件卸到站台上。

"那一定是猎场看守。"艾玛说。

我心想，他看起来可不像是个猎场看守。可我想象中的猎场看守是什么样呢？我想，主要是因为，在我原本的想象中是个老年人，而他大概和我们年纪相仿。我猜他的体型也是让我意外的一点：厚实的肩膀、挺拔的身躯，表明他长期在户外生活，还有那头相当狂野的黑发。当他向我们表示欢迎时，他用低沉的声音咕哝了一句，声音有些嘶哑，就像声带不习惯发声一样。我注意到他在仔细打量我们。我觉得他不喜欢眼前的景象。当他看到朱利安的添柏岚户外靴、尼克一尘不染的巴伯尔夹克和萨米拉的猎人牌长筒雨靴时，嘴角那抹耐人寻味的笑是讥笑吗？如果是的话，天知道他对我城里人的打扮和推着的新秀丽行李箱做何感想。我几乎没顾上思考该准备什么行李，我因为旅途中可能发生的事而心不在焉。而他身上那件褪色的外套，已经分辨不出原本的颜色。

我看到朱利安、博和马克想要帮他一起搬行李，却被他赶走了。站在他身边,他们看起来就像是新学期第一天穿得干干净净的小学生。我敢打赌,他们不喜欢这种对比。

"我想得分两批走,"贾尔斯说,"所有人都坐进去不安全。"

猎场看守挑起眉头:"随便你。"

"你们女士先走,"马克说,试图展现骑士风度,"我们男士垫后。"我有些局促,以为他会开玩笑说尼克和博是名义上的女士。谢天谢地,他似乎没有想到——又或是他设法管住了自己的嘴。

我们上了车。车厢里有潮湿的狗味和泥土的气味。我想,如果和猎场看守靠得足够近,他身上也是这股味道吧。米兰达坐在前排,他旁边的副驾驶位。我时不时就能闻到她身上浓郁的香水味。和泥土的气息奇异地混合在一起,只有她自己能幸免于难。我转过头,从窗户缝呼吸着钻进车厢的新鲜空气。

现在,我们一侧是一条陡峭的堤岸,斜插向湖边;另一侧,虽然天还没有完全黑,但森林已是黑压压一片,浓得化不开。我不禁好奇,他怎么能这么自信地驾驶:那道路充其量算是一条很窄的小路,坑坑洼洼,稍有不慎就会让我们一头栽进湖里,或者撞到灌木丛中。一路颠簸,突然一个急刹车,我们的身体全都向前甩出去,然后又重重地撞回座位上。

"该死。"米兰达喊了一句,这时,一路都很安静的普利亚开始在萨米拉怀里啼哭。

车灯下,面前的小路上冷不防地冒出一头牡鹿。所有人都没注意到它是什么时候从树影里蹿出来的。它身躯纤细,毛色微微泛红,巨大的头颅相比起来显得格外突兀,头顶上是一对竖起的庞大鹿角,壮观却又致命。在车头灯下,它的眼睛闪烁着奇异的绿光。终于,它不再盯着我们看了,迈着优雅从容的步伐,钻进了树林。我手捂胸口，感觉心怦怦直跳。

"哇，"米兰达压低声音说，"那是什么？"

猎场看守转过头看着她，面无表情地回答："一头鹿。"

"我的意思是，"她慌乱地说——她不习惯人们让她看上去很傻，"我是说什么样的鹿？"

"红色的，"猎场看守说，"一头红色的牡鹿。"他转身上路。对话结束。

米兰达转过身面向我们，越过座椅靠背，用唇语说"他很性感"。萨米拉和艾玛点头附和。然后，她大声说："你不这么认为吗，凯蒂？"她身体倾过来，戳了戳我的肩膀，用力有点过猛。

"我不知道。"我说。我看着后视镜里猎场看守无动于衷的表情。他有没有猜到我们在谈论他？就算猜到了，也没有任何迹象表明他在听我们说话，可不管怎样，我还是很尴尬。

"哦，但你挑男人的品位总是很奇怪，凯蒂。"米兰达说。

米兰达一向看不上我男朋友。有趣的是，这种感觉通常是相互的。"我觉得，你追他们，"她有一次说，"这样一来，他们就像站你肩膀上的天使，和你说：她不适合做朋友，那个女孩。躲开她。"

我想，站在我的角度，当朱利安出现时，我不知道该怎么看待他。米兰达也一样。他与她以前的男朋友相比是个异类。诚然，只有几个能用来比较，因为她一直都很矜持——尽管男孩们对她的兴趣越来越浓厚。她之前交往的两任男友是像我一样的人，没有她那么好看，也不像她那么善于交际；那些男孩似乎很崇拜她，从始至终都不相信他们会从诸多竞争者中受到女神的青睐。但那时，米兰达总喜欢不按常理出牌。她喜欢避开容易的选项。

所以朱利安对她来说显得太合情合理了，毕竟她喜欢迷途的浪子。他的长相太耀眼了，行事太自信了。这是她的原话，不是我说的。

"他太傲慢了，"她曾说过，"我迫不及待地想在他下次胆敢傲慢时给他点颜色看看。"我不知道他是否真的看不出来他身上有和她如出一辙的傲慢和自信。

朱利安坚持不懈地追求她，但每次她都拒绝。在酒吧时，他会过来和我们聊天——和她搭讪。或是他会在课后碰巧"撞见"她，尽管我后来得知他没有一节课在那间报告厅上。又或是，他会漫不经心地来到我们学院本科生公共休息室的酒吧，表面上是为了见朋友，但晚上大部分时间都会坐在我们的桌子旁，向米兰达尴尬而直白地求爱。

后来我才明白，当朱利安极其渴望某样东西时，他不会让任何事情阻碍他。他想要米兰达。极其渴望。

最终，她屈服于现实：她也想要他。谁会不想呢？那时他是个英俊的男人。也许他现在更有魅力，生活对他的完美下手了，磨掉了他的油嘴滑舌。我疑惑过，是否拒绝一个像朱利安这样的男人在生理上是不可能的，身体不会说谎。

我记得米兰达在他们终于确定关系之后的夏季舞会上介绍我们认识。我当然知道他是谁。我见证了整个传奇：他追求米兰达，她设法摆脱，他锲而不舍——现在，她终于向这必然的结局屈服了。我听过他的很多事。他上的大学，他选的科目，他是橄榄球校队的。我对他是那么了解，以至于我几乎忘了他完全不知道我是谁。因此，当他亲吻我的脸颊并郑重地说"凯蒂，很高兴见到你"时——尽管带着几分醉意，但还是很有礼貌——感觉就像是一个天大的笑话。

他第一次在我们的房子里过夜——我和米兰达、萨米拉第二年住在一起——我撞见他从浴室出来，腰上缠着一条毛巾。我刻意想保持正常，不去看他裸露的胸膛，他宽阔、线条分明的肩膀泛着沐浴后水样的光泽，于是我对他说"你好，朱利安"。

他似乎把腰间的毛巾抓得更紧了一些。"你好……"他说，语气似乎有些犹豫。他皱起眉头。"啊——有点尴尬。我想我不记得你的名字了。"我发现我犯了个错。他完全不记得我是谁，也许也忘了曾经见过我。

"哦，"我伸出手，"我是凯蒂。"

他没有和我握手，我意识到我又犯了一个错——表现得太正式、太奇怪了。然后我想到这也可能是因为他用一只手护着毛巾，另一只手拿着牙刷。

"对不起。"然后他笑了，露出迷人的微笑，向我表示抱歉，"所以，凯蒂，你做了什么？"

我盯着他："你这话什么意思？"

他爽朗地笑了。"就是那本小说，"他说，"《凯蒂做了什么》。我一直很喜欢那本书。虽然我不确定男生应不应该喜欢这类小说。"

然后，他又一次露出他标志性的笑容，我突然觉得自己看清了米兰达对他做了什么。

这就是朱利安这种帅哥会遭遇的事。在一部美国浪漫喜剧片里，像他这么帅的男人可能会被塑造成一个混蛋，日后也许会洗心革面，忏悔自己的罪过。米兰达会是一个脾气暴躁的舞会女王，隐藏着不为人知的秘密。那个默默无闻的灰姑娘——像我一样——会是一个善良、聪明、可惜却被误解的角色，而她最终会扭转局面。然而，现实生活并非如此。像他们这样的人不需要惹人嫌。为什么他们要给自己的人生增加挑战？他们当得起引人注目的主角。而像我这样默默无闻的无名之辈，我们并不总是会成为故事中的主人公。我们中的一些人反而有自己不为人知的秘密。

前排，米兰达正在向猎场看守问路。这个地方实在偏僻。"开车过去要一个小时，"猎场看守告诉我们，"至少——还是在天气好的情况下。"

"一小时？'萨米拉反问道。她紧张地瞥了普利亚一眼，那孩子正凝视着暮色中的风景，黑色的大眼睛映照出林间幽微的月光。

猎场看守点点头。"如果能见度差或天气条件恶劣，时间会更久。"

我去萨里我妈妈的住处要花一小时。那里距离伦敦大约六十英里。这个地方竟然还属于英国境内，这似乎令人难以置信。我一直觉得我们称之为祖国的这个小岛有些拥挤。用我继父谈论移民问题时常挂在嘴边的话说：这么多身体的重量压在上面，你会觉得真有坍塌的危险。

"有时，"猎场看守说，"每年这个时候，这条路根本走不了。要是下一场大雪，比方说——我想你们应该收到希瑟的电子邮件了。"

艾玛点点头："我收到了。"

"你这话什么意思？"萨米拉的嗓音明显尖锐起来，"我们不能离开吗？"

"有可能。"他说。我怀疑，看我们局促不安的样子，他也许真的乐在其中。"这取决于雪下得多大。如果雪很大,这条路就无法通行。即使安了雪地轮胎,也太危险了。需要铲雪车才敢尝试上路。每年加起来至少有几周时间,科林湖与外界隔绝。"

"但是,"艾玛说,"这样也很惬意啊,好激动。而且我订购了充足的物资——"

"还有酒。"米兰达补充道。

"——对,还有酒,"艾玛说,"如果需要的话,够我们喝一个月。我也许准备过头了。我打算在跨年夜做一顿丰盛的晚餐。"

但没有人真的在听。大家都因为这个最新的消息心事重重,而接下来几天我们就要在这个地方生活。与世隔绝总是令人不安的,更何况知道自己与外界相隔多远。

"那车站呢?"米兰达问道,语气中有一种"啊,被我抓住漏洞了!"的雀跃,"当然可以坐火车吧?"

猎场看守瞥了她一眼。我这才意识到他很有魅力。或者至少他具有那种魅力,只是他的眼睛里有一些阴沉不定的东西。"火车在一米厚的雪上也开不稳,"他说,"所以火车也不会在这里停。"

这片土地,尽管辽阔无边,似乎开始收缩。

道格

如果不是为了招待客人，这个地方堪称完美。但如果没有他们的话，他也不会有这份工作。

这是他能做到的极限——接他们的时候，不要讥笑。这些客人就像所有来这里度假的人一样，浑身散发着铜臭味。当他们快到别墅时，那个矮个子、黑头发的男人——叫朱思罗还是约书亚的——转身面对着他，举着一部亮闪闪的银色手机。"我在搜无线网，"他说，"但什么也没搜到。显然这里没有移动网络：我明白了。没有信号就无法使用移动网络……哈！但我原本以为能搜到无线网。还是离别墅再近一点才行？"

他告诉那个男人，除非有人特别要求，否则他们不会打开无线网络。"有时候你也能捕捉到信号，但必须爬到上边——"他指着高山的斜坡——"才能有信号"。

男人的脸色沉了下来。那一刻他几乎吓坏了。他的妻子厉声说："我相信你可以在没有无线网的情况下生存几天。"

"不，"男人皱着眉头说，"我不能。我需要和外界保持联系。你知道的，米兰达。"

米兰达，那个美人，第一拨人过来时和他坐在前排，她的膝盖和他的靠得很近。上车时，她还多此一举地把手搭在他的手臂上。每次她转过头和他说话时，他都能闻到一股浓郁的香水味。他几乎快要忘记了，世界上还有这样的女人：复杂世故，风情万种。以一种非常特别的方式散发着危险的气息。希瑟是如此不同。她喷香水吗？他印象中没有闻到过。可以肯定的是，她不化妆。她天生丽质，任何化妆品的修饰都显得多余。他喜欢她的长相：心形脸，黑眼睛，优雅的眉形。没有和希瑟相处过的人可能会认为她很单纯，但他不这么认为；她就像一汪表面平静的湖水，下面深不可测。他隐隐约约觉得，她之前住在爱丁堡，在那儿有一份体面的职业。不过，他并没有试图探究她的过去。

希瑟是个好人。可他不是。在他来这里之前，他干过一件可怕的事。实际上不止一件。像她这样的人应该受到保护，远离他这样的人的伤害。

客人们现在暂时由希瑟负责接待——真是一种解脱。他费了不少力气才掩饰住对他们的厌恶之情。那个黑发男人——朱利安，对，就是这个名字——是来这里度假的人的典型代表。有钱，娇惯，缺少大自然的考验，却暗暗期待这里像他们习惯入住的酒店那般奢华。他们总是需要一段时间才能明白实际预订的是什么——偏远的地方，简朴的环境，无价的美景。他们常常会经历某种转变，被这个地方引诱——谁不会呢？但他知道他们不理解，没有正确理解。他们以为自己在因陋就简地生活，在他们漂亮的小屋里，有四柱床可以休憩、有壁炉、地暖，还有该死的桑拿浴室，如果他们真的想流汗的话，他们可以慢跑过去洗桑拿。而那些跑来狩猎的人自以为摇身一变就成了《荒野猎人》中的迪卡普里奥，赤手空拳地和大自然搏斗。他们没有意识到他把简单的部分留给了他们，所有艰巨的工作都自己完成了：观察鹿群的活动，小心翼翼地追寻它们的踪迹，计划……而他们要做的只是扣动该死的扳机。如果他们没射准，还可能会留下伤口，不加以善后的话，可能会给受伤的动物带来难以想象的痛苦，它们挣扎数日才会死去。比方说，一次爆头失误（他们经常瞄准头部，尽管他告诉他们：绝不要这么做，太容易打偏了）可能会切开动物的下巴，让它在钻心的痛苦中苟延残喘数日，无法进食，直到失血而亡。所以他还得用专业的射击手法替他们善后，一枪正中心脏。但他们回家后会吹嘘自己是猎人、是英雄，是有过超凡经历的人，超出普通人的体验。剥夺生命和血的洗礼都变成他们回到城市后与朋友炫耀的谈资，在 Facebook 或是照片墙上传自己的照片——照片里的他们沾染着血腥，像疯子一样咧开嘴笑。

他杀过生。事实上，不只是动物。他比任何人都清楚，这不是值得夸耀的事。那是一处黑暗的地方，没有人能最终返航。第一次，它就会改变你。灵魂深处的某个地方出现了本质上的变化，有什么重要的东西被切断了。第一次是最糟糕的，但随着每一次死亡，灵魂都会受到进一步伤害。一段时间后，除了疤痕组织，就什么都不剩了。

他厌恶所有客人，但他不确定更讨厌哪种类型。是那种"融入野外"的类型——那些认为自己在短短几天的奢侈时光里与大自然"合而为一"的游客，还是别的类型。因为时不时你就会遇到那种客人，他们就是不明白，他们觉得自己被欺骗了……更有甚者，觉得自己被抢劫了。他们忘记了自己预订的是什么。只要发现与他们习惯出没的地方有什么不同——室内游泳池、米其林星级餐厅,就会处处找茬。他怀疑那个男人,那个无线网男会成为那种抱怨的客人。他可能有问题。通常,在他看来,他们那类人,自己身上的问题可能最多。除去所有的干扰待在这里,在寂静和孤独中,他们会被压抑已久的恶魔追赶,无法逃脱。

而他不同。无论他在哪里,他的恶魔总是与他同在。至少在这里,他们有游荡的空间。

他很幸运能得到这份工作,他心知肚明。不仅仅是因为这份工作适合他,符合他的心境,满足他尽可能远离人群的愿望。还因为十有八九没有人会认出他,和他的过去扯上关系。老板派来面试他的那个人看过他的档案里的记录,耸了耸肩说,"好吧,我们当然知道你擅长对付任何偷猎者。可尽量不要攻击任何客人。"接着那人咧开嘴笑了,表示他在开玩笑,"事实上,我认为你非常适合这份工作。"

事情就是这样。他甚至不需要试图为自己辩解或解释——尽管他没有任何借口,不完全是一瞬间的狂暴——他完全知道自己在做什么。

现如今,当他想到那个晚上,几乎感觉什么都不真实。仿佛是从电视上瞥见的影像,仿佛自己隔着很远注视着自己的一举一动。但他记得那股愤怒,它在他胸口猛击一拳,接着是短暂的释放。那张傻笑的脸。然后是什么东西在脑子里破碎的声音。那种感觉就像从正常行为准则的桎梏中挣脱出来,进入了动物的领域。手指的触觉,紧紧地抓着那团渐渐屈服的肉体。越收越紧,仿佛他要用纯粹的蛮力把那团肉塑造成一个全新的、更令人满意的形状。而那笑容终于被抹去了。

是的,在那之后,他很难找到任何一份工作。

现在

二〇一八年一月二日

希瑟

尸体。我盯着道格。

我当然知道存在这种可能性。甚至很有可能，考虑到失踪时间超过二十四小时，还有外边的情况。即使对于熟悉地形、拥有任何生存技能的人来说，它也是一个挑战。据我所知，失踪的客人二者都不具备。随着时间的流逝，没有任何生存迹象，死亡的可能性变得更大。

我们得知有人失踪，第一反应当然是给山地救援队打电话。得到的回复并不完全如我所愿。

"目前看来，"接线员告诉我，"我们根本不可能赶去救援。"

"这话是什么意思？"

"天气太恶劣了。我们已经很久没看到下这么大的雪了。这是百年难遇的气象事件。能见度太低，我们甚至无法降落直升机。"

"这意味着什么？你是说我们得靠自己？"

电话另一端沉默了良久。我几乎可以听到她在思考最合适的措辞来回应我。"如果雪继续下，恐怕只能这样。"她说，"一旦能见度允许，我们会尝试去找你们。"

"我需要的不仅仅是'尝试'。"我说。

"我明白你的意思,女士,问题是我们还有一些待办工作。一队登山者被困在了本尼维斯山上——他们也因为天气被困在了那里。所以我们也得派一队人去营救。另外还有一个离威廉堡更近的地方。如果你能描述一下情况,女士,我会把所有细节都记下来。"

"最后一次见到客人是在别墅,就在这里,"我说,"是在……昨天早上四点左右。从那以后就没有人见过他们了。

"那里面积有多大?"

"猎场吗?"我努力回忆着刚来那几周记下的数字,"占地五万多英亩。"

电话的另一端又沉默了许久,久到我几乎怀疑她是不是已经挂断了电话——大雪切断了与外界联系的最后一个渠道。

"你说得对,"她说,"五万英亩。呼。好,我们会尽快派人过去。"

在过去的二十四小时里,我们已经尽可能地四下搜寻过一遍。这么大的雪,找人并不容易。雪已经像这样下了一整天。我只在这里待了一年,所以我从来没有真正经历过下雪。除了几个几乎荒无人烟的岛屿之外,这里一定是英国为数不多的几个地方之一——恶劣天气会完全阻止紧急救援的到达。我们总是提醒客人,如果天气条件恶劣,他们可能无法离开猎场。这一条甚至会出现在他们必须签署的免责协议书中。然而,真相仍然很难让人接受:没有人能进来或是出去。

一切都被大雪阻隔了,这意味着驾车是行不通的——即使有冬季轮胎或防滑链条——所以我们的搜寻都靠步行完成。一项让人筋疲力尽、费力不讨好的工作。只有我和道格两个人。甚至莱恩也不在，他大部分时间会来这里做些零活。他和他的家人一起跨年，和其他人一样被挡在外面。

即使山地救援队工作人员无法赶来，他们的建议也很有帮助。她建议首先检查那些可供困在大雪里回不来的人落脚的地方。所以道格和我搜查了猎场每一处潜在的藏身之所，寒冷刺痛了我们的脸颊，每次转身都步履维艰。我去了车站，检查了那里——显然之前有人说起过要坐火车回伦敦。

"有位客人失踪了。"我告诉站长亚历克。他身材魁梧，长着一张沉默寡言的脸，眉眼的距离很近。"我们在搜寻整片猎场。"我向他描述了失踪客人的特征，问他是否留意到什么情况。

"没见过任何人，"他告诉我，"除了几天前到站的那群人再没见过别人。如果有陌生人出没，我会注意到。"

"嗯，"我说，"我能四处看看吗？"

他张开双手，语带讽刺邀请道："请吧，客人。"

没什么可搜寻的：一个候车厅，一个列车员住的单间，曾经一度是一间厕所。还有一个售票亭，透过窗户一览无余：一个满地纸屑的小隔间，从零钱口飘出一丝甜甜的、腐烂的气味。桌角放着三罐压瘪的巴氏牌碳酸饮料。有一次我看到莱恩和他一起在里面抽烟。我想莱恩应该认识他，他经常坐火车去采购日常用品。

办公室另一头有一扇门，我打开发现里面有一段楼梯。

"上面是……"我开口问道。

"那段楼梯，"他说，"通向我的公寓。我的私人住所——"住所这个词有些夸张了。

"我不觉得——"我刚开始说话，他就打断了我。

"两个房间，"他说，"还有一个厕所。如果有人把自己藏在那里,我会知道的。"他移动到我和门口之间,挡住了我的去路。他离得太近了——我能闻到一股汗臭。

"没错,"我受到阻挠,只好说,"当然了。"他说得完全没错。他会知道的。

在数小时的搜索中,我和道格一无所获。没有发现一个脚印,没有一缕头发。我们发现的唯一痕迹是鹿群的蹄子留下的鲜明印记。似乎这位失踪的客人从新年早上开始下雪后就没再活动过。

所以没错,找到一具尸体看起来是最有可能的结果。但是,证实这种可能性却是更糟糕的情形。

道格伸出手梳理头发,他的发丝被雪浸湿了,落进了他的眼睛里。他这么做的同时,我看到他的手——他的手臂,他整个人——都在颤抖。看见一向以强悍示人、体型像橄榄球运动员一样的道格这样,我觉得有些奇怪。他也曾在海军陆战队服役过,他一定亲眼见过不少人死去。但话又说回来,我在之前那行也见惯了生死。我知道死亡的阴影不会彻底离开你,它带来的恐怖会一直如影随形。况且,成为发现尸体的人——完全又是另外一回事。

"我想你也应该来看看,"他说,"那具尸体。"

"你觉得这有必要吗?"我不希望有必要。我不想看。我一路来到这里就是为了逃避死亡。"我们不应该等警察来吗?"我问他。

"他们要怎么过来?"

我呆呆地盯着他看了一会儿,直到发觉他的话也有道理。该死。警方知道有人失踪了;我们一得知有客人失踪,就在我与山地救援队通过电话后,我就立即给当地警察局打过电话。当然,他们也无法赶来。遇到这种暴风雪,我们与世界完全隔绝了。

"你为什么认为我应该看?"我问道格。

"因为,"他的手抚过整张脸——这个动作往下扯着他的眼窝,让他的整张脸变得很吓人,"因为……那具尸体。我不认为是一场意外。"

我感觉身上的温度瞬间降至冰点,与天气完全无关。

我们走到外面,鹅毛大雪纷纷落下,只能看到门外几英尺的地方。就在几米开外的湖泊却几乎看不见。我耸着肩膀,穿着我在这儿的"户外制服":宽松的米其林羽绒夹克、登山靴、红色羊毛帽。我跟在道格身后在雪地里跋涉,试图跟上他的大步,这并不容易,因为他的身高远远超过一米八,而我只有一米五几。雪势很大,近一米深的积雪中,短腿是绝对劣势。有一次我绊倒了;道格伸出一只戴着手套的大手抓住我的胳膊,像拎小孩子一样轻松地把我拽了起来。隔着我的羽绒服袖子,我都能感觉到他手指上的力道,就像铁箍一样。

我想到那些困在各自木屋里的客人。什么都不能做,只能等待,那种感觉一定很煎熬。我们不得不禁止他们加入我们的搜寻行动,不然可能还要冒着其他客人失踪的风险,我们要对他们的安危负责。这种极端天气条件下谁都不该出门,否则会有生命危险。山地救援队的那位女士是怎么说的来着?"百年难遇的气象事件。"天气预报员完全没有预料到。但问题是,对于许多客人,这样一个地方就像是另一个星球一样陌生。他们习惯了有一道隐形的安全网庇护着日常生活——与外界保持联系、意外紧急救援服务、健康和安全指南——以至于他们认为自己无论走到哪里，这道安全网都存在。他们不假思索、高高兴兴地签署了免责协议，不相信里面写的种种意外会降临。如果他们真的停下来认真思考一下，试着去理解那些条款，可能根本不会来这里，会因为畏惧而裹足不前。

  道格正带我绕过湖的左岸，朝树林走去。

  "道格？"我意识到我在喁喁私语。在雪的映衬下，这里死寂一片，空旷的雪地里声音分外清晰。那感觉就像有人在暗处观察着你。在那茂密的树墙后面，或是漫天的雪幕后面，可能有人在偷听你说话。"是什么让你觉得那不是意外？"

  "等我们到了那里，你就明白了。"他说。他没有回头看我，也没有停下脚步。过了一会儿，他才转身说："我不是'觉得'，希瑟。而是知道。"

三天前
二〇一七年十二月三十日
米兰达

我懒得看艾玛发来的电子邮件还有附件里的宣传册。我永远不会对旅行提前感到兴奋——我对绿松石般的大海或是雪山的照片都无动于衷。我必须身临其境才能有所触动,因为那才是真实的。当艾玛提起这个地方——狩猎别墅的时候,我脑海中隐约浮现出古旧的陈设,木头房梁还有石板路。所以当亲眼见到这座建筑时我还有点惊喜。它是一座现代主义的玻璃与铬合金建筑,就像是从《绿野仙踪》里搬出来的房子,流光溢彩。

"天哪!"当这些家伙乘坐路虎抵达时,朱利安感叹道,"这有点吓人,是不是?"他当然会这么说。尽管他非常聪明,但朱利安的艺术审美几乎为零。他是那种会在赛·托姆布雷[①]的画展上一边走来走去一边大声说"这幅画我五岁的时候就能画出来"的人。他喜欢宣称这是因为他"有点粗鲁":他的成长背景太严肃了,不适合培养审美品位。我还依稀记得,曾经有一段时间,我觉得他这点很迷人。

[①] 赛·托姆布雷(Cy Twombly, 1928—2011),美国著名抽象派艺术大师,被《纽约时报》誉为"二十世纪最伟大的当代艺术家之一",他的作品以对白色的神奇运用、将潦草书写、素描与涂鸦和油画相结合等创举而著称。

"我喜欢这里。"我说。我真的喜欢。它就像一艘宇宙飞船刚刚降落在湖岸边。

"我也是。"艾玛说。她嘴上当然会这么说——即便她心里觉得它吓人。有时我发现自己在考验她，说最离谱的话，几乎是在故意刺激她反驳我。可她从不这样做。尽管如此，她依然是一个可以信赖的朋友，比凯蒂或是萨米拉要靠得住。她总是有空陪我看电影、购物或是喝酒。毋庸置疑都是我说了算。总是我提议去什么地点、参加什么活动，而她都会同意。老实说，这种体验很新鲜：和凯蒂一起时，总是我找她，去人声鼎沸、千篇一律的都市时尚酒吧，只为了占用她宝贵的三分钟时间。

有了艾玛以后，有点像我想象中有了一个小妹妹的感觉，那感觉就像她在崇拜我。这满足了我内心相当邪恶的统摄欲。上次我们去购物时，我带她去了麦拉①。"让我们挑选一些真正能让马克惊掉下巴的东西。"我告诉她。我们找到了想象中的那套内衣——甜美不失性感的文胸、开裆内裤，外加吊带组合。我脑海里忽然浮现出她告诉马克这套内衣是我帮忙挑选的画面。一想到他得知都是我的功劳，我就感到心痒痒的。不是因为马克，当然了，我对他从来不来电。没错，我一直觉得他不言而喻的迷恋对我而言是一种恭维，但从来没让我兴奋过。

由于凯蒂的"不辞而别"，萨米拉又天天围着普利亚转——她对那个孩子着了迷，在社交媒体上分享那么多晒娃照是不健康的——我发现自己反而依赖上了艾玛，这无疑是个第三选择。我胡说八道时凯蒂会冲我叫嚷。有时候挺让我恼火。但这种互动同样是真实的。

---

①伦敦的一个奢华内衣品牌。

那栋别墅的内部装潢华丽——但我庆幸我们只在这里吃饭，而不是睡觉。玻璃加强了明亮的内部空间和外边黑暗之间的对比。我突然清醒地意识到从外面看，我们简直完全暴露在视野中，就像罐子里被照亮的昆虫。任何人都可能在外面，在我们不知道的情况下向内窥视。我突然不确定自己是否如同想象中那样喜欢这个地方。

有那么一刻，那种熟悉的可怕感受挣扎着浮出水面，那种被注视的感觉。从它第一次出现到现在，已经伴随我十年之久。我提醒自己，重点是外面没有人。除了猎场看守和办公室经理希瑟，这里只有我们几个。

希瑟个子不高，面容姣好，三十出头。我不知道像她这样的人在这种荒僻的地方独自生活究竟是为什么？因为她确实住在这里——她告诉我们她的木屋"就在那边，靠近树林的地方"。诚然，这里风景秀丽，但要永远生活在这里一定孤独得令人难以忍受。只有脑海里的念头与你做伴。有时，在家里，我会在静悄悄的房间打开电视和收音机，只是为了用声音淹没静默。

她说："离别墅最近的几间木屋都是你们的。湖那边的简易房舍住着别的客人。"

"别的客人？"艾玛反问道。一阵紧张的沉默。"还有哪些客人？"

希瑟点点头。"是的。一对冰岛来的夫妇——他们是昨天到的。"

艾玛皱起眉头。"可我不明白。我确信我们包下了这里。我们通话的时候，我想你是这么告诉我的。你说'你们单独享有整个地方'。"

希瑟咳嗽了一声。"恐怕出现一个……小小的误会。我们通话时，我记得情况确实是这样。我们并不总是出租简易房舍。我想是我没注意到我的同事已经把它预订出去了，没来得及在登记簿上填写。"

心情沮丧是一定的。光是"别的客人"这几个字，似乎就带有一种令人不快的联想，一种被渗透、被侵入的感觉。如果我们入住的是一家酒店，那是另一回事，你有预期，周围会有陌生人。可一想到还有别人住在我们看不见的地方，和我们分享这里，这片荒野突然就感觉有些拥挤了。

"他们今晚要参加高地晚宴，"希瑟抱歉地说，"不然他们根本不会进入别墅，简易房舍自带厨房。"

"谢天谢地。"贾尔斯说。

我明白他的意思。那是一个可怕的想法：这个精巧的私密起居室——我自打进门起就把它当成是我们的起居室——被陌生人占领。我从未见过艾玛这么生气，她的双手攥拳，垂在身体两侧，透过皮肤可以看见泛白的指节。

砰！

朱利安打开了一瓶香槟。

"我认为这会让阴郁的气氛变得活跃一些。"他说。他没有费神去接从瓶子顶部冒出来的泡沫，任它溅到他脚边的地毯上——反而是博取过一个玻璃杯忙着接了一些。"嘿，谁知道呢……也许别的客人很有趣呢。也许他们明天会愿意和我们一起庆祝跨年夜呢？"

我想不出有什么比奇奇怪怪的人前来搞乱我们的聚会更糟糕的事了，我相信朱利安自己也想不出，但他必须扮演老好人角色，他总是迫不及待地想让别人喜欢他，想让自己看起来有趣，从而得到他人良好的评价。

"好吧,"我说,"他们该不会喝我们的香槟。"

他递给希瑟一杯酒,即使任何白痴都看得出她不想喝。该死。我们昨天在葡萄酒商那里为香槟还发生了口角。十二瓶唐培里侬香槟王:价值超过一千美元。"你为什么不能只喝酩悦,"我问他,"像个正常人一样?"

"因为你会抱怨。上次你和我说它让你头疼,因为配料表上添加了'那么多糖'。只有最好的东西才配得上米兰达·亚当斯。"

我不喜欢他的口气。况且,真是五十步笑百步。他总是不知足,就是这么回事。总想着再奢侈一点,再多花一点钱,比拥有的再多一点。但这也带来了最坏的一面。他总是太贪心。

正是这种行为让他、让我们俩都陷入了他目前的困境之中。我让他买了那瓶该死的香槟王。我知道他有多想借酒消愁,忘记今年承受的压力(即便最沉重的压力就是他自找的),我想不出还有什么地方能比高地荒野更适合他。如果有疑问,那就花钱吧:这是朱利安首选的解决方案。好吧……也是我的——如果要对自己完全诚实的话。

那个叫希瑟的女人甚至都没有喝完那杯酒。出于礼貌,她抿了一小口,然后把酒杯放回了托盘上。我想,她应该是觉得再喝就显得有失职业素养了。她这么想没错。所以留给我们的会是一瓶打开的香槟和一杯浪费的红酒——因为沾上了陌生人的口水。

希瑟为我们梳理了周末的行程。我们明天要去狩猎——"道格会带你们去,他一大早就会来接你们。"

道格。我对他非常着迷。看得出他不太喜欢我们,也看得出我让他不舒服。可我知道这些也是一种掌控力。

贾尔斯正在向希瑟询问步行路线。她拿出一张英国地形测量局测绘的地图，铺在咖啡桌上。

"你们有很多选择，"她说，"这完全取决于你们想要什么——以及带的是哪种装备。有些游客带着全套专业装备过来：冰镐、冰爪和岩钉。"

"呃，恐怕我们不是那类人。"博笑着说。说得太对了。

"好吧，如果你们想选择一些非常安静的活动，环湖小路当然是最好的去处，"——她用手指在地图上描绘——"全长几英里，非常平坦。你们唯一会遇到的危险是几处瀑布，但它们上面有桥，所以不会太消耗体力。不然，你们其实可以在夜里徒步。还有一种刺激的选项，你们有现成的高山，如果计划将其中一座'收入囊中'，可能会对这个选项感兴趣。"

"什么意思？"朱利安问道。

"哦，"她说，"我猜，就像奖品一样。征服一座高峰的说法。"

"哦，没错，"他皱起眉头，"当然——知道这个。"不，他不知道。她让他丢了面子，朱利安最讨厌的就是有人让他出丑，他会不遗余力地避免自己丢面子。即使他没有艺术审美，脸面对我丈夫来说很重要——向世人展示出的那一面，关于别人怎么看待他。我比任何人都了解他。

"或者，"她说，"你们可以有折中选项。比如，可以徒步前往以前的猎场小屋。"

"以前的猎场小屋？"博不解道。

"是的。不到一个世纪前，它就被烧毁了。几乎全都毁于一旦。所以没什么可看的，但它是一个不错的目的地，而且那片遗址景色宜人。"

"无人幸免吗？"贾尔斯问道。

"没有，"她说，"除了几个睡在马厩里的马夫，没有人活下来。这样一来，旧的马厩就得以保全，但它的构造可能不安全：你们不要靠得太近。死了二十四个人。"

"没人知道是什么引起的？"博问道。

"没有。也许是有人没留意炉栅里的火。但有一种说法，一直流传到现在——可能因为它是最可怕的——其中一名工作人员，一名猎场看守，由于战时的经历受到了严重创伤，以至于故意放火烧毁了那幢建筑。一种自杀式的谋杀。远在威廉堡都能看到那天的火光。救援队花了一天多的时间才赶到……可为时已晚。"

"这可太蠢了。"马克笑着说。

我注意到希瑟似乎对马克不合时宜的笑没有反应。她可能在想，怎么会有人得知二十几个人被烧死了还能笑得出来——即使那是将近一百年前发生的事。你必须很了解马克才能明白他那种很恶趣味的幽默感——总体上是无害的。你得学会原谅他开这种玩笑。就像我们都知道贾尔斯——虽然他喜欢表现得像个好好先生——轮到结下一轮酒钱时可能会有点吝啬……或是，早上至少两杯咖啡下肚他才肯和博说话。还有萨米拉，尽管表面上和蔼可亲、无忧无虑，却比谁都记仇——她是会趁你睡着捅你的那种人，这样你就再也不敢和她起冲突。这就是老友的底细。你知根知底。

希瑟拿出腋下的写字板，开始例行公事，她看了看写字板上的表格。

"你们哪位是艾玛·泰勒？我已经把你的信用卡记录为支付押金的信用卡了。"

"是我。"艾玛举起一只手。

"你要的所有食材都在冰箱里。我这里有清单。牛肉片、未去壳的牡蛎——莱恩今天早上从马莱格买来的——熏鲑鱼、熏鲭鱼、鱼子酱、菊苣、羊乳干酪、核桃、100%黑巧、85%黑巧、鹌鹑蛋——"她停下来深吸一口气,"浓奶油、土豆、带茎番茄……"

天哪。我对这次的安排做的秘密贡献(一切都将在之后揭晓)突然显得微不足道。通常,这时我会和凯蒂相视一笑,心领神会。但我已经很久没有见她了,她此刻就像是一个陌生人。我没有看她。

艾玛

我检查了一遍清单。我想他们买错了番茄——这不是小番茄——不过我大概能凑合用,也可能用不了。我对烹饪很挑剔:我在大学里迷上了烹饪,从那时起,它就是我的热爱。

"谢谢。"我把清单还给她时,希瑟说。

"你从哪里买的这些东西?"博问她,"这附近应该没有很多商店吧?"

"没有。大部分食材是莱恩去因弗内斯①买的,然后坐火车带回来——坐火车更便利。"

"可这儿为什么会有火车站?"贾尔斯问道,"肯定没什么人坐火车吧?"

"没人,"她说,"一直也没有。说起这个,是个有趣的故事。十九世纪时的领主——当时车站也归这个家族所有——当铁路公司的人找到他,提出在他的土地上铺设轨道的建议时,他坚持让铁路公司建造了这个车站。"

"几乎就像他的私人站台。"尼克说。

希瑟莞尔一笑。"是也不是。因为出现了一些……意想不到

---

① 因弗内斯,苏格兰北部的一座城市,高地地区的首府,也是苏格兰最北方的城市。

的后果。这是威士忌的国度。当年还存在大量非法蒸馏活动——大型酿酒厂也屡屡遭到抢劫。比如，古老的格里克林酿酒厂就在附近。在铁路建成之前，这里的走私者不得不依靠马车，马车的速度很慢，很可能在向南的漫漫长途中被当局拦下。但火车就另当别论了。突然之间，他们可以在一天之内将他们的产品送到伦敦。相传，一些列车员也得到了他们给的好处，准备在必要时睁一只眼闭一只眼。还有人说——"她稍作停顿，准备好发起致命一击，"领主本人也参与其中，从他提出要建火车站的那天起就计划好了一切。"她身体前倾，"如果你们感兴趣，庄园里到处都有威士忌走私屋。地图上都有标记。寻找它们——这也是我的爱好。"

视线掠过她的头顶上方，我看到朱利安翻了个白眼。但尼克听得兴致勃勃。"你是说，"他问，"它们没有全都被找到吗？有多少间？"

"哦，我们不确定。每次我以为自己一定发现了最后一间时，我就会又发现一间。上次数一共有十五间。它们建造得非常精巧，像小石堆一样，用岩石建造而成，上面生长着金雀花和石楠花。除非你就站在它们上面，否则几乎看不见。它们和山坡融为一体。如果你们愿意，我可以带你们看看。"

"好呀，麻烦了。"凯蒂说——与此同时，朱利安说，"不用了，谢谢。"一时间气氛略显尴尬。这两个人，他们从来都不是很喜欢对方。我不觉得米兰达介意这点。事实上，我认为她一直很享受两边都有一个只忠于她的盟友。

"嗯，"希瑟露出一个浅浅的、礼貌的微笑，但她看朱利安的眼神里闪过一丝寒意，"当然，这不是强制性的。"

直觉告诉我，她不像她表面上那么温柔腼腆。好样的。在我看来,朱利安总是能不受苛责。大家似乎做好了心理准备,任由他随心所欲,部分原因在于他长相英俊,还有一部分原因是,他可以像开阖开关一样自由切换施展魅力。通常,是在他刚说完一些争议颇大或残忍的话后,他就会施展魅力——这样他就可以立即化解给别人的伤害……让你以为他不是有心的。我清楚得很,我看透了他。我一直认为米兰达可以嫁给更好的男人。

这听起来像是酸葡萄心理。毕竟,马克总是莽莽撞撞,四处冒犯别人:不合时宜地放声大笑,或者开低俗的玩笑。而且,我知道大多数人更喜欢选谁共进晚餐。但至少马克的言谈举止是真实的——即便有时是真的无聊乏味(我并不是对他的缺点视而不见)。朱利安太浮于表面了。这让我不禁好奇他面具之下是怎样一副面孔。

我的思绪被博打断了。"这个地方太棒了,"他边说边四处打量。毫无疑问,这儿比过去几年其他人选的任何地方都要好。

我们所在的房间是客厅:摆着两张巨大而柔软的沙发和几把扶手椅,地板上铺着精美的旧地毯,还有一个巨大的壁炉,旁边放着一堆刚砍好的木头——"我们用泥炭和木头做燃料,"希瑟说,"烟味更好闻。"书架上排摆满了古董书,金色浮雕的翠绿色、红色书脊上烫了金;书架下排摆着经典的棋盘游戏:大富翁,拼字游戏,扭扭乐。

外墙完全由玻璃制成,内墙上装饰着几个鹿头,鹿角像枯树的树枝一样伸展。它们恶狠狠地俯视着一切。我注意到那玻璃珠一般的眼睛堪比某些画作的效果:无论你走到哪里,它们似乎都会盯着你。我看到凯蒂看着它们打了个冷战。

你会觉得这座现代主义风格的建筑肯定和温馨的室内陈设格格不入,但不知怎么却很和谐。事实上,外墙玻璃似乎融化了一般,我们和外面的风景之间好像没有障碍。你仿佛可以从铺着地毯的室内径直走到湖边。傍晚的月光在宽广的湖面洒下银光点点,四周是斑驳的黑色树影。

"好了,"希瑟说,"我要走了,你们安顿一下。自行决定哪间木屋最适合谁来住。艾玛,"她看着我,"冰箱里有你要的所有食材,如果缺什么,请告诉我。"

她向门口走去,忽然停下脚步,转过身来。她一巴掌拍在额头上,演了一出健忘的哑剧。"一定是香槟的缘故。"(她只喝了几口)"有几点非常重要的安全事项我必须告知你们。如果你们打算去更远的地方徒步,远离周遭环境,比方说去湖区——请让我们知道。外面的环境看起来也许很宜人,但在一年中这个时候,几小时,有时只要几分钟,就是另一番天地。"

"怎么说?"博迫问道。这一切对他来说一定很陌生:我曾经听他说他在纽约住了五年,只离开过一次那座城市,因为他"不想错过任何东西"。我不认为他是一个适合户外活动的人。

"暴风雪,突然起雾,温度骤降。这也是这里的风景如此激动人心的原因……但如果它想的话,也是致命的。假如暴风雨来袭,我们要知道你们是否在户外远足,是否安全待在木屋里。而且,"她微微做了个鬼脸,"这里曾有偷猎者出没过——"

"这听起来就像是维多利亚时代。"朱利安说。

希瑟挑起一边的眉头。"好吧,不幸的是,这些人可不是吃素的。不是过去那些浪漫的民间英雄,把猎物带回家吃。他们随身携带追踪设备和猎枪。有时他们在白天工作,穿着市面上最好的迷彩服。有时他们在晚上出没。这样做并不是为了找乐子。他们在黑市上将肉卖给餐馆老板,在易趣或是国外出售鹿角。德国有很大的市场。"

"他们是怎么到这儿的?"贾尔斯问道。

"我们认为有些偷猎者之前可能是坐火车来的。其他一些则沿着轨道驾车行驶一段路,然后将卡车藏在树丛里的隐蔽处。我们如今在猎场大门上安装了监控,这很有帮助。"

"我们要小心吗?"萨米拉问道。

"哦,不用。"希瑟连忙说道,也许她这才意识到,对于这群千里迢迢来到苏格兰高地觅得安宁的客人,听到这一切会做何感想。"不用,完全不用。我们实际上已经……有一段时间没有发生什么严重的偷猎事件了。道格非常机警。我说这些只是为了确保你们知晓。如果在猎场看到任何陌生人,请告诉我们俩。不要接近他们。"

凯蒂

大家关于房间分配争论了一番,虽然没有咄咄逼人,但气氛一时间有些紧张。有间屋子比其他几间稍微宽敞一些,而萨米拉显然认为她和贾尔斯应该住进去——也许是占理的,因为他们还带着普利亚。我听到米兰达喃喃自语"见鬼了,没想到一个六个月大的婴儿竟然这么占地方"。然后,尼克和米兰达显然都想要那间视野好的湖景房——我怀疑尼克这么做只是为了激怒她,因为就在她有点尴尬时,他却打起了退堂鼓。我对任何一个房间表现出中意都是没有意义的:我是这群人中落单的那一个,所有人都默认,我的屋子应该是最小的那间。

"我们现在去散散步吧,"等拉票活动一结束,米兰达就提议道,"去探索一下。"

"可天快黑了。"萨米拉说。

"嗯,这不是更好。我们可以带几瓶香槟到湖边。"

这是典型的米兰达做派。别人都会满足于在屋子里先消磨时间然后用晚餐,可她总是在寻求冒险。这就是为什么在她身边如此有趣,有时甚至令人气愤。不管怎样,当米兰达最初走进我的生活时,生活的确突然变得更值得期待了。

"我得哄普利亚入睡,"萨米拉说,边说边向婴儿车的方向瞥了一眼,孩子正睡得香甜,"对她来说已经太晚了。"

"那好吧,"米兰达尖刻地说,"如果你得哄她的话。"

不知道她有没有看到萨米拉受伤的表情。米兰达显然不是萨米拉和贾尔斯家中新成员的忠实粉丝。今天大部分时间,她都表现得好像普利亚是个不受欢迎的累赘、一件多余的行李。但我记得,几年前她还说起过"等我和朱利安有孩子的时候"。我不知道她的雄心壮志如今去哪儿了。

其余的人疲惫地走进愈发浓重的夜色里。贾尔斯加入了我们的队伍。当萨米拉怒气冲冲地大步走向他们的木屋时,我看见她看他的眼神——大概他原本该去帮忙哄普利亚入睡。这可能是我见过的最接近他们意见不合的情形。他们是一对模范夫妻,两个人互相尊重、心有灵犀、甜蜜恩爱——几乎令人作呕。

我们沿着凹凸不平的小路磕磕绊绊地向湖边走去,博、朱利安和艾玛用小屋提供的手电筒照路。在温暖的室内,我忘记了外面的环境有多严酷。外面是那么冷,我感觉脸上的皮肤都绷紧了,似乎在向阴冷的天气抗议。

突然,艾玛停下脚步,轻呼了一声:"啊!"

我看见了是什么阻止了她的步伐:我们要前往的码头上有一个站立的人影,月光下轮廓分明。他个子很高,站得笔直,常人几乎很难站得那么直。我第一反应是那个猎场看守。他的身高差不多。或者也许是我们刚刚得知的别的客人?

博举起手电筒照向那个人影,我们等着他转过身来,或者至少动一下。可紧接着,博却大笑起来。我这才看清楚他看到了什么。那根本不是一个男人,而是一个男人的雕像,凝望着湖面若有所思,安东尼·葛姆雷[①]的艺术风格。说起这个,这座雕像很

[①] 安东尼·葛姆雷(Antony Gormley, 1950—),英国当代著名雕塑家,在其艺术生涯中,葛姆雷一直以自己的躯体作为原型,并以此为出发点探索躯体与其寓居的空间之间的关系。

可能就是安东尼·葛姆雷的作品。

我们都坐在码头上,眺望整个湖泊。尽管风很小,但湖面上不时会泛起波澜。一定是湖面下的某些东西引起的。尽管有香槟美酒,但大家的情绪似乎都有些低落。也许只是因为辽阔的周遭环境——远处耸立的黑色山峰,头顶无垠的深空,无孔不入的寂静——让我们心生敬畏,陷入沉默。不过,寂静并不完全无孔不入。在这里坐得足够久,你会开始听到其他声音:灌木丛中的沙沙声和窸窣声,湖水神秘的回声。尽管湖面静止,深藏秘密。希瑟告诉我们里面生活着巨型梭鱼——它们的存在被装饰在小屋墙壁上的巨大梭鱼证实了。巨大的下颚,锋利的牙齿,就像幸存的侏罗纪怪物。除了我们头顶上方高大的苏格兰松树在微风中发出"沙沙"的声响,湖区非常安静。时不时就会轻轻响起"砰"的一声——风大的时候会把积雪吹落。

某处离我们很近的地方,有一只猫头鹰在凄厉地叫着。这声音是可辨认的,听着却古怪,很难相信它是真实的,而不是某种特殊音效。米兰达和贾尔斯开怀大笑,但他们的笑声中有几分不安。猫头鹰的叫声,对于我们这样的城里人来说,是一种不寻常的声音,恰恰说明了这个地方是多么陌生。

在我们返回灯火通明的别墅和各自房间的路上,我发现了另一座雕像,在我们左边不远处,桑拿房里的光线勾勒出它的轮廓。它背对湖泊,面向我们。和之前那座神秘雕像一样,吓了我们一跳——我想这正是它们想要达到的效果。

庆幸的是,私密的木屋给了我一个喘息空间。我们到目前为止,已经朝夕相处了将近八小时。我的木屋离别墅最远,就在屋顶上覆满苔藓的桑拿房附近。它也是最小的一间，这些都不足以让我烦恼。虽然我随身携带的东西很少，但我还在收拾行李。然后，我在浴室里的金属独立浴缸里泡了很久的热水澡，浴室还提供了有机沐浴油，弥漫着一股浓郁的迷迭香和天竺葵的芳香。有一扇面向湖泊的高窗，虽然外面的景色被野生常春藤遮住了一半，就像前拉斐尔派[①]画中的风景。这扇窗的位置也足够高，有心人要是偷看我洗澡，要过一会儿我才能发现——如果我能发现的话。我不知道为什么我会冒出这种想法，尤其是这里几乎没人会偷看，可一旦这个想法在我脑海中浮现，似乎就挥之不去。在我踏入热气腾腾的浴缸之前，我拉上了窗前那块用来遮挡视野的亚麻布。

也许我可以在这里待上三天，其他人会制造出足够大的噪音和刺激，没人会注意到我不见了。米兰达一个人就可以为整个派对制造足够的噪音和刺激。

而我总是不起眼的那个。我敢肯定，人们经常好奇，像我这样天生内向的人为什么会和米兰达做朋友。但一段友谊，就像一段爱情一样，差异大的两个人往往会相互吸引。直到这些差异变成了让友谊破裂的元凶，一并抹杀了最初存在的吸引力，让友谊变质，让朋友反目。

在火车上时，我盯着厕所布满划痕的镜子看了很久。里面的光线一向不好，但我仍然看得出我的模样憔悴：苍白的肤色，带着病容，眼窝深陷。你是谁？我默默地问着镜像。"看看你干了什么好事？"

那时，我希望我坐在陌生人中间，待在下一节车厢不起眼的地方。我认识米兰达太久了，久到足以看穿她的想法。她可以是

[①] 前拉斐尔派是一八四八年在英国兴起的美术改革运动，在约翰·米莱于伦敦的家中发起，呼吁绘画应该回到文艺复兴大师拉斐尔之前的艺术风格。

善良的，是的——但那种炫耀式的善意正是她为了表明态度而耍的花招，是为了让我感觉更糟。就像在说，看到我是多么棒的朋友了吗？而你最近表现得多么差劲。

米兰达得到了智慧之神、美丽之神和财富之神的眷顾——这让她听起来像简·奥斯汀小说中的女主角。她很容易招人嫉妒。她天生一副魔鬼身材，是那种会被树立成"年轻女孩不切实际、不好的模范对象"——就好像她本人被PS过一样。这么瘦的人竟然有那么丰满的乳房，似乎不公平。它们不是主要由脂肪构成的吗？还有那头令人羡慕嫉妒恨的浓密而富有光泽的金发，那双碧眼……现实生活中似乎没有人的眼睛是这么纯正的碧绿色，除了米兰达。她是那种你立刻会推测是贱人的类型。她绝对当得起。但在那些了解她的人眼中，她身上美好的品质，足以抵消她的缺点。

关键是，在她偶尔专横的行事风格下，米兰达是非常善良的。比方说，有一段时间我父母的婚姻破裂了——我收到她的一份长期邀请，我随时都可以去她家里避难，远离家里一声比一声高的叫嚷。还有，我六年级[①]时的男友马特因为更漂亮、更受欢迎的弗蕾娅随随便便地就甩了我，米兰达不仅把她的肩膀借给我哭，还放出传言说他患有性病。还有，在参加大学夏季舞会前，我买不起像样的裙子，她慷慨地给了我她的一条银白色的丝绸礼服裙。

我在火车上的某个瞬间睁开眼睛，发现米兰达正在盯着我看。眼神是那么犀利，在审视着我。她轻轻蹙起眉头，像是在思考什么。我假装很快又睡着了。有时，我真心觉得，米兰达认识

---

① 英国中等学校的最后两年，学生年龄在十六岁至十八岁之间。

我这么久了,她可能已经在中途看穿了我的心思,如果她有看起来那么努力的话。

我们比这群老友中的其他人认识得都早,我们俩。时间可以追溯到萨塞克斯的一所小学。两个新来的女孩,一个是富家千金——她从附近的一所私立学校转来,因为她的父母希望她"努力"(他们认为综合教育会增加她被牛津录取的概率)。另一个女孩头发灰白,瘦小的身体穿着不合身的制服:那是从学校的二手货中淘来的。那个金发千金(在上学的第一天早上就很受欢迎)同情她,坚持在集会时和她坐在一起。让她成为自己重视的对象,让她感觉到被接纳,而不是孤零零一个人。

我不知道她为什么选我做她最好的朋友。因为确实是她选择了我:我几乎没有主动。可后来她总是喜欢做一些出乎意料的事,喜欢挑战别人对她的期待。其他女孩都排着队想要成为她的朋友,我至今还记得那一头秀发——纯正的金发,是那么耀眼,看起来不太真实。她的睫毛是那么长,还曾被老师训斥,因为老师认为她涂了睫毛膏:真是冤枉!她的乳房——十二岁就发育得很好。她擅长运动,聪明得恰到好处(尽管在女子学校,学习好并不像在男女混合的学校那样会成为社交障碍)。

其他女孩无法理解。为什么她明明可以选择她们,可以成为她们中任何一个的朋友,却偏偏要和我做朋友?如果她对人的品位如此"离谱",那么她一定有什么地方很奇怪。正因为如此,她从来没有像她原本可以的那么受欢迎。她从来没有设法发掘她在这方面的全部潜力:她本可以像女王一样统治那所学校。但这对我们十几岁去参加的派对上的男孩来说,并不重要。他们看到了她的潜力。我从来没有在路上收到过中学男生家庭派对或是海滩派对的邀请。那时她本可以抛下我,但是她带我一起去了。

一想到这里，我就更惭愧了。这种感觉就和我曾在她家那栋爱德华时代的美丽房子里过夜时的感觉一样。我按捺不住想要为自己拿一些小小的战利品回家的冲动。一些她几乎不会注意到的小物件：一个发夹，或者一双蕾丝边的袜子。只是为了让我那间逼仄的卧室中有一些漂亮的东西可供欣赏，那间米色的卧室在一座双层住宅里，楼上楼下各有两个房间，有着污渍斑斑的墙壁和坏掉的百叶窗。

晚上八点左右，有人敲门。是尼克和博，谢天谢地。有那么一刻，我还以为也许是米兰达。我和尼克是在新生周认识的，从那以后就成了朋友。他陪伴我经历了大学时代的起起落落。

两人进了屋，看了看房间。"和我们那间一样，"尼克说，"除了小一点，更整洁一些……我们的房间到处都是博的东西。"

博用鼻子嗅了嗅。"味道也很好闻。那是什么味道？"

"我洗了个澡。"

我们在床前那一组柔软的扶手椅上坐下。

"你还好吗？"尼克用肩膀撞了我一下，"希望你不要介意我这么说，但你似乎有点……不对劲。从今天早上开始就这样。你知道的，之前火车上的那件事，你被安置在另一个车厢里，我敢肯定不是有意的。如果是米兰达安排的，那就另当别论了……"——他朝博扬了扬眉毛，博点头附和——"我不一定会做出同样的假设。但这是艾玛安排的。我只是觉得她不是有意的。"

"不过，她又不喜欢我。"

博皱眉。"你怎么会这么觉得？"

"我想，只是直觉罢了……"像艾玛这样正派的人，她也许不知怎么洞悉了我内心的黑暗，因此疏远我。不过我没有说出口。我不想让他追问我是什么意思。

"我真的不认为是有意针对你。"尼克说。

"老实说，我不知道自己为什么要来。"

"这话什么意思？"

"我不知道。我只是觉得这不是个好主意，仅此而已……"

尼克盯着我看了一会儿，什么也没说。我总有种可怕的感觉——他很了解我，几乎能读懂我的想法。"也许吧，"我飞快地说，"只是，我已经很久没有见过大家了。"

我不认为尼克会相信我说的话。"还有别的事吗？"他问我，我一直有点害怕他会这么问。

"没。"我说，试图听起来很笃定，但失败了。"没，没什么事。"他们两个都同时看着我。我突然希望博没有在这里出现。我爱他，但尼克是我唯一可能会忍不住想要分享心事的人。

"你确定？"

我摇头。

"那好吧，"尼克说，"我们快去吃晚饭吧。最好至少有一些风笛、野味和苏格兰短裙的组合，否则我会要求退款。"

现在

二〇一八年一月二日

希瑟

我脑海里都是那些客人，坐在各自的木屋里，一脸疑惑：还不知道有人死了。

除非……我把这个想法抛到脑后。我不能让我的大脑草草下结论。但是除了我和道格之外，还有人知道那具尸体的存在，并且十分清楚它为什么会躺在那里。他们之间出了点问题，这很明显。失踪的那位可能心情不好——他们最初来告诉我有人失踪时是这么说的。他们发生过争执：这是他们的原话。

但我要说，两天前，当他们刚到这里时，我就有一种不祥的预感。这话说得轻巧，而且不免有些事后聪明。我没有料到会发生这种事。只是当时的确觉察有异。

我男朋友杰米对"蜥蜴大脑"的想法很着迷。有时你只是对某些人有一种强烈的直觉，而且无法解释。你就是知道自己潜藏的、动物性的那部分。这归结为杏仁核[①]的作用——一个隐藏在大脑灰质中的核团。抢夺最大的那块饼干、占据最舒适的那个座位，它是这些自私的冲动背后的操纵者。在你还没能意识到威胁

[①] 杏仁核，又名杏仁体，呈杏仁状，是产生情绪、识别情绪和调节情绪，控制学习和记忆的脑部组织。

之前，也是它提醒你注意危险。没有它，实验室里的老鼠会一头扎进猫的嘴里。

杰米认为人本质上是文明的动物。原始本能隐藏在一层社会身份之下，受到压抑和控制。即使在压力很小时，内心的那头猛兽也在跃跃欲试。有一次，他被困在爱丁堡郊外的火车上四个小时，大雪纷飞，火车无法通行，因为他们没能把铁轨上的雪清除干净。"要是你们一同被困在救生艇上，"他告诉我，"你立刻就能看清楚哪些人恨不得生吞了你，毫不犹豫。几分钟后，就有一个人气急败坏地捶打着驾驶室的玻璃窗。他就像是一头被关进笼子的动物。他注视着我们其他人，像是在等着看我们中有谁会跳出来让他闭嘴……然后他好借机大闹一场。"

有些人，在适当的压力下，脱离了他们平常舒适的环境，根本不需要被怎么鼓动就能变身成怪物。

当我试图踩着道格大大的脚印，拖着重重的脚步穿过雪地时，我发现自己仿佛回到了四天前他们刚来的那个晚上。那晚，我出于动物本能的直觉第一次浮现。

入住第一晚的高地晚餐，是宣传册上承诺提供的服务之一。但是每次我们举办时，我都在想，客人们也许会很乐意没有这一项。它似乎总是带有一种强行聚餐的气氛，像是国宴。以前我疑惑过，这是不是只是从他们身上敛财的一种方式。食物的售价，即便考虑到使用"最好的当地食材"这一事实，也是贵得离谱。我也想过这是不是一种团结当地人的方式，因为雇用了当地的年轻人当服务员；所有食材都是从附近的供应商那里购买的——除了野味是猎场提供的。

我看到过老板最初买下这个地方时的新闻标题——抱怨这里"精英主义的价格""禁止当地人进入自己的土地"——之前的领主一直主张尊重在高地漫步的权利,但老板竖起了围栏和危险标志,并不怎么友好。他声称这么做是为了阻止偷猎者,但有趣的是,在之前主人的管理下显然不存在这一问题。也许偷猎者那时还没有形成组织武装起来,还没有意识到人们对野味和鹿头装饰品的合理需求。但我认为还可以从另一个角度解释现在猖獗的猎杀行为。按照以往的教训,拿回属于自己的那一份。

有一次,在离我们最近的商店(仍需要一个多小时的路程),我无意中和店主提及了我工作的地方。"你人不错,姑娘,"他说,"可那不是个好地方。赚外国人的钱。"(我猜,他的意思是,老板的英格兰做派,以及客人大多来自英格兰或是更远的地方)。"曾经有阵子,"他告诉我,"他们出大价钱,让人们不去碰属于他们的东西。他们独享那一切。"

如果高地晚餐是为了遏制人们心中想要独占这片土地的自私愿望,我不确定它是否奏效。如果硬说有什么好处,那就是服务员也许会目睹不少客人饭桌上的丑态,回家当故事分享。我记得有一场单身派对,一个特别漂亮——而且非常年轻——的女服务员弯腰去取掉落的餐巾纸时被人猥亵。客人们喝了太多格兰克林单一麦芽威士忌,不胜酒力,醉倒在他们的盘子里,有些当着服务员的面在桌上呕吐。

我敢肯定,伦敦来的那群客人会比单身派对的客人举止更得体。他们还带了个婴儿,所以肯定要顾及孩子,即使那对父母不会前来赴宴(那位母亲要求将食物送到他们的木屋)。剩下七个人。黑头发的男人,高挑的金发女郎——朱利安和米兰达,相貌最出众的两位。他们的名字甚至也是所有人里最时髦的。还有那个戴着设计师款眼镜的男人,身材瘦削、衣冠楚楚、一头茶色头发——他叫尼克——还有他的美国男友,博。那对带着孩子的夫妇:萨米拉和她的丈夫贾尔斯——那个光头。还有第四对:马克和艾玛。他本来长得不错,但眼距太近,就像小型捕食动物的眼睛,而且他的上半身尤为壮硕,和下半身不成比例,拥有像小兵人那样不自然的外形。而艾玛呢,我认为她就像是高挑金发女郎的精简版:金色头发根部露出了原本的发色,上衣向上卷起,露出牛仔裤上方游泳圈似的赘肉。我对自己的想法感到惊讶。通常,我不是那种刻薄的人。但两人的相似之处是难以忽视的。她的头发也染成一样的颜色,衣服也是一种风格,连眼妆甚至都在效仿,眼角有黑色眼影。虽然这种眼妆让她朋友的眼睛看起来又大又魅惑,却只是凸显了她的小眼睛。

还有最后一个,凯蒂。他们中最古怪的一个。一开始我几乎忽略了她。她笔直地站在房间角落的阴影里,一言不发——几乎就像她想消失在他们中间一样。不知怎么,她和其他人也格格不入。她的气色不好,眼睛下方有青色眼袋。她的着装太正式了,像是要去出差,却不小心出现在这里。

通常,我虽然必须记住客人的名字,但我更情愿将待在这里的人单纯视为"客人":客人一号、客人二号,等等。我不想把他们看作独立的个体,在这个地方之外过着幸福圆满的生活。也许这听起来很奇怪。这是一种生存策略。现在,他们中的一个已经死了,更是要如此。

但过去的二十四小时迫使我们更深入地了解这群人。

我想,老实说,从一开始我就对他们心存好奇。也许是因为他们和我年龄相仿:我猜他们应该三十岁出头,不超过三十五岁。如果我能在城里找到一份高薪工作,就像一些朋友大学毕业后那样,我甚至像他们一样。感觉就像宇宙在对我说,这就是你原本可以拥有的生活。这是你在一年最孤独的时候(因为是跨年夜,不是吗?)可能会去的地方,可能会做的事——与朋友一起计划出行,在城市拥有自己的生活。

然而我并不感到嫉妒。我也说不清楚,但似乎有一种不安、不满的情绪围绕着他们,甚至在他们笑着推搡和打趣彼此时也有一种戒备。这种情绪蔓延开来,波及了远处的黑发女人,那个独自站在角落的女人。他们注视着彼此,有彼此的陪伴,却似乎并不自在。这说明他们要么是新朋友(不太可能),要么是认识很久的朋友。因为老朋友之间就会这样,不是吗?有时他们甚至没有意识到,他们不再有任何共同点,也许甚至不再喜欢彼此了。直到为时已晚。

就在正要上开胃菜(野生香草熏制的当地鲑鱼)时,另外的客人,那对冰岛夫妇走了进来,他们的出现激起了其他客人强烈的敌意。

之前我去当地商店采购时,莱恩帮他们预订了房间。我很少外出,所以他不得不接电话。他说,他看见系统里的简易屋是空置的,和老板核实过,对方也同意了。可惜他没有在登记簿写下他们的名字:如果我事先知道的话,我是不会向其他客人承诺他们可以自由支配这个地方。

我不确定这两个人会有什么样的举动。起初,他们的外表让我很是惊讶。他们不是通常那种衣着光鲜的客人。两人的皮肤上都有风吹日晒形成的皲裂,粗犷的外表是长时间暴露在严酷的天气条件下的缘故。男人有一双浅蓝色的、狼一般的眼睛,干枯细长的金发用皮绳绑在后脑勺；女人戴着一个双头鼻钉，打结的黑发绑成了一个马尾辫。

他们来的时候，身上背着巨大的背包，有半人高。他们解释说，他们是搭乘一艘从冰岛开往马莱格的拖网渔船过来的——我看到美丽的金发女郎听到后，不屑地皱起了鼻头。莱恩在马莱格岸边接上他们，开着他那辆卡车把他们接到了猎场。他们身上的户外装束：戈尔特斯户外夹克和厚靴子，让其他几位穿着巴博尔和威灵顿靴的人看起来有点滑稽。用晚餐时，他们也没有换掉那身户外装束，就连穿着量身定制的科林湖区苏格兰短裙的道格和莱恩，在他们旁边都显得很浮夸。服务员也不能幸免，两个女孩，还有一个男孩，全都穿着白衬衫和格子围裙。金发美女看着两位新来的客人，就好像他们是刚从湖底冒出来的生物。幸运的是，他们坐在我身边。她坐在对面，挨着道格，她似乎迅速做出决定，不在他们身上浪费自己的精力，而是一心扑在道格身上。她身体凑得太近了，我觉得她可能会倒在他的腿上，她解开一半扣子的衬衫慷慨地露出诱人的乳沟。她知道自己看起来有多可笑吗？道格不会这么轻易就被俘获吧？对吧？想必，她不会是他喜欢的类型吧？可紧接着我才想起，我完全不知道他喜欢什么类型的女人，因为我其实对他一无所知。

我把注意力重新放回我两边的冰岛客人身上。他们几乎能说一口流利的英语，只是略有些口音，暴露了他们的异国身份。

"你在这里工作很久了吗？"那个叫克里斯汀的女人问我。

"不到一年。"

"你一个人住在这里？"这次发问的是名叫英格瓦的男人。

"嗯，不完全是。道格……那边那位，也住在这里。莱恩和他的家人住在镇上，威廉堡。

"是接我们的那个人吗?"

"是的。"

"啊,"他说,"他看起来人不错。"

"是的,"我想可能是吧,尽管我真的没有发言权。莱恩每次来,就按照老板的指示埋头干活儿,然后离开。他不太和人聊天。当然,他这么形容我也没问题。

英格瓦若有所思地说:"你在这里一定很孤单……对吗?""还好。"我说。

"不害怕吗?"

我不喜欢他问我时微笑的神情。"不。"

"我想人是会习惯的,"他说,"我们来的地方,你知道的,人们清楚孤独的滋味。不过,如果一不小心,也会折磨得你发疯。"他用一根手指在他的太阳穴上比画了一个无聊的动作,"冬天无休止的黑暗,透不过气的孤独。"

他的话让我陷入思考。如果你住在冰岛——那里有漫长的冬夜——你会想要去比苏格兰更远的地方,远离寒冷和黑暗。以这里的住宿价格,你完全可以去一趟欧洲南部,那里相对更暖和。但我有什么立场去评判呢?毕竟,我现在的行为也不是标榜理性的典范。还有,我不知道,两个不得不搭拖网渔船便车的人是如何负担得起这里的价格的。但也许他们这么做只是为了冒险。我们接待过形形色色的客人。

"我们该担心吗?"英格瓦问道,"那则新闻?"

"什么意思?"

"你不知道吗?高地开膛手。"

我当然知道。我只是希望客人们不知道。我看过前一天报纸上刊登的照片:六名受害者的面孔。都是金发碧眼、年轻漂亮的女子。你走在爱丁堡的王子街也许会遇到一百个这样的女孩——但这些照片里受害者的面容都笼罩着不祥的色彩,好像每张人畜无害的微笑照上有什么预示了她们的命运。她们仿佛被打上了死亡的标记。

"是的,"我小心翼翼地说,"我看过报纸。但苏格兰这个地方很大,我认为你没必要——"

"我还以为是在西部高地,他们在那里发现了受害者?"

"还是那句话,"我说,"苏格兰很大。碰上的概率就像撞见尼斯湖水怪。"

我的口气比我感觉到的还要不以为意。那天早上,莱恩说:"鉴于这个消息,你应该告诉客人,晚上要待在室内,希瑟。"

我大吃一惊。一方面是因为莱恩主动和我说话——他通常都沉默寡言,另一方面是因为他的担忧。我不记得以前听他主动说起客人的事,更不用说对他们的安全表示担忧了。

我不认为英格瓦会害怕什么;相反,我感觉到他有些从这件事中寻开心的意味。他的嘴角挂着捉摸不定的微笑。当他问起打猎时,我松了口气,终于可以逃脱那双淡蓝色眼睛的审视。我记得当时觉得它们有些令人不安:它们看起来不像人类的眼睛。

"哦,打猎的事你最好问道格,"我说,"这绝对是他的长项。道格?"

道格的目光看了过来。金发客人也抬起头来。看样子很生气被人打扰。"你有没有在晚上狩过猎,"他问道,"带上灯和狗?"

"没有。"道格飞快地回答——出奇地大声。

"为什么呢?"英格瓦问道,脸上又再次浮现那种古怪的微笑,"我知道那么做非常有效。"

道格的回答直截了当。"因为那么做很危险,也很残忍。我永远不会用灯。"

"灯?"美丽的金发客人问道。

"探照灯,"他说,几乎都没看她,"灯照在鹿的身上,它们会一动不动。它们会感到困惑,也会感到害怕。人们经常会射错对象:射中怀着小鹿的母鹿;有时他们会放狗来撕咬动物,这是最野蛮的猎杀手段。"

接着,气氛有些紧张,大家一时间陷入沉默。我想,这可能是我听道格一口气说得最多的一次。

两位冰岛客人一直非常热心地帮助寻找失踪客人的下落。在这种天气条件下,他们可能是我唯一能够信任的人:他们一定经常遇到类似的天气。但他们毕竟还是客人,我仍然要对他们的安全负责。此外,我对他们一无所知。他们是未知量,所有的客人都是。所以我的蜥蜴大脑清晰响亮地对我说:不要相信任何人。

三天前
二〇一七年十二月三十日
凯蒂

  我和尼克,还有博手挽着手走到别墅吃晚饭。两人的味道都很好闻,尼克一如既往身上有柑橘的香甜,也许还有若有若无的熏香。那是一种如此熟悉、令我感到安慰的气味,我想把脸埋在他的肩膀上,把一切都告诉他。
  在牛津的时候,我一开始有点喜欢尼克·曼森。我想研讨小组的大部分同学都喜欢他。他长得很帅气,有一种新鲜的、成熟的魅力,与其他大一男生完全不同——他们中的许多人仍然长着粉刺,笨手笨脚,或是不敢与女生说话。与朱利安在健身房打磨出来的英俊相比,他的美更加精致。尼克可能是从另一个星球来的,在某种程度上他就是这样。他在巴黎取得了学士学位(他的父母是外交官),在那里生活期间,他还掌握了一口流利的法语,还发掘了对高卢牌香烟的喜爱。尼克现在说起来会嘲笑自己当初是多么自命不凡——但当时大多数本科生同样自命不凡……只有他的自命不凡似乎更加真实合理。
  大二时,他向少数几个朋友出柜了。这并不全然是个惊喜。他没有和任何一个主动追求过他的女孩约会过,她们急不可耐的示好让人感到尴尬。所以他的性取向也许要打上一个问号。我选择忽视这一点，因为我对他以单身示人有自己的解释：他在等对的那个女孩。

然而，尼克并没有向他的父母出柜：当时他们在阿曼担任大使。他并不是害怕这样做，他告诉我："他们思想开明，而且他们可能已经猜到了——我在巴黎时和几个男生走得很近。"

但他想选择合适的时机，因为那是一个重要的里程碑，是对他身份的确认。

米兰达声称，当尼克的父母来参加阅读周时，她对这些一无所知，尼克向公共休息室里的每个人介绍了他们。大家聊起期末考试，米兰达用欲说还休的口吻暗示："别担心，曼森先生、曼森夫人……我们会监督尼克把心思放在学习上，而不是追着最帅气的男孩跑。"她甚至都不该知道这件事，这是最糟糕的。尼克袒露心声的人不包括米兰达。我为告诉她这件事感到羞愧。我通常很擅长保守秘密。但是那次我喝醉了，米兰达一直打趣我，说我对尼克有好感，我这才说漏了嘴。当然，我求她不要说她知道这件事。而她声称完全不记得这回事。她事后也声称，她认为尼克的父母"知道"。

我确信尼克永远不会原谅我。因此，他的反应让我感到宽慰。他怒火中烧，是真的。但谢天谢地，不是生我的气。他告诉我，他想过用几种缺德的办法来报复米兰达——从给她每日必需的珍贵现磨咖啡中混入泻药，到在夜黑风高的夜晚把她推进伊希斯河。尼克有时有一种邪恶的幽默感。

"我知道这不是多么了不得的事，"他告诉我，"反正我这周也会告诉他们……吃顿丰盛的午餐或是别的什么时候。但这是原则问题。我知道这不是意外。我认为她这样做是因为她享受大权在握的感觉。还有，当然了，在我们两人之间使绊子。"

"你这话什么意思？"

"我十分确定，她讨厌你是她朋友的同时还是我的朋友。"

"哪有，"我告诉他，"米兰达有很多其他朋友，而我只有……一些。"

"是的，但她没有其他亲密的朋友——你注意到了吗，凯蒂？她只有你。而且我想她不喜欢和别人分享她的玩具。"

当然，现在回头看，那都是陈年往事。尼克和米兰达这些天相处和睦，他不会为此一直耿耿于怀。

现在外面更冷了，呼吸在空气中形成了雾气。当大家踉踉跄跄地沿着小路返回木屋时，我正好朝桑拿房的方向看了一眼，之前我在那里看到了第二座雕像，那座面向我们的雕像。然而，古怪的事出现了，我借着桑拿房里的光线搜寻，以为它一定是隐藏在暗处，可寻觅良久依然一无所获。那座雕像，竟然不见了。

米兰达

晚餐是在别墅宽敞的餐厅里进行的,离客厅不远,里面灯火通明,仿佛点了成百上千根蜡烛,服务员是一群少年,长着青春痘,穿着清一色的格子围裙。我们少了两个人:萨米拉和贾尔斯正在他们的木屋里吃晚饭。萨米拉说她听过太多关于父母"只是离开他们的孩子一小时左右"就酿成大祸的故事。是的,故事是我给她讲的——但又不是在任何地方都会出事。再说,老天啊,六个月的普利亚又不会独自走丢。不管怎么说,萨米拉还是听不进去。她就是这样,我们二十岁出头的时候去参加一个派对,她决意跳过大楼和相邻大楼之间两英尺的缝隙,只是为了图个开心。老实说:有些人一有了孩子,就仿佛做了性格移植。或是切除了部分脑神经。

我座位一侧坐着猎场看守道格,另一侧是那个名叫莱恩的男人。他们俩都穿着一模一样的绿色格纹裙,挂着毛皮袋。两人看起来都不太心甘情愿。不过你应该能想得到,这身装束穿在猎场看守身上帅气逼人。他真的很有魅力。

我转头看着他,问道:"你一直做看守吗?"

他听见我和他说话,似乎有点惊讶。

"不是。"

"哦,那你以前是做什么的?"

他皱起了眉头,叹了口气,似乎终于接受有人在等着他回答。"海军陆战队。"

"哇。"我想象他穿着制服,后脑勺和两侧的头发剃得很短。那个形象很吸引人。早些时候,我夸他性感,其实主要是在开玩笑……但我想这赞美也不是空穴来风。他看上去很干净,虽然我相信他的头发过去五年都没有梳理过。我庆幸自己精心打扮过:真丝衬衫纽扣比严格来说多解了一粒,还换了新牛仔裤。

"你需要杀人吗?"我一边问他,一边身体前倾,用手托着下巴。

"是的。"他这么说的时候,没有任何表情,没有流露丝毫的情绪。我身体微微颤抖,也许是因为不安……也许是因为欲望。我想起和朱利安在一起之前,我总是被这个类型的男人吸引:寡言、喜欢沉思。

朱利安坐在我们对面,拥有前排正中间的好视野。在一段关系中,没有什么比激起一点嫉妒更能点燃激情了——尤其是我们的关系。这么说吧,朱利安过去曾表达过一些相当耸人听闻的性幻想。可能是餐厅里一个很熟悉的服务员,或者是隔壁太阳椅上躺着的男人,他确信他们的目光曾在我身上流连。"你希望他这么对你吗?"他会在我耳边喘着粗气说,"还是这样?"

最近,性爱已经成为一种达到特定目的的手段——为了怀孕,而不是享乐。萨米拉分享给我一个应用软件,它会提醒你排卵期。所以我们只能等那时再做,不然朱利安精子的质量会下降。当然,还只用特定的姿势。我已经向朱利安解释过很多次了,但他似乎不理解。然后他就不再尝试了。向外界假装我们恩爱如初,这并不容易。此外,还有朱利安一直承受着很大的压力:他告诉我,有人一直威胁说要揭发他。他不知道是谁干的;

威胁信是匿名的。但我知道这让他感到不安。所以没错，我们可以稍微放松一下，让性事变得有趣一些。

我觉得我的办法现在奏效了，我在讨好道格。当然，朱利安看起来很生气。实际上，他也许表现得很愉快——向外界展示正确的那副面孔总是如此重要——但我太了解他了。他颈部侧面暴起的青筋还有咬紧的牙关，都泄露了他的真实想法。

我瞥了一眼凯蒂，她坐在我桌子对面，一旁坐着那个冰岛男人，他长着一双奇怪的眼睛，似乎有点喜欢她。他们也在这里，真是场噩梦。我们还要和他们共用桑拿房？天啊，只是看看他们那身衣服，我之后就得给自己消毒。

现在，这个男人身体向凯蒂倾斜，好像他一生中从未见过如此迷人或美丽的事物。很明显，从他的伴侣可以判断，他的品位独特。

不过……凯蒂好像不一样了。她看起来挺好看的。她的头发剪得很时髦——我推测，她终于去丹尼尔·高尔文沙龙做了一次头发，而不是她常去的那个鬼地方。那家理发店似乎总是给她剪成以前学校里曲棍球老师威廉姆斯夫人那种发型。你想，以她公司律师的薪水，她有时应该更注重一下仪表。我和她说过几百遍去丹尼尔·高尔文沙龙做头发——我每隔六周去染一次头发——所以我不知道自己现在心烦什么。也许是因为她没有肯定我的功劳，我觉得这是我应得的。也许是因为我曾想象我们一起去做头发。抽出早上的时间，两个人一起。而且，如果她有时间去伦敦市中心又是做发型又是染色，她应该也能抽出时间陪她最好的朋友去喝一杯吧。恐怕任谁都会这么想。

我最近很需要她。我知道一部分过错在我。我一直给人自力更生的印象，不希望任何人多管闲事。但是，最近，一切都有点超负荷。她是唯一我愿意倾诉我婚姻中出现问题的人。我不能告诉她朱利安遇到了什么麻烦，因为事关重大，没有人知道内情。可至少，我可以和她说说我们性生活不和谐的事。过去一年我感觉我们俩在慢慢疏远。

可……如果真的有机会，我会告诉她吗？也许不会。因为，如果我对自己足够坦诚的话，我知道我没有和她说的原因是，我享受成为生活美满的那一个。那个拥有一切的朋友，一个举足轻重，当朋友有需要时，随时准备好介入并提供建议的人。要我放弃这些，得再多来几次争吵，多几个月没有性生活才行。

一直以来，我都很清楚凯蒂的近况。她知道的都是我选择分享的事。但最近，我对她的生活一无所知。在过去的几个月里，她找了各种各样的借口不来见我。我告诉自己那些不是借口：她总是那么忙，忙着干她该死的工作，忙着当一个体面的成年人，不像我。或是不得不去萨塞克斯探望她生病的母亲（喝那么多酒终于让她自食其果）。我甚至提出要和她一起去探望莎莉——天哪，我认识这个女人已经二十年了。即使她一直都不喜欢我，她曾经当着我的面叫我"高人一等小姐"，口气里混合着葡萄酒的酸味——可前去探望似乎才合乎礼数。然而，凯蒂不假思索就拒绝了我的提议，好像这个想法有多吓人似的。

也许我和凯蒂之间渐行渐远是不可避免的，是成长的一部分，我们是有各自的生活、有别的事要处理的成年人。责任、家庭，成为友谊道路上的绊脚石。我们的关系无疑只会变得更差，不会更好。我想我不能怪她。我知道朋友会分道扬镳，变得不再享受彼此的陪伴。我有时会刷脸书，翻十几年前我们在牛津上学时的老照片，有一些我和别人的合照——有些在照片中反复出现的面孔，我几乎认不出来……更不用说记住他们的名字了。这让我感到有些不安。我会浏览这些照片：一场接一场的派对，家里、酒吧里，还有在本科生公共休息室里，我的手臂搂着那些也许素不相识的人。第一年的照片是印象最模糊的。有人说你在大学度过的第一年是在努力摆脱你在入学第一周结交的那些"朋友"。那个面试时，我一时疏忽闲聊过几句的热情女孩；那个在迎新派对上我喝醉后说过话的男生，后来他经常在学校不同的地点和我"偶遇"，想趁机约我一起喝咖啡。

大学毕业后的几年里，你会从剩下的朋友中筛选，你会意识到，自己没有时间和精力穿越伦敦或是整个国家去见那些几乎没有什么可与你分享的人。

不过，我从没想过这会发生在凯蒂和我身上。我们自幼相识。我们的友情是非比寻常的。发小一直都会在的，不是吗？如果你们已经认识了那么久，又怎么会轻易分离呢？

尽管如此，如果我不了解内情，我会说，这种感觉就像是凯蒂在成长道路上已经领先了我。我脑海深处一个小小的声音坚持说。那个声音，最差劲的那个自己不客气地说着："是我让你成为现在的你，凯蒂。没有我，你什么也不是。"

我记得那个小女孩：当其他女孩都开始发育时，她的胸部还是平的。她有细细的长发，走路内八字，红褐色的校服更显得她面带菜色。

我一直喜欢有挑战性的对象。

可现在你看她。当然了，她永远都算不上漂亮，可她已经学会了凸显自己的优点。换了新发型，做了牙齿矫正美白。她的衣服剪裁合身，充分展示出她纤细修长的身材（以我的胸围穿那种衬衫，总会显得臃肿）。当她在那间律师事务所取得执业资格时，她把那对招风耳做了整形，作为礼物送给自己。她看起来很……

时髦。我们在牛津上学的时候，她如果能找到自己的时髦感就好了。她会完美地适应大学生活。你可能会以为她是法国人：她巧妙地利用了那些有缺陷的容貌特征。法国人用什么词来形容呢？相貌平平的魅力女郎：丑美女。我几乎羡慕这种魅力。这是我永远不会拥有的东西。那种让人看第二眼的精致。那种长相是一种后天习得的品位：说起精致，那是超越大众理解的一种美。

凯蒂永远不会被建筑工人或开货车的白人男性吹口哨。我从来都不明白，为什么有些人会为此感到荣幸。你看，好吧，我知道我非常有吸引力——之前我已经说过了。你恨我吗？反正我不需要那些大腹便便的建筑工人来证明我的魅力，他们会对任何一个穿短裙或紧身上衣的女人起哄。如果非要说有什么不妥的话，他们让这种欣赏变得廉价。

不过，他们不会冲着凯蒂大声起哄。好吧，他们可能会对她大喊"牙套妹！"。但他们不会对她有幻想。他们不会欣赏她。总之，无所谓了。我不会浪费宝贵的假期时间操心她的事。我回头看着道格。他在和艾玛说话。我用手故意去碰他的手。也许是我喝了太多杯酒，在肢体接触的那一刹那，我感觉他的手指缩了回去。

"你介意把调味汁递给我吗？"

艾玛

坐在我旁边的男人名叫莱恩,他在这里干活儿。他话不多,而且说话时带着浓重的口音,让人很难听懂他在说什么。但他很友好。跟凯蒂旁边那位冰岛客人英格瓦相比,他绝对是更好的用餐伙伴,那位客人看着她,恨不得她就是他的盘中餐,而不是那片香味过于浓郁的肉。

"你也住在这里吗?"我问他。

"不,"他说,"我住在一个小村庄里,大约一个半小时的路程,和我的妻子住在一起。"

"哦,"我说,"你在这里工作很久了吗?"

他点点头。"自从现任老板买下这个地方。"

"你做什么工作?"

"什么都做。四处干点零活儿:现在在水泵房干活儿,就是湖边那个。我把日常必需品也用货车运过去了——食物,还有木屋里零零碎碎的东西。"

"老板是个什么样的人?"我好奇地问道。我想象中是一个满脸胡须的苏格兰领主,所以当莱恩说"作为英国人来说他人不错"时,我有点惊讶。我等他继续说下去,但他没有,要么是没什么要补充的,要么是不愿意说。

我的问题好像都问完了,所以冰岛人问起狩猎的事时,我松了一口气,全桌人的注意力都被这个问题吸引了。仿佛狩猎、杀戮像一块磁铁,吸住了每个人的注意力。

"我们不只是为了猎鹿而狩猎,"猎场看守说,"我们这样做是为了控制鹿群的数量——否则会失控。所以有必要这么做。"

"可我认为这之所以有必要还有另外一个原因,"英格瓦说,"人类天生是猎人,这存在于我们基因里。我们需要找到一个发泄的途径,满足这一需求:嗜血。"

他意犹未尽地吐出最后两个字,仿佛它们滋味甚美,大家一时有些沉默,似乎没有人知道该说什么。

"嗯,这我就不懂了,"博温和地说,他用叉子叉起一块鹿肉,"但这是很棒的鹿肉。想到这就是当地的野味,真是神奇。"我可不这么想。老天,我希望他们不必费心准备这顿晚餐。完全不难吃,但我可以做得更好。鹿肉用杜松子调得味道过重,几乎尝不到肉原本的味道,而且几乎没有什么汁水。蔬菜软趴趴的:火候太过,成了黏糊糊的一团。事实上,与其他客人这么近距离相处只是加剧了这种混乱的局面——我们不能单独享有这里。我知道我应该放下这个念头,顺其自然,但我非常希望大家都有完美的旅行体验。那两位客人长相如此怪异,不修边幅,我能看得出米兰达尤其对他们毫无兴趣。

明天晚上我会弥补。我计划准备一顿丰盛的晚宴:烟熏三文鱼薄饼搭配几瓶香槟开胃,然后是铝箔纸烤惠灵顿牛肉,最后会上一道完美的巧克力舒芙蕾。众所周知,蛋奶酥并不容易做,完全不能分心。大部分人没有耐心做。可我偏偏中意这种精细的烹饪方式。

老实说,当甜点(一道毫无食欲的覆盆子巴甫洛夫蛋糕)终于被扫荡完,大家可以找借口离开时,我松了一口气。如果要说有什么不妥,是那两位蓬头垢面又奇装异服的客人,他们的存在影响了这个地方的魅力。

道格

晚饭后大约一小时,从木屋外传来敲门声。格里芬和呼啸那两只狗为这出乎意料的造访兴奋得上蹿下跳:还从来没有人来过他的木屋。他看了一下手表,已经是半夜了。

"该——"

门口是那个漂亮的女人,吃饭时坐在他旁边的高挑金发女郎,那个用手触碰他的手的女人。已经有很长时间没有人触摸过他的皮肤。她微笑着,抬起手,仿佛正准备再次敲门。他能从她身上嗅到麻烦的味道:他能从大多数人身上闻到这种味道。

格里芬像离弦的箭一样射了出去,吠叫着扑向她。"下来!"她举起双臂,这个动作牵动了她身上的毛衣,露出紧致丝滑的腹部和收紧的肚脐。狗的鼻子在她的皮肤上留下湿滑的口水。

她似乎对自己害怕的反应感到尴尬;她弯下腰抚摸格里芬的头,一副虚张声势的架势。"美女。"她说,听起来不太让人信服。她朝他莞尔一笑,露出一口洁白的牙齿。那微笑似乎在说,快看,看我多么放松。"你好。希望你不会介意我这样冒昧地打扰你。"

"怎么了?"

她的笑容僵住了。可为时已晚,他这才想起她是客人,他有义务服务好她。可不论她有什么事向他求助,这时候都太晚了,这太可笑了。他们一年只接待几次客人：在此期间很容易忘记待客之道。他在问出下一个问题时试着控制了一下伤害值。"我能帮什么忙？"

"我想知道你能不能帮我们生火，"她说，"在别墅里。"

他盯着她。他无法想象，九个人里怎么可能都找不到一个掌握生火技能的人。

"我们一直在努力，"她说，"但运气不太好。"她将一只胳膊靠在门框上，慵懒地站着。她的上衣又露出一截。"你看，我们是伦敦人。我知道你会比我们做得更好。"

"好吧。"他说，然后他想起她是客人。顾客是上帝。"当然可以。"

他能感觉到，她是那种习惯于随心所欲的女人。他能感觉到她试图向屋内窥视。他不习惯这样：没有人来过这里，没有人进来过。他用身体挡住了她的视线，迅速在身后关上门，将将避开格里芬急切地想伸出门外的鼻子。

她朝他勾了勾手指，邀请他跟上。只是去别墅生什么该死的火……可尽管如此，他还是知道她在向他暗示什么。这个举动本身没什么，而是那些耳语、暗示和眨眼。

他有多久没有碰过女人了？很久了。一年多——也许更久。

跟在她身后，他又闻到了她香水的味道。可在他闻起来，却是危险的气息。

现在

二〇一八年一月二日

希瑟

周围的景色通常会在湖中投下完美的倒影,仿佛山峦、树林和别墅在照镜子一样。有时在这种倒影中,它们看起来比现实中更清晰、更完美。但今天,那倒影被冰覆盖、混沌不清、伤痕累累。我正跟着道格沿湖边小径拐弯,我在心里默念,拜托,不要是这片湖。不要让他在那里找到尸体。

湖泊是我的圣地,我的教堂。我现在已经形成了每日作息规律。睁开眼,强迫自己起床,直接穿上泳装——就像我们在学校上游泳课时穿的那种简洁的连体泳衣。我不想引起任何人的注意,为了暖和,我挑了一件遮挡最严实的泳衣,无须借助全套潜水服。这一年,我每天早上都去游泳。我会特意挑温度低于冰点、必须打破结冰的湖面的时候游泳——就像现在。湖水冰冷刺骨,像虎钳一样紧紧抓住你,挤出你脑海中所有的想法,让你的心脏怦怦直跳,仿佛随时会爆炸。那是我最靠近自己、没有任何压力的时候,是这些日子我唯一感觉活着的时刻。虽然,第一次游泳时,我真的以为自己要死了。有那么一刻,我意识到,我也不是特别介意就这样死去。

游完泳之后,我擦干身体,回到木屋。这时,身体的每一根神经末梢都在愉快地震颤。我想你可以说，这是仅次于性爱的美好体验。

我见过道格在湖里游泳，只有一次。从我的木屋向外望去，湖景一览无余。他径直走到岸边，脱到只剩一条平角内裤，露出强壮的肩膀，皮肤如牛奶一般苍白。在冰冷的湖水面前，没有片刻犹豫，便纵身跳了进去。游泳时，他的身体看起来好像是一台专门设计的机器，以最快的速度劈开湖水。当他走上岸边，他的脸色冷峻，仿佛刚给自己执行了某种惩罚。

观察这一切时，我感到一种强烈的羞耻感，好像我闯入了他的某个私人时刻，尽管我只是从窗户向外瞥了一眼。那种羞耻感像是一种不忠。因为我看见了同事的身体，还一直盯着看，对它没有免疫力；还因为后来洗澡时，我脑海里一直播放着那个画面，一年多来第一次释放了自己。

现在，道格转过身来，确认我有没有跟上他的脚步，我感到脸颊迅速升温。希望刺骨的寒冷足以解释我的脸红。

我们将要钻进湖泊一侧的灌木丛中。边缘是一排黑松。其中几棵不是当地的树种。它们是挪威来的冒名顶替者，战后种植在这里。它们比当地的苏格兰松树更加密实。置身其中，外界的所有声音似乎都被屏蔽了。不是因为里面的声音很杂，偶有乌鸦时不时的叫声。是因为这段路永远不会暴露在阳光下。走在其中，即使是夏天，也总是如同置身黄昏。

在我心情好的日子里，我会说服自己喜欢这些树：它们的针叶泛着光泽。我把松果收集起来放在房子周围的碗里，当你从它们中间穿过，会闻到温暖、清新的圣诞松香气。而在我心情低落的日子里，我觉得它们看起来死气沉沉，就像戴着黑斗篷的阴险哨兵。

我们现在已经看不到别墅了。只有我们两个。我突然想起，虽然我和这个人共事了一年，但我对他几乎一无所知。这绝对是我和他相处过的最长时间，也很可能是我们彼此交谈最多的一次。

我不确定他有没有可以倾诉的人。一开始，我一直期待他问我能不能上网：发邮件，或者在脸书上查看朋友和家人的近况。但他从来没有问过。就连我也时不时与家人朋友联系一下，只是为了让他们知道我还活着。我每隔一段时间就会休假去看他们。除非必要，他似乎从没离开过猎场——比如带客人进城逛商店。我有次不小心和我妈妈提起他，说他过着孤单的生活。当然，为人父母，难免操心。

"他是什么人都有可能，"她惊恐地告诉我，"他是什么来历？他是哪里人？"

我告诉她我唯一知道的一件事：他曾在海军陆战队服役。这丝毫没有让她安心。"你需要在高歌（Goggle）上搜他，希瑟。"她警觉地叮嘱我。

"是谷歌（Google），妈妈。"我纠正她。

"不管是什么。还有那个男的——他叫什么名字？"

"莱恩。可他甚至不住在这里。他听老板差遣，每隔一段时间就会去伦敦找他，每周只来这里打几次零工——有物件需要修理的时候。"最近，他在湖边第一道瀑布旁边的新水泵那里干活儿：显然部分出于老板的美好心愿，想让这里用上绿色能源。

她认可了这个说法。"不过，另一个。答应我，你会在网上搜索他。至少要调查那位看守。你需要知道这个人的底细……你周围几英里就这么一个人。光是想想就让我心悸。"

"好的，妈妈，"我说，"我会的。"但我没有，当时没有。这原本是简单的事。我可以从办公室的记录里找到他的全名。在浏览器里输入，看会跳出来什么。可光是动一动这个念头，我就感觉像是在背叛。

当然，当妈妈再次问起有没有搜索——我看得出这是她现在坚持的那些事，像是盯上骨头的小猎犬——我告诉她我搜了。

"没事，"我告诉她，"我看了。没什么不寻常的。这下好了。你现在可以不用担心我了。"

电话那头沉默了一下。"我永远不会停止担心你，宝贝。"我挂了电话。

事实是，她说得没错：我对道格一无所知。他那么安静。如果你只有一位同事——不算莱恩的话，你会想要多了解他一些。我并不是想知道他的所有故事。只要知道他不是一个完全陌生的人，就知足了。

我对他有限的了解是面试时老板话里的暗示。他的背景让他非常适合这份工作——尤其是驱赶那些前来从鹿群中攫取非法战利品的偷猎者。但这并没有让我对这个与我分享这片荒野的人有些许了解。

当让他挑选木屋时，他选择了最偏远的那间——距离别墅近一英里，在山侧面的半山腰，没有树木掩映，也看不到湖景。毫无疑问，它是所有屋舍中最不好的，这表明他选择它纯粹是因为它的位置。没错，我理解独处的必要性。可在这偏远的荒野中进一步自我封闭，这让我不禁疑惑，他究竟试图与什么保持距离。

"我们要去哪里，道格？"

"就快到了。"他说。我们在树林深处跋涉，只能听见靴子在雪地里发出的吱吱声。在我们前方是第一道瀑布，瀑布上有座小木桥，几米开外还有座水泵房。通常，我们只需要十分钟就可以到这儿。但在这种天气条件下，花了半小时。

我看到岸边的雪地上有大大的靴子印，显然是他第一次站在那里往下看时留下的。我注意到，没有其他足迹。也不会有。这场雪已经下了好几个小时了。任何其他的踪迹——包括那位死去的客人的踪迹——都早已被掩埋。

"在那里。"他指着下面说道。

我起初什么也看不见。到达底部还有很长一段路，我用力抓住链条栏杆，十分清楚道格就站在我背后。当我凝视下方，白茫茫的一片。有一瞬间，我感到迷茫。我只能辨认出山涧里的积雪和冰。

"道格，"我说，"我什么也看不见。底下什么都没有。"

他皱着眉头，又指了指。我顺着他指的方向向下望去。

岩石林立，积雪像一只只巨大的枕头。突然，它就像变戏法一样出现在我的眼前。

"天哪。"像是呼出了一口气，肠胃遭到一拳重击，而不是吐出一个单词。

以前，从事那行时，我见过尸体。肯定比普通人见过的数量要多。但伴随死亡而来的恐惧永远不会消失。看见曾经活生生的人变得毫无生气，它总会让你震惊，一种事关生死的深刻震动。一个最近还在思考、有感受、能视物的人，变成了一具冰冷的肉体。很久之前熟悉的那种反胃的感觉突然袭来。在医学院，他们告诉我们这种恶心的感觉会在最初几次之后消失。"你会习惯的。"但我不确定我是否真的做到过。尽管知道会看到什么，可我还是毫无准备。就在这里，遭到了死亡的伏击。我以为我可以战胜它。

那具尸体几乎与周围的景色融为一体；我认为这也是它没有被发现的原因之一。当我终于看到它，我不敢相信自己之前竟然没看到。那具尸体有一股黑暗的力量，会吸引你的注意力。尸体的下半部分被雪覆盖，因为桥的遮挡，使得尸体的上半部分没有暴露。皮肤已经完全没有血色——似乎所有的血已经流干，呈现一种灰蓝色。头发散落在脑后，更像是枯萎的杂草，顽强地从雪中探出头来。

事实上，裸露的皮肤不少。这不是在这种天气条件下出门会有的装扮。如果没有衣服保暖，一小时人就会冻死——甚至用不了一小时。

仔细看，头部周围有铁锈色的血渍：像一种奇特的苔藓覆盖在下面的岩石表面。血渍量很大。尸体坠落在岩石上——这可能就是致死的原因。

但我看得出死因比这更复杂。脖颈有一圈深色印记。脖颈处的皮肤，即使隔这么远，还能看到是明显的青紫色，像瘀青。我对法医学知之甚少——勉强比没有医学背景的人懂得多一点。我之前的职业是救死扶伤，而不是检查尸体留下的痕迹。但是，你不需要成为该领域的专家也能看得出来，那处皮肤因为外力挤压，造成了伤害。还有身体坠落后的样子：四肢不雅地张开，身体呈大字形。右腿弯曲的角度那么奇怪，一定是坠落时摔断了骨头。一只手举过头顶，就像想要提问的学生。还有那张脸……不，我不想去想那张脸。

一定是后仰着坠落。被人推下去的？有可能。如果让我大胆猜想，我想，客人坠落时没有挣扎——事情发生时，并没有意识。

我回头看道格。他的目光一片茫然；仿佛眼里没有人。我不由自主地向后退了一步,然后按捺住内心的恐惧。

"我明白了,"我说,"我明白你的意思了,你说得对。"

当然,我们必须等警察抵达,做出专业判断。但我现在知道为什么道格要我过来看了。这显然不像是意外。

三天前
二〇一七年十二月三十日
艾玛

　　萨米拉和贾尔斯现在加入了我们——普利亚显然终于睡着了,即便如此,萨米拉还是一直把婴儿监视器举到耳边,就像担心它会停止工作似的。

　　我们看着猎场看守为我们生火,他用一块圆锥形木头引燃。米兰达认为有必要去找他一趟时,贾尔斯和马克看起来特别恼火,但他们前几次最多点燃不到几分钟就熄火了。被求助的那位也没好气——我想,毕竟现在已经很晚了。

　　与此同时,米兰达正在为我们制作玛格丽塔酒,这是她的拿手好戏,在酒里掺一点新鲜辣椒,酒杯边缘均匀地沾上一圈盐。

　　"来一杯吗?"她问猎场看守。

　　"不了,"他说,眼睛看着地板,"我得回去了。"

　　"请自便。"

　　她把酒杯端到我们面前,然后气呼呼地坐在沙发上,踢掉脚上的浅口鞋,动作一气呵成。她的脚指甲上涂着完美的深血红色。我喜欢那个颜色,很别致。我得记着问她是什么颜色。

　　"我想抽根烟,"她郑重其事地说,"我一直想来一根。"她拿出一包烟。是柔和型"时尚"牌香烟。我知道,是因为我抽同一个牌子——自从十九岁养成抽烟的习惯后,我再也没抽过别的烟。

"我觉得你不能在这里抽烟。"萨米拉说。

"当然可以。我们已经为特别待遇支付了足够的代价,不是吗?此外,"她指着格栅里的旺火,里面散发出一团团泥煤味的烟雾,"那东西臭到足以掩盖气味。"

可有人能从外面看见你,我想说。希瑟,或是那个名叫道格的看守。你要是现在看向窗户,你只能看到我们、房间,还有火光。然后是四周景象模糊的轮廓:树木和湖泊。但我们完全看不清楚外面。

我记得,表格上清楚写着:请不要在室内吸烟。他们要是看见她抽烟,就能因此扣下押金。可我不会说什么,至少现在不会。我只希望每个人都玩得开心。

"该死。"米兰达现在说道,"我的打火机呢?之前就在那儿。我以为我把它留在咖啡桌上了。那可是特别的物件:是我祖父留下来的。上面有我们的家徽。"

米兰达出身名门。她会使出各种小招数来提醒人们这一点。但不是用刻薄的方式,没错,她就是这样。

马克在口袋里摸索着,找到了他的打火机。米兰达探过身体去借火,动作幅度很大,我们全能看到她文胸上覆盆子色的蕾丝花边。

"也许是你的跟踪狂拿走了它?"尼克一边说,一边身体向后靠,啜饮着他那杯威士忌——他拒绝了玛格丽塔酒。

"天哪,"米兰达睁大眼睛说,"我发誓……每次我丢了东西,我最初有一半的时候都会归咎于他。现成的理由。"

"什么跟踪狂?"我问。

"哦,"米兰达说,"我总是忘记你多晚才加入,艾玛。"

"曼达有个跟踪狂。"萨米拉说,"一开始是在牛津的时候,不过在伦敦也持续了几年,是不是,曼达?"

"你知道,"米兰达说,"有时我几乎以为从来没有过这个人。而是有人在跟我开玩笑。"

"笑话多有趣啊,"朱利安说,"我记得你当时可没这么冷静。真他妈的令人毛骨悚然——你一定记得它让你有多害怕吧?"

米兰达皱起眉头。我怀疑她不喜欢她曾经为此担心的暗示。扮演受害者不是她的风格。"总之,"她说,"他常常从我这里拿走一些东西。奇怪的东西,小物件——但通常有一些情感价值。不见的东西各式各样。说实话,我用了一段时间才弄清楚,反正我平时也是毫无章法,总是丢三落四,然后就再也找不着了。"

"他也会还回来。"凯蒂正在看一本杂志,她的声音从杂志上方传来。她太安静了,我几乎忘记了她的存在。"之后,他会归还。"

"哦,是的。在牛津的时候,那个人总是把从我这儿拿走的东西放到我的储物柜里。附带一张打印出来的便条。实际上,他把东西寄给我,我才意识到不只是寻常的丢三落四。它们会出现,回到我的储物柜。那些小东西:一只耳环、一件套头毛衣、一只鞋子。就好像那人只是替我保管了一段时间。"

"这太可怕了,"萨米拉说,"尤其是第二年我们住在墓地旁边那座阴森的小房子里时——你还记得吗?我一直以为你一定害怕极了。我反正很害怕,一想到那人就潜伏在附近。"

"我想,我其实觉得这很有意思,比什么都有意思。"米兰达说。

"我不确定你当时这么觉得,"凯蒂说,"我记得,上学那会儿,你经常半夜来到我的房间,用羽绒被裹着肩膀,说你觉得有人在你的房间里看着你。你常常来打地铺。"

米兰达感觉受到了冒犯。这就是老朋友的麻烦之处：他们的记性很好。

"你知道的，"朱利安说，"我一直以为是你认识的人干的。一定是你周围的人，离你近的人——足够近，可以拿走那些东西。"

我看到凯蒂飞快地瞥了马克一眼，然后又收回了目光。我打赌我知道她在想什么。我敢打赌在她那套敝帚自珍的理论里，他是那个跟踪狂——出于各种原因，主要是因为他一直迷恋米兰达。是的，我知道。不，我没有感到困扰。他没什么坏心眼，我知道。他永远不会采取行动。马克本质上是一个很单纯的人。他有脾气，没错，但他缺乏实施这种行为所需的深谋远虑。

我有时会看到凯蒂用同情的目光看着我。这让我很厌烦。我不需要她的怜悯。我希望我能把心里话告诉她，而听上去不像是在抗议。

米兰达

人们似乎总是被我的跟踪狂的故事吸引。我知道如何修饰，让这个沾染几分灵异气息的故事听上去不寒而栗。而且，这件事很古怪，不是吗？现实生活中的跟踪狂，想必不会发生在普通人身上。似乎人人都以为这种事只会发生在名人身上：女演员、歌手、早间电视节目主持人。有时我会留意到那个听我讲故事的人在打量我：眯着眼睛，把头偏向一侧，好像他们在拿心中那杆尺在衡量我——一个跟踪狂对我有什么企图。我真的值得被跟踪吗？我真的有那么有趣吗？

我经常提起跟踪狂的事，作为晚宴上的谈资。有时，我觉得我的跟踪狂就像是一只异国萌宠，或是一个天赋异禀的孩子。它可以开启对话，也可以打断对话，因为其他人会停下他们的讨论来倾听。你会看到它对他们施展了其恐怖的魅力：有人在暗中窥视，了解你的一切。然后我会巧妙地开始我的例行表演——如今我已经总结出了一个观点：如果仔细想想，在我们生活的时代，每个人都是跟踪狂。所有人都非常了解彼此的生活。即使是我们多年未见的人。儿时的老朋友，老同学。然后我会说起我们每个人都在遭受别人的跟踪。我们如何以为一切尽在掌握，分享选择分享的东西，但实际上暴露给外界的信息比意识到的还要多。

"因此，说实话，"表演到了这一刻，我会说，"我的跟踪狂只是在这场游戏中领先了一点!某种意义上说,是一位潮流引领者。他也是类似的,尽管有可能是牛津大学的学生。"——稍作停顿,让这句话被慢慢消化,让它闪现意犹未尽的微光,在众人心中留下深刻的印象——据我所知,他可能是某个新社交媒体应用程序的幕后推手。与世界分享他的专业知识!

提示:苦笑。提示:一场持续的关于隐私的讨论,以及我们应该暴露在什么之下,我们应该在哪里划清界限……以及保护隐私如何成为二十一世纪的真正战场。提示:大家开始交流各种奇怪经历——照片墙里陌生人的私信,推特上的爆料,脸书上素未谋面的人发来的好友请求。然而,这些都不像我的亲身经历那样奇特。

而这时,我会靠后欣赏着这一切,有些沾沾自喜。仿佛刚刚完成一场排练多次的例行演出,落幕时收获了比之前更多的喝彩。这是属于我自己的小型社交表演。这一刻,朱利安的表情会有些不善。他已经看过这场表演——也许五十次、一百次、一千次了?可他也从来没能发现它有趣或好笑的一面。多年前,他就认为我应该让警察介入。每当我提起这个话题时,他总是会恼怒,因为他认为我不应该轻视他所认为的这件"令人毛骨悚然"的事。现在我觉得他主要是翻来覆去听得有点无聊。

但我近来却越来越离不开这套表演。因为,这些年,我可以分享的其他事似乎变得没那么——或者至少说不再像从前那么流行。以前只是做自己就足够了。做我该做的事,还有,成为牛津剑桥的毕业生——能够流利地谈论时事或是经济状况,下一季流行什么款式的紧身裙或吊带裙。

然后,到了某个时间节点,压力接踵而来:你需要拥有更多的东西,拥有更多的身份。尤其是,拥有一份事业。"你是做什么的？"——不管是去喝酒、参加婚礼还是用晚餐，第一个问题总是这个。二十岁出头的时候，有人这么问会听起来有些愚蠢，当时我们都只是在扮演成年人。然而，突然间，成为米兰达·亚当斯还不够。人们希望你成为"米兰达·亚当斯——你要在空白处补充能够彰显地位的职位，比如编辑、律师、银行家或是应用程序设计师。我尝试过一段时间，用"哦，我正在写一部小说"这套说辞。但它只在前几分钟给人们留下了深刻的印象。我没有预料到接踵而至的问题。"你签经纪人吗？在哪家出版社出书？签图书合同了吗？你有拿得出手的作品吗？"听完我的回答后，然后他们会"哦"一声，没把心里那句话说出口：所以，你不是真正的作家，对吧？

我不再白费力气。

有时，为了博人眼球，我会故意说："哦，你知道的，我是一名家庭主妇。我只是喜欢为朱利安在家中操持好一切，照顾好他，让他住得舒服。"紧接着是那令人厌恶的沉默，我会假装自己觉得十分有趣。

不过，通常，我会想方设法提起我的那位跟踪狂。把它表面的灰尘掸干净，就像拿出家中一件古老的银器。我一定很有趣：看看这个！

但事实是，我曾经——哪怕现在——都害怕那个跟踪狂。他知道一些我不为人知的秘密，我没有告诉任何人的事。甚至连凯蒂也一无所知，甚至在我们亲密无间时也不曾透露过的事。朱利安也不知道。

比如，在牛津上学时，那人知道我时常会为了消遣在店里顺手牵羊。可能是在压力很大的时候：考试季，或者在重要的论文上交之前。这么做是为了掌控某件我有能力控制并擅长的事——

有点像节食和锻炼。

我从Topshop偷了一对耳环：金色的圆环，每个耳环上都坐着一只彩绘的小鹦鹉。在我顺手牵羊几天后，它们就从我的房间里消失了。几周后，它们被送回了我的小房间。"米兰达·亚当斯：我对你有更高的期望。真诚的，关心你的朋友。 xxx"最可怕的是最后那几个亲吻。

我偷它时，那人一定就在店里，在我附近。我记得店里很拥挤：里面除了女人，还有跟在女朋友身后的男人，或者正准备去楼下的Topman。不过，没有一张脸让我印象深刻。我不记得有人在看我——超乎正常的注视——或者举止异常。

不管那个人是谁，他隐藏得很好。当时那对耳环不见之后，我记得在伯德雷恩图书馆里看到一个戴眼镜的女孩戴着一模一样的一对耳环，我几乎追着她进了短期借阅室。直到我意识到谁都可以买下那对耳环。天呐，那毕竟是Topshop的商品。这座城市里可能有二十或五十个女孩戴着它们。这并不代表她们与我的跟踪狂有关。

然后，就在同一年，我从一个学生那里买了一篇文章，打算抄袭。两篇文章都放在我房间里的桌子上——原件和我抄袭得很拙劣的副本。然后我出门去酒吧喝了一杯，回来发现两篇文章都不见了。该死。还有几小时就到截止日期，我不得不醉醺醺地拼凑出一篇文章，结果勉强通过，这是我迄今为止最糟糕的成绩。一周后，它们被退回给了我。附着一张便条："我不认为你会想要走那条路，米兰达。" 揶揄、傲慢、嘲弄。仅仅是因为抄袭一篇文章……可他的所作所为却构成了骚扰。有趣的是，一周后，一些学生因为抄袭而被举报，我因祸得福，竟然莫名感到庆幸。

我和朱利安刚在一起时,有一段时间我背叛了他。与导师带的几个学生中的某个酒后乱性。我用验孕棒进行了检测——幸好是阴性——那个验孕棒也从我房间的垃圾桶里消失了。我很害怕它可能会被寄给朱利安,揭露我的所作所为。不过这显然不是那个跟踪狂的秘密计划。他只是想让我感受到他对我的掌控,让我清楚他对我生活方方面面都有细致入微的了解。验孕棒归还时附有一张字条,上面写着:"顽皮,顽皮,曼达。朱利安知道了会怎么说?"

曼达是朋友给我起的昵称,他似乎也能随口道出,只有我最亲密的朋友才这么称呼我。

我没有告诉任何人这些特别的交流。甚至凯蒂或萨米拉也不知道。它们暴露了我宁愿任何人都不知道的隐私。不管这个人是谁,他对我都有着很强的掌控力。有时我觉得如果我做了什么让他不高兴的事,他会利用这些秘密当着我最亲近的人的面摧毁我。我知道也许还有更多,我不知道他知道的事。

尽管如此,我还是去了警察局——虽然我从来没有告诉过其他人。我随身带了一些字条:那些我可以带去展示的。警察没有认真对待。"字条上是否有任何威胁的话,小姐?"与我交谈过的警官问道。

"嗯,没有。"

"那你没有注意到有人有威胁的举动?"

"没有"

"没有强行入室的迹象?"

"没有。"

"在我看来,"他再次拿起其中一张字条,读了起来,"亲爱的,你的某个朋友可能在和你恶作剧。"

仅此而已。我后悔去了一趟——不仅仅是因为警察没有帮上忙。在这一过程中,我让自己沦为了我拒绝成为的受害者。

在伦敦时,这种状况也持续了几年。不知怎么,那个人弄清楚了我的住处。这令我很不安。通过相对容易进入的走廊进入学生房间是一回事;可进入门上有三重安全防护锁的伦敦公寓,就完全是另外一回事了。它表明了更深的意图。我们搬家后这种情形还一直发生,这尤其古怪。几年前,一切忽然停止了。至少,我十分确定它停止了。没有包裹,没有字条。但东西不见了,我敢肯定。这听起来可能有点像是妄想症。很可能只是丢了。我不是个井井有条的人。但是,丢失的物品与曾经消失的物品是一类东西——表面上看毫无价值,但所有物件都有更深的内在价值,超过了实用性或商品价值的总和。我最爱的祖母在癌症不治身亡前送给我的俄罗斯套娃里面最小的那个娃娃。我和朱利安第一次度假时在希腊的村庄里买的一条蜡染印花围巾——我们在一起第二年的夏天。我和凯蒂认识的第一年,她为我亲手编织的象征友谊的手链。还有最近,某天我在邦德街闲逛,一时兴起从蒂芙尼店里购买的那件纯银婴儿拨浪鼓——诸如此类不太常用的东西,或者说我以为在日常生活的旋涡里淹没的那些零碎物件。可那些却是我时不时就会拿出来看看的东西,所以我注意到它们不见了。

我同样没有告诉过任何人——甚至连朱利安、凯蒂或萨米拉都没有说过,我有时会感到不寒而栗。当我走在人群中,忽然确信有人就站在我身后,朝我的脖颈呼气……可当我转过身去却发现身后没人。或是,在人群中,我突然确定有人目光灼灼地注视着我,你知道吗……就是那种你知道自己被人盯着看时如芒在背的感觉?这种情况在音乐节、购物途中、超市和夜店里都出现过。在地铁站台上,我有时会发现自己跟跟跄跄地后退,确信有人就站在我身后，要推我一下。

不，我不会告诉任何人我的恐惧。不是凯蒂，不是朱利安，当然也不是那些被我逗乐的晚宴客人。

我也会做噩梦。朱利安出差的时候最严重。我必须再三检查门上的所有锁。我会在伸手不见五指的黑暗中醒来，感觉屋里还有别人。就像你刚看了一部恐怖片，大脑对你玩的疑神疑鬼的小把戏。冷不防地，你会在每个角落里看到鬼鬼祟祟的影子。只不过这比看恐怖电影要恐惧一百倍，因为其中一些影子也许不是臆想出来的。

凯蒂

米兰达没有提的是，跟踪行为似乎在几年前就停止了。

"他消停了，"米兰达说，"也许他有太多的工作要做。"当几个月后仍然风平浪静时，它似乎真的彻底停止了。"嗯，真是一种解脱！"

奇怪的是，她看起来并没有她说的那么轻松。

那时，她曾尝试过好几种不同的职业，但都不顺利，没有取得什么成绩。我们从牛津大学即将毕业的时候，她的光芒已经黯淡了些许。她拿着三等学位从牛津勉强毕业。她告诉我她不在乎。但我很清楚——我认识她的时间最长——她很在乎。她一直傲慢到以为她可以像以前上学时那样游刃有余地毕业。问题是，米兰达很聪明，但她未必有牛津学霸那么聪明。她妈妈聘请了一位导师来帮助她通过大学入学考试中的四门考试，我敢肯定她在面试时让他们目眩神迷。但还是那句话——当年她在中学时，是最聪明的女孩之一；可在牛津，她完全处于另一个水平。她在大一、大二时设法蒙混过关；在大三时，她无视了那些警示信号，继续我行我素，即使我试图提醒她。我发誓，当她打开信封看到她的成绩单时，我没觉得高兴；但我必须承认，也许我确实觉得有一点点这才公平的心理。

那个三等学位是一种侮辱。它刺痛了她，刺痛了她的自尊心。如果你看看我们所有人，现在，她才是与众不同的那个。我们都有一份体面的工作。萨米拉是一名管理顾问，我是一名律师，朱利安在对冲基金工作，尼克是一名建筑师，贾尔斯是一名医生，博在英国广播公司就职，马克在一家广告公司工作。艾玛在一家顶级文学机构工作——我记得米兰达听说后的表情。"我不明白，"她说，"你最初是怎么得到那份工作的？我以为那个机构只会从红砖大学里选人，通常是从牛津、剑桥的学生中挑选。"

艾玛不动声色。"我不知道，"她耸了耸肩说，"我想我一定是面试表现得不错。"

米兰达尝试进入过出版业。后来试过广告行业。马克给了她很大支持，他也许说服他的某位同事面试她的助理职位。她得到了那份工作，但只干了两个月就离职了。她说，她厌烦了。但后来我在婚礼上从一个曾经在那家公司工作的女孩那里了解到，情况要复杂一些。

"是他们让她走的，"她告诉我，"她懒得不可思议。她似乎觉得自己高人一等。有一次，她在装信封时，居然拒绝舔一下密封好。她说她讨厌那种味道，而且她拿的工资不该干这种活。她上牛津并不是为了做这种粗浅的工作。你能想象吗？"

米兰达终于结束了她的表演。就在此时，风顺着烟囱发出一声戏剧性的长鸣。壁炉里的火焰熊熊燃烧，火花四溅，刚好落在炉栅内。完美地应景，烘托出了恐怖片的气氛。大家都会心一笑。

然后大家聊起了往事。这是我们乐此不疲的爱好，旧事重提。正是这些经历让我们始终团结在一起，赋予我们一种部落归属感。从我们认识起,我们总是一起跨年。

"还记得前年吗?"贾尔斯说,"我们在牛津郡租了那个地方?"

"哦,天哪,"博说,"你们还记得吗?床上那些带静电的七十年代的毛毯,一动就能看到火花——还有到处都是霉味。一个人两百英镑。"

"哈!"马克抿了一口酒,"那不就是我不得不给那些傻瓜一点颜色看看的地方。你们记得吗?其中有个人居然还想打我?"

我记忆中不完全是这样。

我记忆里的版本是这样的。首先人数完全不对。十五个人——不足以多到举办派对,也不足以小到举办私密聚会。非常适合自由活动。尽管如此,还是有人设法让大家都聚在一起,在跨年夜的下午去看赛马。我一直在期待一些更迷人的经历,借鉴《窈窕淑女》和《漂亮女人》中的场景。可惜不是。一些女孩穿着超短裙,短到可以看到她们的安·萨默斯(Ann Summers)丁字裤。一些男孩穿着廉价的光面西装,发型很糟糕,皮肤靠日光浴晒成了古铜色,大摇大摆地四处走动。天越来越黑,他们也变得越来越喧闹。食物少了香槟和鱼子酱,更多的是牛排、艾尔啤酒馅饼和一瓶瓶威奇伏特加。但这一切也挺有趣。他们都只是孩子,真的,那些穿着迷你裙的女孩和那些穿着光面西装的小伙子,招摇过市、神气活现,把他们的自我意识隐藏在使人迷糊的酒精下,就像我们年轻时那样。

然后马克决定对这个地方发表一些评论:"到处都是流浪汉"。

诚然,我们当时是在体育场里一个相对冷清的地方,喝着果汁汽水酒——大多数人都在赛马场上,为他们的马欢呼。但周围还是有几个人。一群年轻人,《每日邮报》可能会给他们贴上这个标签。而马克又丝毫没有努力闭上嘴。他就是这样。有时我想,如果艾玛不是那么好相处,总是那么乐于分担,人们可能不会那么容忍他的口无遮拦。

两个酒壮三分胆的少年听到了他说的话。突然,一群男孩向他围了过来。但是你看得出他们并不是真的想动手。他们这么做只是觉得应该这么做,捍卫自己被轻视的尊严,就像一部自然纪录片里,群体中体形较小的雄性不能表现出丝毫畏惧,冒着被吃掉的风险也要冲。很好理解,真的。

冲在最前面的是一个又矮又瘦的家伙,下巴上有少许少年人青涩的胡楂儿,穿着一件扎眼的细条纹西装。马克穿得绅士招摇,带校徽的外套、斜纹棉布裤,打着真丝领带,脖子上挂着一张入场卡,那是通往 VIP 看台的通行证。但在这套衣服下,是橄榄球塑造出的结实肌肉。他的脖子很粗,必须要解开衬衫最上面一粒纽扣。整个画面形成了一个非常引人注目的戏剧场景,既像是大卫和歌利亚[①],又像是班级斗殴。

"再说一遍,哥们儿。"

我等着马克开口道歉,平息一触即发的事态,小事化了。因为那是理智的成年人唯一能做的事。毕竟我们都是大人。马克比他那个穿细条纹西装的挑衅者高出几个头。那家伙可能只有十九岁左右——这是从他其他朋友的相貌来判断的。如果没有他们在一旁,人们可能会说他不到十五岁。

马克揍了他一拳。他向前两步,用那肉乎乎的拳头冲着他脸中间挥了过去,那么用力,男孩的头迅速弹回,像轰然倒塌的雕

---

① 《圣经》中被大卫杀死的巨人。

像一样摔在地上,有一声杂音,像是什么碎裂的声响,恍若赛马场发令枪的响声;我原以为只有在电影中才会发生这种场面。

我记得一瞬间大家都不知所措。我们全都愣在原地,目瞪口呆,包括他的小伙伴们。你可能觉得他的朋友会反击,为他们摔倒的朋友报仇。而事实不是这样。你看,这就是暴力的性质。太可怕了,太野蛮了,也是决定性的。

你看得出来:他们畏缩了。

他们弯下腰,等那个少年转过脸来,纷纷温顺地问他是否还好。他像痛苦的动物一样呻吟着。一道鲜血从他的鼻子里流出,另一道——不知怎么,更让人担忧——是从他的嘴里流出来的。除了在电影里,我之前从未见过有人会口吐鲜血。原来,是他的头撞在地上时,咬破了舌尖。我是几周后,从网上的当地新闻里读到的。里面也提到,警方正在寻找肇事者。不过,也提到那个小伙子有点爱惹事——也许他们本就没有认真搜捕肇事者。

我想,奇怪的是,艾玛当时似乎没有大惊小怪。她好像立刻就明白该怎么办,就好像有备而来。"我们得离开这里,"她说,"现在就走。在任何人听到风声之前。"

"可如果他出了事怎么办?"

"他们只是一群喝醉的小混混,"艾玛说,"而且,是他们先挑事的。"她转过身来面对我们大家,眼睛瞪着地下的男孩,"不是吗?不是他们先挑事的吗?"

"而且,如果警察真的要问话,"她说,"他们和我们的证词碰上——不用说也知道警察更有可能相信哪一方,不是吗?"

她在暗示我们是衣着光鲜、牛津剑桥的高才生,而对面是当地的一群小混混。她说得没错。"不过,你们知道的,被人发现我们掺和进这种混乱的局面里,仍然有些麻烦,知道吗?"

她的话是如此有说服力——如此言之凿凿——我认为我们都被说动了。没有人再提起这件事，整整三天假日都没有。而在跨年夜，当马克戴着一顶傻乎乎的假发，咧着大嘴傻呵呵地笑着在桌上跳舞，就更容易以为这件事从未发生过。几乎差一点就忘记了。可我一直没法彻底忘记那天看到的那一幕。有时，当我看着马克，我会突然想起这段记忆，感到有些吃惊。

道格

　　深夜两点。他甚至在屋里还能听到客人的喧哗声，音乐声嗡嗡作响，间或掺杂着断断续续的笑声。他甚至可以听到他们声音的低频振动。还是他的想象？很难确定。对于一个上学时曾被告知"不幸缺乏想象力"的人来说，如今他的大脑似乎凭空浮现出了很多画面。他特意选择了这间木屋，因为它距离其他的建筑最远。窗户大部分面向大山荒凉的灰色侧翼。那片湖只能透过厕所的那扇窗户瞥见，那扇窗户上几乎爬满了茂盛的常春藤。他没有花费精力去修剪藤蔓。事实上，如果它爬满木屋的每一扇窗户，他都不介意：把外面的世界藏起来，把他藏在里面。

　　大多数时候，他几乎可以想象自己独自一人在这里。如果只有他自己那最好不过了。为了自己好，也为了别人好。

　　他隐约还能想起那个善于交际、喜欢与他人相处的男人——他有"说悄悄话"的朋友。他是一个喝着啤酒谈笑风生，有口皆碑的幽默健谈之人。那个男人以前有自己的生活：有自己的家，有女朋友——她在他前后三次派驻伊拉克期间还在等他。即使他上次从伊拉克回来，身心受创，她还在坚守。但后来发生了那件事——或者更确切地说，是他做了那件事。在那之后，她离开了他。她说，她不认识这个人，谁能干出这么可怕的事。更何况，她还害怕他。如果他有能力对一个完全陌生的人下得了手，亲近之人不小心说错了话，他会怎么做呢？她搬走了，换了号码。他的家人也离开了他。当他记起那个人其实就是他自己时，感觉到不可思议的荒谬。最好还是把他想象成一个远房亲戚吧。

他知道他们怎么看待他，那些客人。就好像他是一个可以满足好奇的对象，一个怪胎。当他很难得地从镜子里瞥见他的外表时，他就知道为什么了。他看起来像一个野人，一个社会边缘的人。这可能是唯一一份让他看起来不违和的职业，乱糟糟的头发和破旧的衣服，实际上可能被认为是一种前提条件。有时，他会想是否应该放弃几乎像正常人一样生活的伪装，回归大自然。他可以做到，他想。他无疑足够坚强：在海军陆战队训练的最初几个月，他很快就褪去了软弱，而此后的几年只是让他更坚强，仿佛百炼成钢。他唯一的弱点，他无法控制的东西，就是他的大脑。

他掌握了一套特殊技能，知道如何在野外无限期地生存。他可以带上枪，一把手枪，用来打猎获取食物。如果他需要的话，他什么都能偷到。拿一点回来，他不会感到良心受到谴责。他已经放下了一切，不是吗？大多数人没有意识到他们拥有的比他们需要的多多少。他们懒惰、贪婪，对他们生活得有多轻松视而不见。也许这不是他们的错。也许他们只是没有机会看到他们对幸福的把握是多么脆弱。但有时觉得自己讨厌他们所有人。

除了希瑟。他不讨厌她，她不一样。她不会置身于快乐的迷雾中，浑然不觉地四处走动。他并不了解她，真的，但他感觉得到，她能看到事物的阴暗面。

现在

二〇一八年一月二日

希瑟

我报警了,告诉他们我们发现了尸体。

接线员(年龄不超过十九岁)的声音过于兴奋,显得有些残忍。我敢打赌,在世界上这么安静的地方工作,他平时遇不上几件兴奋的事。

"看起来不是意外。"我说。

"你是怎么看出来的,女士?"他的语气中带着若有若无的调侃,我很确定——我有点按捺不住,想告诉他我曾经的身份和从事的职业。

"因为,"我尽可能耐心地说,"脖子上有一圈瘀伤。我……虽然不是专家,但这表明某种迹象,暴力的迹象。"我认为,比如说,是被勒死的,可我没说出口。我不想再给他机会认为我不自量力。

电话线的另一端安静了好一会儿,我想,他的大脑正在默默分析,这件案子超出了他的工资等级。然后他开口了。他的语气一扫之前的轻快。"女士,请你稍等片刻,我去找别人和你对话。"

"好吧。"

接着是一个女人的声音。

"你好，希瑟。我是总督察艾莉森·奎里。"听她的口音也不像本地人：有轻微的爱丁堡口音。"我被借调到这里协助调查另一起案件。"哦，我心想，这就说得通了。"我知道我们面临的是，失踪人员现在不幸被发现已经死亡。"

"是的。"

"你能向我描述一下死者的情况吗？"

"好吧。"我对她重复了一遍和那位下级警官所做的描述，但稍微补充了一些细节。我提到了尸体奇怪的角度和岩石溅上的血迹。

"好，"她说，"好的。我知道，由于天气条件，再加上地处偏远，目前警方无法进入猎场。但是我们会努力想办法到你那里——也许通过直升机。这期间，我希望你把所有客人都留在室内。当然了，告诉他们你需要提醒的事，但请不要把你提供给我的任何细节透露给他们。我们不想让任何人产生过度恐慌。"我完全不知道自己该怎么做。"现在谁在那里？"

"嗯，"我说，"有十一位客人：九位来自伦敦，是一起的；然后一对夫妇来自冰岛，还有猎场看守道格和我自己。"

"就你们两个管理这么大的地方？"

"是的。嗯，还有一位员工，莱恩，但他在完成当天的工作后跨年夜就离开了。他不住在这里，只有我和道格。"

"好的。就你所知，那天晚上猎场只有你、你的同事——那位猎场看守，还有十一位客人？"

"对，没错。"

"嗯，那就简单了，我想。所以，我总结一下：让每个人都待在原地。不要让任何人离开你的视线。有任何异常向我报告。

还有，这期间，如果你能够努力回忆一下过去四十八小时内留意到的任何事，那将对我有很大帮助。任何让你觉得奇怪的事。也许你看到了什么，也许你听到了什么——也许你甚至注意到附近有某个你不认识的人出没？任何细节可能都至关重要。"

"好吧，"我说，"我想想。"

"现在想到什么了吗？"

"没有。"

"拜托。别着急，慢慢想。你可能会让自己大吃一惊。"

"我想不出任何事。"

但就在这时，我说话时，我确实回忆起一些事。也许是因为我和她说话时我所站的位置：在办公室窗边，向外眺望，视线掠过湖泊，飘向岸边耸立着的深色山峰。废弃的旧别墅像某种邪恶的生物一样蜷缩在那里。这时，我的脑海里忽然闪过一个画面。与我眼前所见几乎相同的场景，但却笼罩在黑暗中。就在新年那天，我一大早在窗边看到的一幕，那时天还没亮——如果可以说是早晨的话。我闭上眼睛，试图让那个画面变得清晰。是什么东西唤醒了我，一开始我不知道那是什么。然后我听到了婴儿的哭声。所以一定是这个声音。我起身去厕所，洗了把脸。当我从浴室的小窗向外看时，高耸的山峰在夜空的衬托下仿佛一个剪影，遮蔽了星光。然后有些奇怪，一个光点在移动，像一只孤独的萤火虫在飞舞——一颗任性的星星。我想，它正朝着废弃别墅的方向移动，慢慢地穿过山峰一侧黑暗的斜坡。

但我不能告诉她这些。我甚至都不确定这是真实的。一切都是那样模糊，那样不确定。我甚至不能确定我看到它的确切时间，只能大概判断是在凌晨的某个时间点。当我试图让脑海中的记忆变得更加清晰，向它询问我可能遗忘的其他细节时，它渐渐从脑海里消失了,直到我几乎确定,这一切只不过是我的想象。

　　跨年夜,一年中最孤独的夜晚。即使你有人陪伴,也是个奇怪的日子。甚至在我的生活变得支离破碎之前,我记得也是如此。你总是担心你可能没有尽可能有仪式感地享受这段时光。他们传来的欢声笑语也没有感染我——即使我告诉自己我不羡慕他们中的任何一个。所以我那晚喝的酒比平时要多很多,却忘记了通过借酒消愁来慰藉孤独,只会让你感到比之前更孤独。

　　当我摇摇晃晃地走进浴室——五点还是六点?我几乎确定自己还是喝醉了。我当时不是清醒的状态,无法确定所目睹的一切,甚至不确定自己是否确实看到了什么。

　　"你怎么不说话了,希瑟,"艾莉森·奎里总督察说,"你还在听吗?"

　　"是的。"我说,我的声音听起来很小,很犹豫,"我还在听。"

　　"好的。好吧,保持联系。有任何问题,我在这里。你想起任何事,不要犹豫,拿起电话。"

　　"当然。"

　　"我会在人力所及的范围内尽快到达那里。这期间,听上去你能掌控住局面。"

　　"谢谢你。"哈。我记得我的妹妹说过:"有时候,不要每件事都表现得那么勇敢,希瑟。把一切闷在心里,最后,有可能弊大于利。事情如果出现一些偏差,没有人会因此责怪你。考虑到所有因素,这是在所难免的。"

　　"当气象情况允许派出直升机时,"艾莉森·奎里总督察说,"我很快就会与你联系,告知预计的时间安排。只要雪下得没那么大,满足安全飞行的条件即可。"

　　我想知道在那之前我们该怎么办?我猜,只能就在这儿干等着。外面大雪纷飞,死亡的恐慌就在门外虎视眈眈。

即使我知道可能得不到答案,我也问她,"你被借调来办的案子,"我说,"是什么案子?"

短暂的停顿。等她开口说话时,她的语气变得不那么友好,更加官方。"如果有必要,我会让你知道……"

但她不需要告诉我。我知道是哪一桩案子。那具尸体,它的样子突然引起了她的兴趣。我在论文中读到过。不这么联想是不可能的。他扼住了这个国家想象力的咽喉。甚至,他有自己的头衔:高地开膛手。

三天前
二〇一七年十二月三十日
凯蒂

米兰达笑着问大家："有人要布丁吗？"

"你烤的？"尼克佯装惊讶地打趣道。

"可我们刚吃过一些，"贾尔斯说，"晚餐时那个蛋白酥皮和覆盆子的东西。"

米兰达俏皮地一笑。我突然想起大学时代的米兰达，是当之无愧的首席派对女王。"这个有点不同。"她说，从口袋里拿出一个小小的塑料密封袋。里面的白色药丸碰撞时发出咔嗒的声响。"让我们称它们为'饭后薄荷糖'，"她说，"就像一个除味剂。看在过去的情分上……本着我们所有人一起的精神。"

我不能吃——我受不了失去控制。那次我吃了一片，事情便一发不可收拾。

伊维萨岛。我们一大群人，都是二十岁出头。实际上，我并没有被邀请：组织者是我在牛津一向不太熟的人（他认为我不够酷，所以没邀请我参加过他举办的任何有名的放荡派对）。但派对前一周，米兰达的祖母去世了，她以折扣价把她的名额卖给了我。朱利安会去，还有马克，以及其他许多已经很久没有联系的人。即使我特别想尝试，我也不确定自己是否能记住他们中许多人的名字。

我喜欢在泳池边悠闲地享用午餐。夜夜喝桃红葡萄酒,晒着日光浴,看书。我不太感兴趣的是晚上药丸被拿出来的那个部分,当我拒绝时,每个人都看着我,就像我是一个来扫大家兴的家长。然后他们会变得不像自己——歇斯底里、放荡不羁、瞳孔放大,就像动物一样。我想,他们要是能看到自己这副模样就好了。

那周快要结束时,他们几乎连白天都爬不起来。房子里变得很恶心。无论你站在哪里,似乎都有脏衣服、啤酒罐、用过的避孕套,甚至草草清理过的一摊摊呕吐物。我忍不住要订机票回家。看在上帝的分儿上,这本该是个假期。逃离我每周八十小时的工作,获得喘息休憩的机会。我知道我回去会感到疲倦、肮脏和生气。但我还是坚持到底了。我在主屋的视线之外找到了一个露台。我把一张日光浴床拖了过去,最后几天都在那里看书。至少,我还能晒出健康的小麦色皮肤,看完我的书,假装度过了一个理想的假期。在我所有的同事和家人眼中,至少我看起来就像玩得很开心一样。

最后那晚,奇迹般地,每个人都好像蓄满了能量,在他们毁掉自己之前,像我们在那周开始时那样组织了一次烧烤。我喝了很多卡瓦酒①,然后又喝了一些。在烛光下,看着每个人的脸庞,看着大海在夜色下泛着深蓝色的微光,我心中不禁疑惑,我怎么会觉得自己玩得不开心。这就是年轻的意义,不是吗?这就是那种其他人梦寐以求的经历——因为他们不够幸运,没有够酷的朋友。

所以当药丸不可避免地出现时,我吃了一颗。没过多久,兴

---

①卡瓦酒,一种西班牙起泡酒。

奋的潮水涌来，我觉得自己所向披靡。我从囹圄中挣脱，不要再成为那个自己——米兰达那个没那么有趣，没那么酷的朋友。

之后的很多事似乎都发生在一个无拘无束的、不太真实的地方。我还记得那个游泳池，我穿着衣服跳进游泳池里，最后有人把我拉了出来，告诉我会感冒的，尽管如此，我还是再三坚持我只想"永远待在里面"。我记得我爱那里的一切，爱那里所有的人。我之前怎么会没有意识到我有多爱他们？

后来，我记得有个男人，还有在昏暗的室内泳池那场云雨。在其他人似乎都离开去休息之后很久。几乎是漆黑一片，这让快感变得更加强烈。我掌控着它。当高潮来临时，有那么一刻，我觉得整个人都碎成了星辰。我从未感觉如此地接近自我……全心全意地喜欢另一个人。

第二天早上，我简直不敢相信。那个大胆的、性感的人不可能是我，对吗？如果米兰达在场，我可能会问她我以为我记得的东西有多少是真实的。她看到我和那个男人一起去游泳池了吗？那场翻云覆雨真的发生了吗？还是，事实上，这只是一种耸人听闻的幻觉？

我确定它一定发生了：我的两腿之间隐隐作痛，表明那件事发生过。我确信我可以闻到我身上有他的味道。但是第二天没有人说过只言片语。我特别留意了男孩之间是否有任何开玩笑或虚张声势的迹象，但什么也没有。

小屋客厅的角落里有一个唱片机，还有一个摆着旧唱片的架子。米兰达正在飞快地翻阅。最终，随着胜利的呐喊，她找到了她想要的那张——《热歌：五四俱乐部》，将它放在了转盘上。

随着音乐流泻而出——沙哑女歌手的声音,她站在地毯中央,一只接一只踢掉脚上的鞋子。

她开始跳舞。当着众人的面,她没有丝毫不自在,我们都看着她翩跹起舞,坐着不动。她的肢体非常协调。我一直渴望那种毫无拘束的感觉。因为,说真的,跳舞不就该这样吗?这无关天赋:除非你是职业舞者。它更像是一种摆脱自我意识的能力。我一直无法做到。它不是你可以学习掌握的技能。你要么拥有,要么没有。

我记得我们十几岁时,冒充成年人去夜店。实际上,米兰达不必冒充。他们总是第一眼就让她进去:她那时十五岁,佯装二十五岁,早已出落得明艳动人。事后回想起来,当我现在想起那些男人看她的眼神,他们对她评头论足时,我有些倒胃口——尽管我想他们可能不知道自己在色迷迷地打量一个孩子。我悄悄地跟在她身后,希望没人注意到我。我记得我在她身边跳舞,从我妈妈数不清的酒中偷来一瓶伏特加,因为酒精的作用,浑身热乎乎的。我像米兰达的影子一样忠实地复制她的动作;因为我一直是她的影子。她燃烧的火把下的那团黑黢黢的影子。几乎感觉自己也摆脱了笨拙。

米兰达是那种能让你变得大胆的朋友。只要她想,能让你感觉自己身形伟岸,几乎和她一样容光焕发,仿佛你借到了她的一点光。她也能让你觉得自己一无是处,随她心血来潮。有时在外出的那些夜晚,她会称赞我的长相——我总是穿着从她琳琅满目的衣橱里借来的衣服,胸围和臀部松松垮垮的,有点像是小女孩穿着母亲的衣服扮成熟。有时她会说:"天哪,凯蒂,你知道你跳舞时的表情有多严肃吗?"然后模仿我——斜着眼睛,紧抿着嘴,臀部僵硬——"你看起来像有最严重的便秘。我确信肖恩·保罗[①]不希望人们跟着这首歌跳成这样。"我感觉所有新萌生的信心都在那一瞬间抛弃了我,感觉比以往任何时候都更挫败。我会喝一大口我手里拿着的伏特加,直到天旋地转,一切悄无声息地变化。然后我明白了为什么我母亲要像使用药物一样沉迷酒精。

和以往一样,不看米兰达跳舞几乎是不可能的。她的舞姿如此优雅,舞步如此流畅,你会认为她接受过特别训练。我们中唯一没有看她的人居然是朱利安。他凝视着窗外的夜色,皱着眉头,显然陷入了沉思。

米兰达向大家示意。"来吧!和我一起跳!"萨米拉起身,然后博加入了她。他们半开玩笑地开始了他们的表演,让人眼花缭乱的旋转和浮夸的动作。他们其实跳得有模有样。

现在米兰达牵起马克的手,把他拉了起来。他推脱了一下,但没有真的用力。他站在地毯中央,看起来笨拙又愚蠢,她将自己的身体贴在他的身上。他们开始一起移动。和她在一起,他终于找到了节奏,他一个人永远也跟不上节奏。

马克如鱼得水。他对米兰达的迷恋从未如此明目张胆,如果可以称之为迷恋的话。有时我会好奇那种感情是否有更阴暗的成分。

当米兰达和朱利安开始约会时,我记得我当时还想,他的朋友在他们之间充当信使,来回传递信息,这多少有点奇怪。马克会来我们大学,说有话和她说。朱利安有话要他捎给她。朱利安像国王一样,派出了一个特使,想邀请她参加周末他的橄榄球比赛,或者陪他去参加聚会。真可怜,我想。这根本算不上真正的

[①] 肖恩·保罗(Sean Paul, 1973—)牙买加流行歌手,主要音乐风格为雷鬼、舞曲、R&B 和嘻哈音乐。

友谊,更像是一种英雄崇拜或是奴役。朱利安以为他是谁?马克为什么要忍受?诚然,与米兰达一样,朱利安的外表和魅力很容易吸引追随者。但马克并不是没有吸引力,也没害羞到有损男子气概。他没必要奴颜婢膝。这让人感到匪夷所思。那时我们都有手机了。朱利安只需要发条短信就行。

但后来我注意到马克看她的眼神,我开始怀疑那些拜访不是朱利安鼓动的。马克是自愿的。他开始不只是出现在外面,在我们宿舍楼下面的院子里,居然还走进了我们的走廊。我问他怎么知道门禁密码,他说,是有人放他进来的。

有一次,我碰到他就坐在米兰达房门外。

"她出去了,"我说,"她在四点之前和她的导师会面,还有一个半小时才回来。"

"没关系,"他说,"我没有别的事要做。"我意识到他想待在那里,等她回来。后来,还有一次。朱利安和米兰达那时已经在一起了,是热恋中的情侣。考试结束后,那天酷热难耐,我们去朱利安家烧烤——那时我们已经搬进了私人住宅——宽敞破旧的排房,他和其他八名橄榄球队员住在一起,包括马克。我是多余的隐形人。诚然,朱利安的几个朋友一开始心猿意马地试图和我调情,但我对他们态度冷淡,不加理睬。我不想被他们称为米兰达那个长相一般但好追的朋友。

朱利安站在烤架旁,谈笑风生,他把衬衫脱掉,系在皮肤光滑的腰部,露出宽阔的、线条分明的背部。尽管夏天才刚刚开始,但他不知怎么已经晒成了均匀的金褐色。我忍不住和自己比较:我的胸部和上臂因为暴晒长出了红疹子,身体其余部分苍白如牛奶。米兰达也在看着他,那眼神与她十六岁那年看她皮光水滑的小马伯特的眼神没有什么不同。然后她转向我,发现我在看他。

于是，我移开了视线，看向马克。他戴着一副不太适合他那张宽脸的雷朋太阳镜在凹造型。如果你看他，他就像是在做白日梦，盯着某处发呆。但要是仔细看，我发现那副太阳镜并不像我想象中那么不透光。我可以看到他正斜着眼目不转睛地盯着米兰达。他一次也没有移开视线。每次我都能瞥见他在看她。当她脱下背心上衣露出比基尼上衣时，我看到他的神情变得说不出的不自然。我看到他在座位上有些局促不安。

后来我把我看到的告诉了米兰达。"说真的，曼达，"我告诉她，"这很奇怪。他不仅是在看，而且是凝视。他看起来想把你生吞活剥了。"

她哈哈大笑。"哦，凯蒂，你太多疑了。他没有恶意。你对朱利安也这样啊。"

这几乎足以让我怀疑我所看到的。甚至问自己：我只是嫉妒吗？我十分确定不是那样。但是我感觉被羞辱了，我很生气，因为她没有认真对待我说的话。

"来吧。"米兰达鼓动道。贾尔斯和艾玛起身，拖着脚步笨拙地在房间里移动，不自在地咯咯笑起来。尼克终于站了起来——可以说他比米兰达跳得更好，他的动作更利落、更忘我。

"还有你们两个。"我意识到米兰达指的是我和朱利安：最后两个坐着的人。"朱利安，"她说，"看在上帝的分儿上，和凯蒂跳舞吧。她自己才不会跳。"

她的语气透着一丝坚定。

没有什么比这件事更让我不喜欢。朱利安也起身了。他握着我的手。

我突然想起看他们在婚礼上跳舞。五年前，还是六年前？米兰达事先让他上舞蹈课，这样他们就可以在宾客面前跳狐步舞了。这场婚礼，是典型的米兰达的婚礼。她声称，她想做些与众不同的安排。她想私奔！

最后，婚礼在她父母位于塞萨克斯郡的庄园里举行。宴请了两百位宾客。有婚礼上的那种细长腿的金色椅子、圆桌、舞池上方的"星空"LED天花板。接着，推上了几层高的糖花蛋糕，上面缀着一颗樱桃，新人开始跳舞。

朱利安，在那之前还是位潇洒英俊的新郎，变回了自己。他踏错了舞步，被米兰达的拖裾绊倒了（那个拖裾几乎和凯特王妃的一样长），他表情窘迫地恨不得找个地缝钻进去。他现在的表情和那时一模一样——额头上汗津津的。

米兰达

在接下来的一个小时里，随着药丸开始起作用，大家都放松下来。贾尔斯正在翻火堆旁那一摞棋盘游戏。随着一声胜利的呐喊，他翻出了一盒扭扭乐。

"啊，滚蛋！"朱利安嚷道，但他是笑着说的。严格来说，我已经很久没有看到他笑了。可能只是药丸的作用，但它仍然让我内心的泡泡膨胀起来，幸福的泡泡。毕竟，也许是时候不再冷落他了。迄今为止，已经一年了。令人筋疲力尽。他一直表现得很内疚，而我打心底对他感到失望。

我们咯咯笑着，试了好几次，才把塑料垫摆好。每个人都忽然变得极度兴奋。

"我来主持。"凯蒂马上说。她没有吃药——萨米拉也没吃，但她至少有一个说得过去的理由：她把婴儿监视器别在胸前，就像拿着对讲机的女警。这一刻，凯蒂的脸——她的表情，幼稚又傻气的脸上挂着成年人的愤怒，几乎戳破了我体内那个幸福的泡泡。我想说点什么，大声揶揄几句，但我组织不好语言。还没等我开口，马克就拽住了我的手臂，我整个人被一股力道推着前进，落在塑料垫上：左手，红色。

朱利安紧随其后：右脚，绿色。然后是艾玛、贾尔斯、马克、博，最后是尼克：我的天，虽然尼克没在扭扭乐上。很快，朱利安就半跨在我身上了，虽然大脑一片模糊，我想这姿势是多么奇怪而又亲密。我们很久没有这么亲密过，这我敢肯定。我想我们今晚会在那张大大的、有床罩的四柱床上做爱。不，不是为了造人而做，纯粹为了乐趣。

艾玛摔倒，退出游戏。她摇摇晃晃地站起来，笑得很大声。

又进行了几个回合。尼克踉踉跄跄地一只脚踏出棋盘，出局。接着贾尔斯体力不支，想要将左腿盘在右腿之上。现在只有我、博，还有马克在继续游戏。

我觉察到有一只手贴在我的身体一侧，就在我右边乳房下方，并试图向上游走。是其他人看不见的一侧。我微笑着转过头，以为会看到朱利安。相反，我发现我的视线顺着那只手落到了马克的胳膊上。我们背对着艾玛，朱利安在我上方，所以我很确定没有人能看到发生了什么。马克和我对视了一会儿。他的眼睛像梦游者一样呆滞。我突然感觉大脑变得异常敏锐，从服下药丸到现在，甚至没喝酒之前，大脑都没这么敏锐过。不对，我脑海里只有一个念头。这样是不对的。

他好像忘记了规则。没错，我们会调情，他喜欢我，我很喜欢那种感觉；他为我付出，他的回报是只能看，但是不能摸。两者截然不同。

突然间，我想起了在桥上那次，那段记忆已经被我抛到了脑后，已经感觉不真实。

我挣脱他的手。一定是我的动作让他失去平衡——他身体晃了一下，倒在了垫子上。

"马克出局了！"艾玛欢呼。我猜她什么都没看见。

我突然觉得有点反胃，丰盛的晚餐、几杯酒下肚，又吃了药，在"扫兴"的嘘声中，我翻身从位置上离开，踏上地毯，然后跌跌撞撞地沿着走廊走进浴室。我想洗把脸——这是我脑海中的咒语——我想用冷水洗脸。

我盯着镜子里的自己，心中有一种奇异的感觉，镜子中那张同样看着我的脸和内心的自己仿佛脱节了。哦，上帝啊，我究竟在想什么，怎么会吃那个东西？难道忘记了轻松欢喜过后它是如何让自己迅速感到不适的吗？

我知道我有责任，有时候是我主动引诱马克。我几乎和每个男人都会调情：在我们刚上大学的时候，凯蒂就直言不讳地说过。我知道马克不同，因为显然与大部分男人相比，他对我可以说是兴致盎然。

我听到走廊里有脚步声。也许是朱利安，来看我有没有事。或者是凯蒂，就像以前一样。门缓缓地开了。是我最不想见的人。

他长得很高；我总是忘记这点。他健硕的身躯挡在了门口。

"该死，马克，"我说，"你刚才是在干什么？你在那儿摸我？我就站在这里等你道歉。"

我等着他求我不要告诉艾玛，说他嗑药上头了，没有意识到自己在做什么，诸如此类的话。

相反，他说："我不感到抱歉。他配不上你。"

"什么？"我看着他，目瞪口呆，"噢，我猜，你真是这么想的。"我感到义愤填膺。我推搡着他，想要离开这里，"让我过去。"

他向旁边移动。可与此同时，他伸出手，快如闪电，抓住了我的上臂。我试着挣脱他的手，但他手指上的力道又增加了几分，他的力气那么大，钳制着我，就像上刑一样痛。肾上腺素飙升，恐惧袭上心头。他不会做任何事，是吧？不会在这里吧，其他人可就在隔壁房间?

"我要叫人了。"我说。

我试着把胳膊拽出来,但他的手就像虎钳一样箍着我的手臂。我回忆了一遍我在健身房上的那些身体对抗课,统统派不上用场。我们的力量对比实在太悬殊了。

他弯下腰,凑到我的耳边。"一直以来,我一直在他身边,从牛津上学的时候开始。关照他,必要时替他打掩护。他关照过我吗?我请他帮忙时,他帮我了吗?没有,我受够了。我再也不替他撒谎了。"

他说话的时候听起来逻辑条理,言语清晰。就好像药丸完全没有影响到他。相比之下,我感觉透不过气来,头脑昏沉。除了手臂不时传来的疼痛,不断刺激着我的神经,让我勉强支撑着自己。

"你什么意思?"我问他。我觉得我的反应有几分钟延迟。

"我知道他的事。我知道他的小秘密。我受够了替他保密。"

终于,我设法将手臂从他手中挣脱出来,但我觉得我得以脱身只是因为他决定放开我了。我颤抖着,恐惧和愤怒交织。

"好吧,"我说,"那你最好保守好这个秘密,马克·菲利普斯,否则我会告诉全世界,三年前,在赛马场,是你让那个男孩住进了医院。"

他一时有些吃惊。"我……"他支支吾吾地说,"你的意思是——你不想知道?"

他真的认为我们之间的感情已经破裂到这种地步了,以至于我自己的丈夫不让我参与他的秘密计划?不过,最好还是装傻吧。以防哪天我想坚称自己是清白的。

"不,"我说,"我不想知道。"

"好吧,"他说,一脸震惊,"如果你真这么想。"我踉跄地走回餐厅,肯定有人会注意到我的表情,问我出了什么事——我不确定是否需要他们关心。

"你还好吗,曼达?"萨米拉问道。

"我们以为你困在里面了,"贾尔斯笑着说,"所以马克去看你是否还好。"

"没事。"我说。

"你还好吗?"萨米拉又问了一遍。

她的语气充满母性的关怀……那么居高临下。"我没事,"我说,"能有什么事?"

也许我脱口而出的话像我心里想的一样刻薄,她的表情有些受伤。

"天哪,"艾玛说,"曼达——你记得有人在家里办派对,你被困在厕所里的那次吗?"

"不记得。"我说。虽然我嘴上这么说,但我意识到我确实记得,有模糊的印象。有种当面被揭老底的窘迫感,天哪,简直无地自容。我发誓那至少是十年前发生的事了。可如果艾玛记得的话,那一定是近来发生的事。"什么时候?"

"哦,"艾玛说,"一定是在伦敦的时候。大家都在家开派对的那段日子——我们玩得很开心,你记得吗?这么近的事,可感觉就像几个世纪前。"

"是的。"一提起这件事,我不知怎么产生一种奇怪的、不安的感觉。但我不知道为什么。可能只是马克贸然出现在卫生间和我说话产生的惊吓还未消退。

我坐了一个小时左右,等情绪平复。药丸的作用已经完全消退,我羡慕地看着其他人沉浸在狂喜之中,开怀大笑——虽然博肯定是咬牙切齿的样子。

我不想让马克看出是他让我不安。终于,我确定自己已经坚持了足够长时间,我看着朱利安。"我累了。"我说。他含糊地点点头,但我认为他几乎不知道我在说什么。药丸对他的影响一直很大。其实我有一半是在暗示,想邀请他送我回木屋,但我不想说得太直白,在其他人面前让自己难堪。

当我走出门外,月光皎洁,湖泊笼罩在如水的月光下。这是个晴朗的夜晚,只有地平线附近浮着一团云彩,像一条裹尸布罩住了星光。

我想到马克,想到刚刚发生的事。我现在已经不太确定刚才的一切是不是我的臆想,药物引起的幻觉。但我上臂处他抓过的地方仍在隐隐作痛。我敢肯定早上那片皮肤会现出瘀伤,浮现他的手指印。

我从口袋里掏出手机,打开内置手电筒。面前投下一道微弱的光;像是黑暗中的一盏灯笼,给人些许慰藉。好几次,我转过身去看后面有没有人跟着。我想起了在伦敦刚开始泡吧的那段日子,夜里醉醺醺地从酒吧出来走夜路回家,我会把钥匙夹在我的指关节之间。以防万一。但现在,我身处这荒无人烟的地方,身边都是我最亲近的朋友。我应该感到安全,可并没有。这里的寂静、浩渺,突然间充满了敌意。但至少我能听到脚步声,我这样想——耳边传来我走在路上发出的嘎吱声。我有时间做好准备。

我想,我们可以在早上离开这里。我可以告诉朱利安,然后我们就离开。他不会乐意——我敢肯定他一直在期待这次旅行。但我想他会答应的,如果我和他解释清楚,总之,我……十分确定——即便这些日子我觉得自己越来越不认识他了。我们可以回到家里一起喝香槟,也许再点一些东西,然后在屋顶看威斯敏斯特的烟花秀。我意识到当我想象那个画面时,我想象中的家不是我们现在的家——那栋成年人的灰泥房子。我实际上想的是我们在伦敦的第一套公寓——在我事业频频失败,成为失败者之前的家。在朱利安一心忙着赚钱之前。

那可能会有意思。

但这也意味着半途而废。感到可耻、不得不离开的人,应该是马克,不是我。

当我拐弯时,我看到远处有三个矩形光源,在夜色中耀眼夺目。当然了,那是猎场看守的小屋,我之前没有意识到它离所有建筑物有多远,几乎坐落在山脚下。我再看时,中间那扇窗户出现了一个黑黢黢的人影,被光晕环绕。一定是猎场看守,还没入睡。但隔着这么远的距离,他的体貌特征都看不清楚,那幽灵一样的影子突然后退了一步,这太可笑了——即使他能看到我手机射出的针尖大小的光点,他也不可能看见我。但感觉他好像在直视我。和之前我去敲他门时完全不一样。此刻,由于刚刚发生的事,再加上药片的后劲像弹弹珠一样在我体内来来回回,我感到脆弱而无助。

我沿着小路一口气跑回了住的地方。走进木屋,我获得了片刻的安全感。但只是暂时的,因为当我去闩门时,我意识到这里的门没有锁。我可以找样东西推到门前抵住它,可这样一来,朱利安就进不来了。

我准备上床睡觉了,当我再次从窗户向外看时,我看到其他木屋的灯也都熄灭了,这意味着大家在我离开后不久也都决定回去睡觉了。可朱利安去哪儿了?大概他正沿着小路往回走,可他走得也太慢了。

半个小时过去了,接着一个小时也过去了。我发觉我的牙齿在打战,尽管我并不冷。在浴室里的时候,我感觉到手臂上的瘀青已经扩散了。我穿了一件套头衫,穿了他讨厌的那双毛茸茸的笨拙的拖鞋,因为它们让我看起来"像是六十年代的郊区家庭主妇",但我一直都没有扔掉,因为它们实在是太舒服了。

我在深夜三点醒来,看到床边小闹钟上闪烁的数字。一开始我不确定是什么吵醒了我。我其实不记得自己睡着了。我还穿着套头衫和拖鞋,躺在床单上。灯还亮着。然后,我看到黑暗中站着一个人,就站在门口。我正要尖叫,这时他走上前,我看到是朱利安。他的脸颊冻得通红,眼神放空。

"你去哪儿了?"

"抱歉,"他说,"我去散步了。"

"大半夜?"

"嗯,是的,让头脑清醒一下。那该死的药片——等平静下来后,我开始担心。我绕着湖走了一圈。"

他的手指穿过头发。有些不太对劲,但我不能把话挑明。

"哦,我见到了那个怪人,猎场看守。"

"你见到他了?我回来的路上,看到他屋里的灯亮着。"

"是的,好吧,他在湖边鬼鬼祟祟的,从那么茂密的树林里冒出来。他带着狗。他到底在干什么?老实说,我觉得他可能有点不正常。我觉得你应该离他远点。"

这种大男子主义式的保护欲让我既感动又恼火。至少这表明他在乎。我突然发现,难道最近我已经变得这么不确定他对我的感情了吗？以至于需要用这种方式说服自己他是关心我的？

"他不是需要担心的那个。"我说。

"你这话是什么意思？"

"马克。他对我动手动脚——在厕所里。他抓着我的手臂。这儿。"我拉起套头衫的袖子给他看，但瘀青还没有显现，尽管我能感觉到。"他说他知道你肮脏的小秘密。是的，他就是这么说的。"

我看到他畏缩了。

"他的意思是我理解的那个意思吗？"我问他，"你告诉他了吗？我以前告诉过你，朱利安，你不能告诉任何人。它会把我们两个都拖下水，会把一切都毁了。不要和我说我是在小题大做。从你决定用我的那一刻起，你就把我牵扯进去了，不管你想还是不想。"

稍长的停顿过后，"你看，曼达，"朱利安说，手穿过头发，叹了口气，"我们都喝了很多……又吃了药——"

"你的意思是这些是我编的？你不相信我？"

"不，不。我想说的是，这可能并不是他的本意。他并不想伤害你。他是个大块头，有时他只是没有轻重。我的意思是，我们认识他多久了？"

"等一下，"我说，"在我看来，你是在为他辩护。"

"我不是，我保证我不是。但是……你看，真的值得因为他的愚蠢让我们扫兴吗？他是我的老朋友了。你觉得怀疑他有好处吗？"

我突然明白他在做什么。他不是在保护马克。他是在保护自己。因为如果马克真的知道他的——我们的——秘密，而朱利安为此和他对质，马克可能会用这个秘密来对付他。

我应该气愤。但突然间，我只是觉得很累。也许，我想，你可以说他是在保护我们俩。这一切都这么不真实，以至于我不确定那件事是否真的发生过，即使手臂酸痛可以为我提供证明。我不像一小时前那样愤愤不平了。

他现在脱了衣服，拿出睡衣。那身睡衣非常时髦，是我母亲送给他的礼物，她喜欢赶新的时尚潮流：从波特先生（Mr. Porter）那里买的圣诞礼物。然而，有一段时间——就在不久前——他在床上会一丝不挂，甚至连平角内裤也不穿。我们喜欢贴着皮肤躺在床上。

"别穿。"我说，他正准备穿上裤子。他站了一会儿，不知怎么，看起来尤为赤裸，只穿着上衣，一脸迷惑。"天冷。"他说。

"是的，"我说，"但你可以之后……再穿。"我突然想让他的胳膊搂着我，他的重量压在我身上，他的唇贴着我的唇，给我些许安慰。我想抹去今晚一直伴随着我的那种奇怪的、令人毛骨悚然的感觉。但他苦笑一声，撇着嘴角。

"我真的很累，曼达。"

在最初认识到在一起几年里，总是我拒绝他。也许八年里只有两次情况正好相反：除了，比如说，他染上流感或是第二天要面试。但最近我一直在算。前十次，也许次数更多，拒绝的人都是他。

不过，只有在为这次旅行收拾行李时，我才如梦初醒。我家里有两个独立的内衣抽屉：一个放日常穿的我的M&S内衣和文胸，专为舒适而设计。朱利安之前看到我刚洗完的米色T恤文胸时，时常忍不住皱眉。而另外一个抽屉：装的全是密探（Agent Provocateur）、蒙帕纳斯（Kiki de Montparnasse）、麦拉（Myla）和可可德梅尔（Coco de Mer）那些华而不实的内衣。价值数百甚至数千英镑的丝绸和蕾丝材质的内衣。那种不适合穿在衣服里的内衣，它们的存在只是为了给你的肉体增色，几分钟后就会脱掉。当我看着它们时，我意识到，我已经很久没有穿过其中的任何一件了，久到我都想不起来。我心里跃跃欲试，有点想把它们都处理掉：它们似乎在嘲笑我。于是，我把它们都抱在怀里，然后扔进了手提箱里。它们是我背水一战时的盔甲，等待着最后一搏？

我想，朱利安不再进行性生活情有可原：他有很多事需要操心，而我却一直坚持怀孕。不过这依然是他的错。但在这里，在这片美丽的荒野中，在香槟和药片的催化下，我以为会有所不同。因此，这不仅没有驱散我内心的不安，反而适得其反。当他躺在我身边，转身面对墙壁时，我感觉到恐惧，身体微微颤抖。

我靠近他，想从他身上借一些温暖。我伸出一只手摸了摸他的后脑勺。手掌移开后，我发现上面湿漉漉的。"你的头发。"我说。"什么？"他的声音听起来甚至都不困。我不知道他是不是像我一样，清醒地躺在那里，在装睡。

"这儿，后脑勺。"

"哦，嗯——回来的路上开始下雨了。"

我躺在床上，回想起晴朗的天空和我走过的路，我想，外面要是开始下雨，那云得很快聚集起来才行。而且，外面太冷了，一定不会下雨。要下也是下雪。我突然确信无疑，他在说谎。虽然我不知道，他撒了什么谎，又为什么撒谎。我告诉自己，担心没有意义。毕竟，我已经知道他最大的秘密了。

大约一年前的一天晚上，朱利安随口说起："我有一个朋友。

他希望你为他设计一个网站。他离开了这座城市——正打算创业。你怎么想？"

那时我有没有觉察出不对劲？只是事后琢磨，我觉得他问我的口气有点太随意了。他用手指咚咚敲击着厨房料理台——与他的语气形成鲜明对比。他说话时几乎没有看我。还有就是，在那之前，他似乎从来没有把我在网站设计方面的专业或是做生意的点子当回事——成立一家公司，接项目委托。他称其为我的"工程"，就好像我在缝被子一样。

这是我迄今为止收到的第二次委托——第一次是朋友的孩子受洗。不过，我决定忽略我的疑虑。我认为他这次随机应变显然是为了帮朋友忙，不管他嘴上怎么说。他赚的钱足够负担我们两个人的生活，足以满足我们的所需，但我想他这么做也许是因为他知道我事业失败、自尊心受挫。所以，说实话，我并没有细想他说的话，当时没有。我想，有一个项目作为展示案例，大有裨益。另外，就当结识一条人脉，何乐而不为呢？我可以用社交媒体在我的个人网站上分享。只谈佣金永远不会让潜在的客户安心。你必须有像样的作品来取得他们的信任，以此吸引他们。有点像是先有鸡还是先有蛋，可往往事情就是这样。

"我应该给他报价吗？"我问朱利安，"因为我希望他明白，我不会无偿工作。"我不想让这个家伙认为仅仅因为我是他朋友的妻子，我就会免费给他干活儿。当然，我也许会给个友情价，我可是专业人士。我的时间很宝贵。我已经很久没有感觉自己在专业领域对别人有价值了——如果有过的话，我会好好品尝这种感觉。这是我当时最大的顾虑。我可能会因为无偿工作而蒙羞。

"钱的事别担心，"朱利安说，"他已经向我保证，他会给你丰厚的报酬。"他笑着说，"一部分是现金，一部分银行转账——

所以如果你不想的话，根本不需要向英国税务海关总署申报。"嗯：这我完全不担心。公司还没有赚到一分钱——也不太可能在本年度纳税结束时盈利。朱利安肯定知道吧？即便是在当时？我没觉得有什么特别可疑的地方。我应该觉得吗？天哪，他可是我丈夫。

直到我的银行账户收到了五万英镑，然后朱利安"在酒吧看完橄榄球"回家，带回来同样金额的现金。我才开始起疑。"朱利安，"我问他，"你他妈的是怎么回事？"他尴尬地笑了笑，摊开双手，一副"打我呀"的姿势。"这只是他想付给你的报酬，"他说，"他对这个项目非常满意。他身价不菲，这对他来说就像零钱一样。"

如果我没看着他的眼睛，我也许会相信他的说辞。

"朱利安，"我厉声说，好让他知道不要拿谎话糊弄我，"这笔钱在我的账户里。所以不管怎样，我现在也卷进来了，不管是什么情况。我是你的妻子。所以不管究竟是怎么回事，我想你得把整件事都告诉我，马上。"

"最终对我们俩都有好处，"他在咆哮，"我……我想，你可以说，我看到了机会。"

"什么样的机会？外聘？"

"嗯，"他抓住面前的椅背，我看到他的指关节变白了，"我想你可以说与工作有关。或多或少吧……"他强装镇定，"你看，它就——在那里，就在我面前。我知道一些信息，不利用起来完全就是犯傻。"

就在那时，终于，我反应过来。"天哪，朱利安。我的天啊。你是说内幕交易吗？这是你想和我说的吗？这笔钱是这么来的？"

我不是从他当时所说的话里得出的真相,而是从他脸上瞬间毫无血色判断的。"我不会给这事扣这么大的帽子,"他说,"不,不是那样的,只是推他们一把,几个朋友,没什么大不了的。就官方而言,无足轻重的消息。他们要钓的是大鱼。这种事经常发生。"

我简直不敢相信他对我说的话。"朱利安,我想你的意思是,经常有人因此被抓起来。"

就在不久前的一周,我一直在看雷·约克的消息,他是一家大型投资银行的合伙人,他因为与他的高尔夫球友交易内部机密而判刑。当他们绕着球场走时,他随意透露了一星半点——据说他没有意识到他的球友正在利用这些信息进行交易,并从中获利数百万美元。或者至少是在他开始接受朋友强行送给他的礼物——劳力士手表、送给他妻子的珠宝、装现金的包裹——之前没有意识到。一被捕,他的人生也终结了。他丢了工作,进了监狱,妻子和他离婚了,他再也不能从事金融行业。美国有线新闻电视网曾播放了他在法院外接受采访的画面,他在镜头面前掉下了眼泪,将自己的亲身经历当作警示案例。当然,在这个过程中,他不得不将非法所得全部归还。除此之外,还有罚款。

我对这个人没有丝毫同情。我曾想,谁会这么蠢?在我看来,这是再明显不过的事。当然,做了这种事,最终一定会被发现。事实证明,我那该死的丈夫可能就有那么蠢。

"你到底怎么了,朱利安?"我说,"你就像一个赌徒,总想再赢一局。"

"对不起,曼达,我不知道该怎么——"然后,他突然换了一副面孔,表情冷峻。他停止扮无辜那一套,不再畏畏缩缩、一再认错。"嗯,我想你说起来容易,米兰达,"他说,"但你似乎忘记了你自己有多享受这种生活。去图卢姆、马尔代夫、圣安东度假——那可不是免费的午餐，你知道吧。你有一半的时间都无所事事地坐在那儿翻着度假宣传册，花费比某些人一年的收入还要高。还有，每次换季从'波特女士'上买的东西，每个月支付给你那可笑的营养师五百英镑。是的，我赚了很多。可我们几乎没有积蓄。你就不能不花钱吗？然后你在那儿没完没了地说生孩子——你知道现在私立学校要花多少钱吗？因为米兰达·亚当斯的孩子当然不能像我一样去免费学校这么低级的地方。还有大学，现在学费还涨价了。我们俩只有一个人在工作……"他直视我的眼睛，"我可能会丢掉工作。金融危机也没那么久远，曼达。然后，我们就完蛋了。"

我简直不敢相信，"这不能怪我，朱利安。是你搞砸的。"

他的手指穿过头发。"我知道。"可事实上，我不确定他知道。

也许我应该预感到今天的局面。因为他一贯如此。他不像我，成长在一个富裕的家庭，有一个稳固的家庭结构。他的妈妈是单亲妈妈。为了让他读完大学，她付出了一切。虽然从他的待人接物上，你永远不会知道。他对自己成长于一个低收入家庭的事实有深深的羞耻感，哪怕那个家庭其实不算穷。害怕再次变穷的恐惧伴他如影随形。哪怕是看上去狼狈——在他看来，这就是穷的表现。仿佛他一直有匮乏感。也许，即便不是这件事，也会有别的事。外遇或是嗜赌。也许我应该庆幸这不是更离谱、更严重的事，我尽管很难想象会是什么事。

道格

终于，天黑了。这是他最喜欢的时刻。终于，这里只属于他一个人。或者至少他是这么认为的，直到他遇到了那个白痴客人，那个之前一直缠着他问无线网的男人，长着一张非常英俊但无比欠揍的脸。朱利安。当手电筒的光束照向他的时候，他正沿着那条从别墅通往他和他妻子住的那座木屋的小路前行。然而，已经过去了大概一小时，从别墅传来的可怕噪音已经停止了——那里的灯光也熄灭了。

那人看到戴着头灯的他时，吓了一跳。他看起来像一只动物，像那只落单的鹿，在路虎车灯射出的光线里一动不动。没有什么比这个画面更能生动地诠释"车灯下的鹿"[①]这个形容了。他的脸微微抽搐，好像在和自己较量，该不该解释这么晚他还在外面做什么。但最终他还是做了个表情，点点头，然后头也不回地继续赶路。他看起来像一个万分内疚的男人。他缩着肩膀、僵硬刻意的走路姿势，就像一个不怀好意的人。他敢打赌，那个男人没想到会在路上碰到其他人。无论他在做什么，他都被抓了个现行。

这至少弥补了他被搅了清净的不快。想到这里，他勾起了

[①] 车灯下的鹿（deer in the headlights），黑暗里鹿被车灯突然照在身上，吓得不知所措，呆在原地，也可以形容人不知所措。

嘴角。

他带着狗出来了。格里芬和呼啸：格里芬是一只漂亮的寻回犬，皮毛顺滑，嘴巴像天鹅绒一样柔软；而呼啸是澳大利亚牧羊犬，很漂亮，但长得很奇怪，它有着幽蓝色的眼睛和大理石纹理般的皮毛，就像墨水滴进了水里。它们似乎喜欢他，似乎没有像别人那样觉察他身上的阴暗。

今晚，两只狗都不安分，它们很兴奋。他确信，这是下雪前的征兆——那股强烈的、带着金属味道的奇怪气味。天气预报里没提到下雪，但在这样的地方，你要学会相信你看到和闻到的，远胜于所谓科学。

明天他得去提醒那帮讨人嫌的客人雪可能下得不小。如果他们需要为接下来几天储备生活用品，必须在今晚之前告诉他。因为如果真要下一场大雪，即使驾驶路虎，换上防滑轮胎，道路也不放行。没有人能够进来或是出去。

他从路上捡起一根棍子扔了出去。棍子消失在他视线之外，头灯光束照不到的地方。两只狗都像离弦的箭一般冲了出去，它们的视线比他的还要敏锐，几乎是在比赛，尽管格里芬年纪大了，率先放慢了步伐。呼啸名副其实，它抢在前面，一跃而起，夺得了奖品，尾巴猛烈地摇晃着，骄傲地仰着脑袋，散发着毋庸置疑的胜者气息。

在这种时候，他呼吸起来更轻松。

现在，呼啸已经放下了棍子，发出呜呜声。"怎么了，孩子？嘿，怎么了？"

格里芬也嗅到了同样的气味。它们循着那股味道，口鼻低垂。也许是一只兔子，或是一只狐狸。甚至可能是一头鹿，尽管它们通常不会绕到湖的这边。然后他听到了不远处有声响，是大型动物穿过小路旁灌木丛的声音。

"谁在那儿？"

没有人回答，但他不会听错，那啪嗒声和飞奔声还在继续，速度更快。有什么——或者什么人——正在朝着他们反方向逃跑。

两只狗紧随其后。他叫它们回来。它们转身小跑着回到他身边，不情不愿，但还是听了他的话。要是客人的话，狗可能会让他们受到惊吓。

在头灯的光束下，前面几英尺的地方赫然出现一个人的脚印。只有一个脚印；显然，这是这条小路上唯一一处松软的地方，这才留下了脚印——是一只大脚。他把自己的脚放在里面：尺寸大致相同。当然，可能是某位客人留下的，他有些惊讶，这么晚在这么偏僻的地方出没。从他把他们接到这儿来起，除了在别墅用晚餐，他没留意有谁离开过别墅附近。这人脚上的靴子鞋底纹路清晰。来这儿的伦敦客人，都穿着城市人自以为耐穿的户外装束：杜巴利和添柏岚靴子。也许是冰岛客人，他们穿着专门的户外靴。但还有个问题他感到不解：他出声询问的时候，为什么客人要跑呢？

他经常在这个时候出来看看猎场有没有异常。然而，还有几次无意间的户外冒险。

有一次他醒来，发现自己躺在潮湿的石楠花丛中，不远处就是湖对岸，靠近废弃的侦察兵营地。当时是半夜，但所幸月光如水，他能看清自己在哪里。他不记得自己是怎么到那儿的，但他双腿酸痛，就好像是一路跑过来的。他的手隐隐作痛。后来，在木屋的光线下,他才发现手划破了,还有擦伤,有几处伤口很深。

之前发生的所有事,他都不记得了。有一次,那时他还是个孩子,做了全身麻醉。感觉就像黑色的帷幕落下,遮蔽了他的意识,灯熄灭了,时间一眨眼过去。这几次就像当时那种感觉。时间被大口大口吞没了,它们的位置上留下了空白。他可能去了任何地方。他也许做过任何事。

他在城里也发作过。那次更严重:他最后到了城市的另一头,在不知名的街道醒过来,或是躺在儿童游乐场,抑或是沿着铁路侧线跌跌撞撞地走着。

有一个词形容这种症状,那个词听起来像一首音乐:神游。这么一个美丽的词却要形容如此可怕的事。精神科医生说,它们是由创伤引起的。是一种症状,而它本身不存在,也不是一种疾病。他必须做的第一件事就是开口谈论他身上发生过的事。他明白这一点,难道不是吗?因为这个毛病可能带来危险,对他自己,也对他周围的人。虽然目前除了几个混乱的晚上,他试图找到回家的路外,还没有造成任何实质性的伤害。毕竟,考虑到那次事故——这正是他接受治疗的原因。

"是的,"他说,直视精神科医生的眼睛,"但这并没有发生在神游状态。我当时很清楚自己在做什么。"

精神科医生咳嗽了一声,表情有些局促。"不管怎么说,我们已经确定,那起事故和这几次发作,直接或间接,都与那个创伤有关。"

尽管强行进行了几次心理治疗,精神科医生还是在报告中写道,她认为他需要接受更多治疗。他再三确认这只是建议,不是强制性的。他可以无视她的建议。他尝试避而不谈那件事,或者只是顾左右而言他——这明显让她感到沮丧。他不敢相信自己这么容易就没事了,他怀疑她也不信。不过,一想到他会伤害到别人,他就一直耿耿于怀:这并非他的本意。就像前几次发作时那样,他并没有意识,他甚至不知道自己在做什么。因此,他没有深入问题的根源。他来到了一个没人的地方。或者至少这里几乎没什么人可以被他伤害。因为他觉得自己永远不会说起那天的事,即使是为了挽救自己的性命。

他回到木屋,和衣躺在床上酝酿睡意。

房间很简陋。墙上没有壁画,架子上也没有摆什么小玩意儿,只放着几本薄薄的书:一本短篇小说集,一本诗集。这些天他从没翻过书,但它们是线索,维系着曾经的自己。这里没什么可以向你透露居住之人的事,除非没有线索本身就是一条线索。它就像监狱牢房那样不具名。即便有人认识他,也不十分了解他的过去——这绝非巧合。

他侧过身,闭上眼睛。如果幸运的话,可能会睡一小时——甚至两小时。他已经学会了靠这种方式维持生命,喝足量的咖啡来抵御困乏,服用足量的止痛药来尽可能地抑制偏头痛。曾几何时,他也像动物一样沉入梦乡,安然入睡。他现在无法想象。那种生活属于另一个人。因为现在,他每一次闭上眼,都会看到他们的脸。全是死人的脸。他们用恳求的眼神问他:为什么是我们?我们做了什么落得这般下场?他们的手摸索着,够着他的头发和衣服。他能感觉到他们在他身上——他不得不将他们击退。即使他睁开眼睛,他也能感觉到他们的指尖在他皮肤上留下的幽灵般的痕迹,蜘蛛网一样的记忆。

他们一直跟着他来到这里:其实有时候,他觉得这里万籁俱寂,可能更不妙。他们每个人的名字他都牢记在心,有时甚至比他自己的名字还要深刻。

现在

二〇一八年一月二日

希瑟

打电话报警之后,我拨打了猎场老板在伦敦的电话号码。当然,我一开始没有直接联系上他。话筒里传来助理温柔的声音:"有什么能为您效劳?"

我把事情的经过告诉了她。电话那头没有任何反应,让我感到惊愕。"我会帮你接通他的电话。"她用一种更加稀松平常的声音说,好像她迅速做出决定:低沉沙哑的声音并不适合这类话题。

他的电话很快就接通了。"你好,希瑟。"他说,就像我们每天都通电话一样熟稔——而不是一年前才见过一次面。我记得他很英俊,虽然很难说是否因为他仪容整洁、风度翩翩,脸上挂着政客般的微笑。

"我听说其中一位客人出了什么事?"

"是的,"我说,"事情不妙。有人死了。"

"哦,"他说,"哦,天哪。"但他听起来并没有因为这个消息感到特别震惊。我想他不一定要有这么大的反应,那位嗓音温柔的秘书可能会先和他汇报。相反,我确信我能听到他在思考如何应对这件事——就像与他如出一辙的那些政客一样,如何维护猎场的利益。

"而且这恐怕不像是意外。"

"嗯,"他说,"你一定已经报警了吧?"

"是的,"我说,"在我给您打电话之前。"

"我会过去一趟,"他说,"但我不确定是否有所帮助。"

"而且很可能您也过不来。"我解释了天气的情况,还有我们基本被大雪困住的事实。

"你说是道格发现了尸体?"

"是的。"

"在哪儿?"他语气里多了几分严厉。也许他在考虑自己有没有可能因此而被起诉。

"在旧水磨坊附近的瀑布。"

"好的。你有看到什么吗?道格呢?"

"没有——没什么特别的。"

"莱恩也知道吗?"

"呃……不,还不知道。他完成当天的工作之后,应该在跨年夜就离开了。"

"嗯,当然,他还是需要知道。否则他会赶回来工作。你把消息告诉他,这件事很重要。"

"是的,"我说。"当然。我现在就试着联系他。"

"去吧。有任何进展,请随时告知我。"

"一定。"

接着我试着联系莱恩。我只有他的手机号,没有他家里的号码。电话直接转进了语音信箱。在这个地区只能通过手机联系的问题在于,大多数时候因为信号不稳定,谈何联系。我想,还是晚点给他发条短信。我相信他会被老板的关心感动,但坦白说,他现在是我最不担心的。再说，他很快就会发现他实际上没法来上班。

一阵敲门声。

是道格。"他们来了，"他说，"客人们。"我在打电话的时候，他挨个儿去木屋召集其他人，把他们集合在了猎场别墅里。

道格状态很差——我之前就注意到了，但并没有亲眼看到，这件祸事让我措手不及，我无暇旁顾。他的眼眶发青，像是一个星期没睡觉似的。看起来这个女人的死对他造成了影响。我注意到，他的手上缠着绷带，厚厚的纱布裹着大部分皮肤。当然，我们在外面时我没有看到，他一直戴着手套。

"你的手怎么了？"

"哦，"他说。他举起手，看着它，就像他以前从未见过一样。"我猜是我自己弄的。"

"什么时候？看样子很严重。"

"不知道，"他说，他用另一只手挠了挠后脑勺，"几天前吧，我想。"但这不是实话——不可能是实话。他在高地晚宴上手上还没有缠绷带……我敢肯定，我留意过。而且一定伤得不轻，他这才裹了绷带。我以前见过道格身上大大小小的伤口和瘀伤，他甚至没有心思敷药。我想，这反正也不关我的事。

"要我告诉他们你要和他们谈谈吗？"他问我。我注意到他把缠着绷带的手藏在了夹克口袋里。

不知怎么，通知客人的这一角色轮到我来扮演，我们似乎没有讨论就同意由我告诉他们这个消息。它还是跟着我来到这里——所有那些我努力想抛下的过去。

客人们聚集在客厅走廊里,等待消息。当然,只是伦敦来的客人。那对冰岛夫妇回到了他们的木屋,虽然他们深表同情,但这并不关他们的事。

当我走进客厅,他们都抬头看着我。我拥有一项糟糕的权力。我之前身处过这个位置,在我之前的工作中。面对那些焦急等待消息的家庭,不得不告诉他们那一噩耗,那个他们最不想听到的消息。"手术没有成功。出现了无法预料的并发症。我们尽力了。"

我的指甲嵌进了手心。我也易地而处过,完全知道那是什么感觉。

"我们找到了她。"我说。问题几乎接踵而至;我举手示意大家安静。当务之急是现在尽快将这个噩耗告诉他们,彻底打消任何心存的希望。当仍有一线生机时,希望是一种伟大的力量。但在几乎毫无希望的情况下,它可能造成的伤害远远大于好处。虽然我认为他们中的任何一位都不再抱有希望。他们已经知道了,但确认死讯是另一回事。

"恐怕这是个坏消息。"我说。他们抬头看着我,等待着,急切的心情溢于言表。在这种情况下我忽然掌握着一种可怕的权力。我拿着一手牌,准备在他们面前一一亮出,而他们可以随心所欲地解读。

"我很抱歉地告诉大家她已经死了。"

大家的反应各异。起初是震惊,这点很一致。他们盯着我,好像在等我说出妙语,告诉他们我"只是在开玩笑!"我几乎在想我是否应该重复一遍,是否有可能他们没有听见我说的话,或是没有正确理解我的话。然后,每个人开始以不同的方式消化这个消息和他们的悲伤:歇斯底里、沉默不解、怒气冲冲。

我知道这些反应或多或少都没那么严重。每当我不得不通知病人家属时，我都会在病房里看到类似的反应。正如任何护理人员都会告诉您的那样，噩耗传来时，您需要担心的通常是那些一言不发的人，而不是那些呼天抢地、歇斯底里的人。但后者也是痛苦的。痛苦的表现方式千差万别，就像亲历者各不相同。对此，我再熟悉不过了。

但是那个想法还是浮上心头：这些中的某个人会不会只是作秀而已？只是表现成这样？一场表演？他们围绕那具尸体七嘴八舌地问各种问题——我是怎么发现的，我发现它时它的情况。我不禁疑惑：他们中是否有人已经知晓了一切？是否有人知道的比他们透露的还要多？

等我回到我的庇护所——办公室里，手机响了。我接起电话，以为是老板，或是警察，也许他们有了最新消息，确定了何时能赶来。不是警察。

"我现在不方便，妈妈。"

"出事了。我感觉得出来。"她是怎么从八个字里听出来的？我咬紧牙关。然后放松。"我现在不方便。我没事，你现在知道这个就行了。我晚点会告诉你。好吗？"

"你昨天没打日常电话。所以我知道出事了。"她的声音因为着急而有些沙哑。

我知道家人担心我。我知道当我告诉他们我接受了这份工作时，妈妈尤其担心。而我辞去了之前那份影响我大半个人生的工作。

"在威廉堡附近？"妈妈追问道，"但地方可十分偏僻。"

那是在我告诉她实际地点是片无人问津的荒凉之地前："没有小村庄，而是在一片私人荒野间——只有一个固定的同事。"

如果算上莱恩，有两个——我不确定能不能算，因为他不常来这里。虽然我对道格的底细知之甚少，但我对莱恩的了解甚至更少：他来到这里，勤勤恳恳地工作完，就离开了。

"你能行吗？"我知道她这么问的意思。十五年来，头一回突然发现自己要独自面对这个世界，为什么会选择搬到这种地方加剧那种孤独感呢？但她无法理解的是——这真的不是你可以解释得清楚的事，只是一种感觉——身处人群中，我感到更加孤独。我们所有的朋友，无论他们多想要提供帮助或是表达同情，都会让我想起他。还有我们一起生活过的城市。到处有我们一起去过的地方：一起吃早午餐的咖啡馆，逛过的书店，甚至是在里面买过一份即食咖喱和一瓶酒的森佰瑞超市。当然，我们的公寓是令人最难以忍受的地方。在它被出售之前，我几乎无法让自己置身其中。那里有我们一起生活、一起成长的全部回忆：几乎从大学毕业起，我们就住在那里。那是我成年后的生活。

而周围的人们继续过着他们忙碌糟糕的生活，安顿下来，结婚生子；相形之下，我的生活裹足不前，也许永远停滞了。

没错，有时我在这里会感到孤独。但至少这片风景似乎总是和孤独相得益彰，我不会再去面对我失去的、可能永远不会再拥有的一切。没错，有时就像在城里一样，我发现自己几乎无法从床上爬起来，我不得不强迫自己穿好衣服，吃完早餐，步行到猎场别墅办公室。但至少面对这样的一天要容易得多，你知道你不用面对其他人，旁观他们的幸福。有时我发现自己在哭，是的，但不像在爱丁堡那样。我发现自己在 Zara 的衣帽间排队时，整个人溃不成军；或是在百特文治喝咖啡时，觉得每个人都在盯着我看。像在看一场怪胎秀。

而在这里，只要我想，我就可以不用面对我所失去的一切。我可以冲着高山和湖泊宣泄我的痛苦和愤怒,而不被人指指点点。

当它发生时,有一部分自己在疑惑,我是不是在等待这一切发生,我一直都知道会有这么一天。自从我们在一起后,我一直觉得这份感情太完美了,我们两个也很幸运。这种快乐不可能长久,我们用光了幸福的额度,超出了份额,有时候必须有人注意到这一点。命运决定证明我是对的。我到现在还记得杰米的老板基思来告诉我那个噩耗时的表情。在他开口说话之前我就知道了——烟雾吸入。在一片混乱中,大家都没意识到杰米没有再次出现。他被困在着火的房子里。其他消防员竭尽所能施救。医护人员也随时待命。

在救援人员赶来之前,基思已经给杰米做了整整四十五分钟的心肺复苏术。当基思开始流泪的时候,我不得不把目光移开,那是出乎意料的、让人心酸的一幕——目睹像基思这样的男人掉眼泪。相比其他,它让一切显得太过真实。

杰米是一名消防员,你可能已经猜到了。凭他的头脑,他可以有很多身份:科学家、律师、教授。但他告诉我他想做一些他真正觉得有意义的事,就像我做的事一样。他总是能再逼自己一把,这让他成为最好的消防员之一。正如基思所说,在服役时,当其他人觉得彻底没有希望时,杰米总会再努力地尝试一下,再冒更多一点风险,去挽救生命。有时,他似乎无所不能。可他不是。他只是一个男人。一个心胸开阔、无畏、有自我牺牲意识的男人——但绝对是肉体凡胎。他是我爱的人。

我很生他的气。以前,生命是有意义的;一切都是命中注定的。我们的相遇——他在最后一分钟临时决定参加一个朋友的朋友举办的家庭聚会。我们在爱丁堡的旧城区找到了那套光线充足的漂亮公寓，主人决定以一首歌的价格出租给任何一位愿意在他外出旅行时帮他看家的人。他和我——就像两块非常简单的拼图，一直在等着找到彼此，让整幅画变得有意义。

　　他死后，一切都变得毫无意义。把他从我身边夺走的世界想必是一个残忍而混乱的地方。生命失去了意义。我想过——有那么一刻无比肯定——要结束这一切。最终，并不是任何求生欲望阻止了我这样做；而是我想到这会对我的家人造成多大的伤害。

　　来到这里是退而求其次的选择，你看，这是一种逃避熟悉生活的方式，逃避将我与过去联系在一起的所有事物。有时我觉得这有点像死亡——比我在杰米死后那几周内考虑的服药和从福斯桥跳下去更能接受的选择。因此，这处自然风光就这样奇怪地成为我的避难所。可现在，恐惧袭来，降雪又将我们困在这里无法接受外面的援救，它沦为一座二十四小时的监狱。

二〇一七年跨年夜
艾玛

　　昨晚，我和马克体验了一场欲仙欲死的欢爱。他把我扔到床上。他的表情紧张，就像被一片阴影笼罩，看起来就像他很生气时血脉偾张的样子。尽管他身材魁梧，但他喜欢我在上面。

　　我不知道他是怎么了。也许是我们俩都服下的那东西（回头想想，我原本不应该吃，因为我说了些蠢话——我不是故意要大声说的）。但他的紧张也可能与他刚刚和我说的事有关——他发现的事——我们有时得知别人搞砸了，心中会生出一种奇怪的、几乎是催情的喜悦。

　　我知道人们对我和马克感到好奇。"你们两个是怎么认识的？"他们会问，或者是"他身上什么吸引了你？"以及"你什么时候知道他就是'那个人'的？"有时我会告诉他们，他在"炼狱"的舞池中央模仿切斯尼·霍克斯的舞蹈动作吸引了我的注意，这通常会博得笑声。但这只是权宜之计，毫无疑问他们会刨根问底。

　　他们在寻找吸引我们在一起的那份浪漫、那种化学反应，那瞬间擦出的火花。通常，我觉得他们最终可能会对结果感到失望。因为，事实是，我们之间没有多少轰轰烈烈的浪漫。没有按捺不住的激情。从来没有过——即使一开始也是如此。我不介意承认这些。这不是我要找的东西。

有些人为爱而坚持,直到找到它才罢休。有些人放弃了,因为他们找不到。人生赢家或一败涂地——要么全押中,要么一无所有。然后,也许大多数人中,多的是那些安定下来的人。我认为我们是明智的。因为爱并不总能长长久久。

我满足于我们已拥有的。我想,马克也是如此。似乎人们评头论足的另一点在于我们两个没那么相像。我们没有太多共同的兴趣。"异性相吸,"他们会一副了然于胸的表情说,"不对吗?"夫妻之间有一些共同的兴趣爱好很重要,我是这么认为的。并非所有——事实上,有许多相似之处可能会很乏味,谁想看着他们的伴侣感觉就像在照镜子一样?没有,关键是至少要有几个共同爱好。几个领域,甚至只是一个领域——你们对此有相同程度的兴趣。我们俩就是这样。有一件事特别重要——我知道你想说什么。不,不是那个,尽管我们的性生活的确非常和谐。

所以答案是没有,我们不像,比方说米兰达和朱利安这对夫妇那样能产生强烈的化学反应,尽管事实上,那爱情的火苗最近似乎已经减弱了。还有,没错,我知道马克疯狂迷恋米兰达,以防你好奇,我不是白痴。事实上,我看到的比大多数人以为的要多得多。我不介意,真的不介意。我几乎可以听到质疑声,但我保证确实如此。我想,你只需要相信我所说的。

所以答案是没有,当我在克拉珀姆大街附近那家肮脏的夜店看到马克时,我未必是在想:这是我梦寐以求的人,这一定是构成伟大的文学和电影作品的元素——真爱,一见钟情。不是那样的。

我看到的不止这些。我看到了一种生活。一种全新的存在方式。我看到了我一直想要的东西。

我和马克的童年过得都很艰辛。我每隔几年就从一个学校转到另一个学校，从来没有交过什么真正的朋友。与马克的经历相比，我童年的烦恼不值一提。他父亲打他。不是因为他顽皮而一气之下扇几巴掌，而是一顿狠揍，古老而野蛮的体罚。他告诉我，有一次他妈妈用遮瑕膏遮住他眼睛周围的瘀青，好让他去上学。她没有阻止他的父亲，她无能为力。虽然没那么频繁，但每隔一段时间就会发生一次。他发脾气时，她也是受害者。马克年轻时，比实际年龄看上去要小，常常在橄榄球场上挨揍，他父亲知道以后却很鄙视他。后来他开始成长。他喝蛋白粉奶昔，去健身房锻炼。挨揍的日子终于结束了；他的父亲有一天终于突然意识到，他的儿子可能会反击，而且还能打得过他。

我知道马克不想像他父亲那样。但我知道，有时候，他也害怕自己会变得和他父亲一样。马克脾气暴躁。他容易冲动——尽管他从来没有对我动过手。但就像那次在赛马场，有时候脾气上来似乎连他自己也控制不住。

米兰达

我醒得很早,天色刚刚破晓。朱利安蜷缩在被单下,离我很远。昨夜的记忆一下子涌进脑海,一圈绕着一圈,难解难分,像一团纠缠的毛线球。马克——在浴室里。他居高临下地俯视我,威胁地钳制住我的上臂。

我起来穿好衣服,准备去跑步,试着把昨晚的离奇插曲从我的肺里排出。我尽可能快地冲过其他木屋和猎场小屋。我真的还不想看到其他任何人。我还没有重整面貌——我不是指化妆。我的意思是,以那个坚强、有趣,为一切做好准备的米兰达示人。昨晚让我心烦意乱。因此,当我在湖边树林里找到一个昏暗的庇护所,也没有听到有人问我"你要去哪里?"时,我松了一口气。今天的空气明显更凉了。雨后积水形成的水洼似乎一夜之间结了冰。

我随身带着手机,这样就可以听听音乐——我发现音乐总是能让我平静下来,淹没脑袋里其他噪音。果不其然,小小的信号栏是空的。说来有趣,我们现在生活在一个与外界缺乏联通的世界里,而这可能是一种宣传亮点。

前方几米开外,小路分岔,通向另一个码头。那是一个非常美丽忧郁的地方。我漫步过去。码头堆放着几条可能是夏季用的独木舟——洼地处的那条,里面盛了整整一冬天的雨水,现在已经冻结实了。我站在它上面，当我看着它时，就好像我的倒影被困在冰面之下——好像我被困在那里。我微微颤抖，虽然我穿得厚实，能御寒。然后我走回小路上。

我沿着昨晚驶来的那条布满车辙的小路走了大约两百米，一侧是森林，另一侧是湖泊。我走到横跨其中一条瀑布的桥上，这些瀑布是湖泊的源头。瀑布上方是一座废弃的小型建筑。我好奇它到底是做什么用的。我悬在桥的边缘向下望去——我和虚空之间只有三条链子——瀑布现在大部分已经冻成冰柱，还有长满苔藓的黑黢黢的岩石。

除此之外，这条路平平无奇。但我在一段路上看到一小片被烧焦的圆形土地，好像有人在那里生过火。附近有几个烧焦的、生锈的啤酒罐。

我沿着小路下坡，来到河堤，堤岸断裂处直通水面，我跟跟跄跄地走过打滑的、覆满苔藓的老树根，在树枝间闪避。枝丫不时缠住我的头发，触到我的脸颊，挂住我的夹克。有一刻我几乎失去了平衡，滑向我右边的一个水湾，直到最后关头才站稳。这时，我看到了水面下有什么东西在闪烁着微光，白晃晃的光，比周围褐色的岩石亮得多。我凑近了看，才明白那是什么。是骨头，很大一块，一半被腐烂的叶子遮住了。我环顾四周，又看到了一块散落在河岸边的草地上。有的甚至比水中的还大，有我的大腿骨那么大。我知道，这些是动物的骨头。我一边告诉自己，一边寻找能够佐证的动物头骨。被另一只动物杀死或是年纪大了正常死亡的动物。但是，我注意到一些骨头被焚烧过，或者至少尝试过，骨头上带有焦痕。看不到头骨，但我确定它们是动物的从来都配不上你。尤其是最近——"

"别说了,"我举起手掌,"无论你认为你知道他什么'小秘密',也不管你怎么称呼它,我希望你保密。如果你不愿意为他保密的话,看在我的分儿上。你明白吗?"

"我想是的,可是……"他看起来惊呆了,"你……确定吗?"

"对,"我说,点点头表示强调,"百分百肯定。"

"好吧,"他皱着眉头说,"如果那真的是你想要的……那当然了。"

我喝了一口咖啡。咖啡太烫了,烫着了我的舌头,但我不会在他面前示弱。"这是我想要的。哦,对了,马克?"

"嗯?"

"你再那样碰我——就像你在扭扭乐垫子上或在浴室里那样——我他妈的会杀了你。你听明白了吗?"

凯蒂

我昨晚没睡好，我想我已经好几个月没睡好觉了，感觉度日如年。我已经习惯了在安眠药终于战胜我脑海中的喧嚣后睡上几个小时。有谁知道服用双倍剂量的替马西泮可以让你保持清醒？嗯，事实证明，如果你思虑过重，就可以做到。你也许会感到疲倦，累到除了躺在床上盯着天花板放空，什么都做不了，但你的大脑仍然固执可怕地运转，任思绪翻转。

当我进去吃早餐时，艾玛站在猎场别墅的厨房里，准备今晚的晚餐。她的头发挽了起来，没有化妆。其实，我不确定我有没有见过她不化妆的样子。有时候，第一次看到一个人素颜的感觉很奇怪。尤其是像艾玛这样的美人，通常都会用睫毛膏、眼线笔修饰眼部，所以她此刻看起来平平无奇。

她告诉我，她为今晚准备了一场丰盛的晚宴。冰箱里装满了猎场的熏鲑鱼和野味，她正在搅面糊，准备做薄饼。天呐，她自己做薄饼。"商店买的尝起来味同嚼蜡，"她说，"况且做起来也很容易。"她如鱼得水，哼着小曲。她让我帮她把鲑鱼切成三角形的小块。与平时相比，我打起了十二分精神。有一些事转移注意力其实还不错。尽管我尝试过，我的思绪还是在游荡。直到艾玛喊了一声"凯蒂，我的天哪！你在流血！你没注意到吗？"我才回过神，停下来。她的语气中有几分恼怒："哦，你把鲑鱼上骨头——想来是鹿的骨头。这说得通，不是吗？偷猎者来这里射杀动物，将它们的头带走做装饰品。然而，它们仍然透着几分可怖，尤其是那些焚烧的痕迹。有一些骨头很大，几乎有我小臂那么长。杀死这种大小的动物涉及一定程度的暴力和敌意。

我需要让自己和这个地方保持一定距离。这一可怕的发现让我空空如也的胃里直犯恶心。因此，我强迫自己努力爬上略微倾斜的山坡，把注意力放在肺部和腿部的灼热感。我提醒自己这是一个多么美丽的地方。骨头让我的胃翻江倒海，给一切蒙上了一层阴影。我在心里不断暗示自己：这里没有什么险恶的，只是不同于其他地方。遥远而野性。

我几乎从木屋一路走到了湖对岸：木屋在对岸闪着奇特而壮丽的光。环绕着湖泊的树丛有一个缺口，露出一片光秃秃的土地，上面有很多岩石和一些看起来已经枯死的石楠丛。这里也有一幢低矮的房子，和我们住的木屋一样的木质结构。这一定是冰岛人下榻的简易小屋。所有的窗户都是暗的，没有人活动的迹象。也许他们还在睡觉。

我继续往前走，在后半圈加快步伐，就像我每次跑步时那样。当我再次冲进树丛中，我听到一种声音，高亢而尖锐，就像一只痛苦呻吟的动物。我免不了想到对岸的那些骨头。很难判断声音是从哪里传来的，但我循着噪声，锁定了大致的方向，向一片深色的灌木丛中凝望。终于，我看清楚了——我不敢相信我最初没有看到。多么苍白赤裸的肉体。女人的双手和膝盖撑在长满青苔的地上，男人从背后抱住她，臀部肌肉强烈地收缩，手和她的黑发纠缠在一起。她的头向后仰，也许是被他手上的力道拽着向后。他们俩制造出很大的动静，那声音是野蛮的、不受约束的。这幅画面有一种令人恐惧却难以抗拒的吸引力。我感觉自己的脚好像在原地生了根,让人无法移开视线。然后那个男人转过头,径直看了过来。然后,他用两根手指,比画出了一个类似招手的动作。"来吧,"他喊道,"加入我们。"女人抬起头,看他在和谁说话;接着,她也冲我咧着嘴笑,脸上露出人在欲望中半醉半醒的表情。

我一直认为自己思想很开放,在性方面很自由。可我拔腿就跑,飞快地逃离了他们。

回到小屋,我打算用雀巢咖啡机给自己煮一杯咖啡。我的手指似乎不听使唤——我确定只是因为着凉了。我听到身后的开门声。我没有转身。没有打招呼,我已经确定那人是马克。

最后,我将小小的金色胶囊放入沟槽中,然后拉下拉杆。按下按钮,等待。我听到胶囊掉进后面的空舱内。"该死!"

他走过来。"在这里,"他说,"你必须先启动,再把胶囊放进去。"他给我展示。天鹅绒般的棕色涓涓细流流入杯中。

"谢谢。"我没有看他。

"米兰达,"他说,"曼达……我想为昨晚的事道歉。我不知道我怎么了。我喝了太多酒,然后又吃了那些药片——它们到底是什么?"

"这不是借口。"我说。

"不是,"他飞快地说,"不是借口,我知道。我的行为不可原谅。我伤到你了吗?"

我挽起袖子给他看那处瘀青,它变成了很醒目的紫色。

他垂着头。"真不敢相信我竟然这么对你。有时——我不知道,愤怒冲昏了我的头脑。就好像被什么东西掌控了……我还是要说,我的行为不可原谅。我甚至不是气你,一定不是。是朱利安。我不会,也不能收回我说过的话。他配不上你,米兰达。他弄的全是血。"

"是吗?"

我低头看着自己的手。"噢。"她说得没错,我切到了手指,伤口涌出一股鲜血。鲑鱼沾上了血,突然变得血淋淋的。

艾玛盯着我看。"你怎么没注意到?"她握着我的手,动作有点粗鲁,"哦,天哪,你这个可怜的家伙。一定很疼吧。伤口还挺深的。"

她的口吻试图表现出同情,但这并不能掩饰她对我的愤怒,我毁了她的宝贝鲑鱼。

一瞬间疼痛袭来。尖锐的疼痛,眼泪涌入眼眶。但我发现自己几乎在享受着这种痛感。感觉就像我罪有应得。

之后,我们在猎场别墅的餐厅吃早餐,众人围坐在中间的大桌子旁。我坐在尼克旁边的座位上,伸手拿了一块冷吐司片涂上黄油。

当我终于抬起头时,我注意到米兰达正在歪头看着我。我看到而不是感觉到那块吐司在我手中颤抖。她那双 X 光一般洞悉的目光。

"你有了新男友了,是不是?"

我正在吃的那片吐司粘在我的食道里,我不得不用咖啡把它冲下去。即便如此,我的喉咙还是感觉生疼。"你怎么会这么问?"

"我看得出,你看起来不一样。"她的意思是比之前更好,"而且你最近变得如此难以捉摸。甚至比平时还要严重。每次有新人出现了,你总会这样。打从我认识你的那天起就这样。"

其他人似乎都停下来听我们说话。我感觉到房间里的眼睛都在盯着我看。尼克挑起眉头。因为如果我在和人约会,我知道他会想,我会和他说,不是吗?

"那只是因为我一直都不喜欢别人知道我的事。"

"那这么说你确实是在和人约会?"

"没有,"我飞快地说,"没这回事。我没有时间和别人约会——而且工作太忙了。"

她微笑着漫不经心地说:"好!我相信你。没必要激动啊。"

等贾尔斯和萨米拉过来,我多少松了一口气。他们俩和其他人一样都是宿醉的模样。萨米拉重重地坐在椅子上,两只手抱着头。而贾尔斯在用一个瓶子喂普利亚。

萨米拉抱怨着。"天哪。普利亚凌晨四点把我们吵醒,六点又被她吵醒。而且是在我们半夜两点上床睡觉之后。"

"我甚至无法想象,"博说,"今天早上我连穿衣服都不行,更不用说照顾一个小家伙了。尼克不得不提醒我T恤穿反了,是不是?"尼克宠溺地笑了。

"好吧,我想这是一种生活选择,不是吗?"米兰达干脆地说,同时给自己倒了一杯橙汁,"又不是你被迫要孩子的,不是吗?"

虽然米兰达经常突然大放厥词,而不被人追究,可这次也太过分了。我从未亲眼见过萨米拉生气,但现在我不禁好奇我是否即将见证她第一次爆发。她在椅子上完全僵住了,然后她似乎有些颤抖,伸手去拿茶壶。倒茶时,她的手微微颤抖。她没有看米兰达一眼。

桌子旁的谈话有一搭没一搭地继续进行。我们今天要去狩猎,因为如果你要是住在苏格兰的猎场里,显然这是"必须做的"。

"我想你们两个不会狩猎吧?"马克问道,他指的是尼克和博。

"为什么不会呢,马克?"尼克问道。

"嗯,"马克的嘴角微微翘起,"因为——你知道的。"

"不,我不知道。"

"只是觉得你不会喜欢那种事。"

"等一下,马克,"尼克说,"如果我没理解错,这听起来像是你断定我们不会去,因为我们是同性恋。你想说的是这个吗?"

这番话大声说出来,听起来如此荒谬,连马克自己都听得出来。

"那不是缺陷,马克。我只是想说清楚。"

马克用嗓子眼发出含糊的声音。尼克握着咖啡杯的手指节泛白。虽然马克的块头大,但如果他们打起来,我并不看好他。尼克有点脾气。我只见过一次,在米兰达把他出柜的事告诉他父母之后,那件事足以让我祈祷我永远不用再见证一次。

"这是真的,"尼克继续说,"就像大多数明智的人一样,我尤其不喜欢为了纯粹的运动而杀死动物的想法。"——马克表现出一副"你看吧!"的表情——"可我听说,如果不加以控制,鹿的数量就会失控。这个想法让我安心了。我的枪法很不错:上次我在黏土场地射击时,二十分拿下了十八分。不过,仍然,谢谢你的关心。"

在这之后,没有人,甚至连米兰达,似乎都想不出要说什么。

现在

二〇一八年一月二日

希瑟

我泡了无数杯茶,以至于我开始觉得自己是个人形水壶。没有人似乎真的在喝茶,但是每次我问他们喝不喝茶,他们都含糊地点点头,然后端着杯子坐在那里。热茶慢慢变凉,风味尽失。窗外的雪没有停下的迹象,仿佛它是这片风景中的新常态。很难想象这会动的白色帷幕不存在的时候。

通常尸体被发现后,会有警示灯不停地闪烁,穿着白色防护服的人进进出出,人群一片骚动。可这里不是一个普通的地方。在这种情况下,这处风景自有主张。极端天气迫使我们屈从于它一时的心血来潮。我突然想到,即使我们发现她还活着,她到现在可能也死了。暴露在这种严寒天气下,且外界无法提供任何帮助。一个垂死的女人足以说服山地救援队尝试冒着生命危险将直升机降落吗?也许,虽然奇怪,眼下的情形几乎是不幸中的万幸,我们永远不必经历那种残酷的考验。

自从搬到这里来,我第一次意识到这个地方是多么陌生,我对它的了解是多么浅薄。它可能是另一个星球。我敢肯定,这里深藏着一些秘密,远不止威士忌茅屋和湖中深处的水怪那么简单。那些只是这片土地选择揭示的无关痛痒的事。

隔壁房间传来一声啼哭，在一片寂静中显得刺耳，吓得我把水壶里的水溅到了地板上。当然，那只是婴儿的哭声。我记得跨年夜我醒来上厕所时听到的婴儿啼哭声，当我看到——或者说我以为我看到了——山峰侧翼那奇怪的光点，而我现在不禁疑惑这声音是否掩盖了那里其他的响动。

这让我想起了这里所有看似正常，我选择不去质疑的声响。等着水壶烧开时，我想起了刚来木屋的某个夜晚。我不知道为什么忽然想起这个，但那记忆迟迟不散，仿佛我的大脑断定它可能在某种程度上有价值，所以才不肯罢休。

那是我在这里的头几个晚上。我搬进了木屋，集中注意力不去胡思乱想。那周是我们的纪念日。我喝了很多红酒——一瓶半左右，刚好可以发挥疗效。我记得我昏昏沉沉地躺在床上，羽绒被盖在身上。关于"寂静"，我了解到的一点是——至少是这种寂静，荒野的寂静——它出奇地响亮，沉甸甸的。这幢木屋很旧，到处吱吱作响。夜里，外面传来动物的叫声；两只猫头鹰的哀鸣此起彼伏。风从窗外苏格兰松的树冠吹过，恍若呻吟。我记得我默默告诉自己，这声音能舒缓心情。也许我会习惯。可我从没完全习惯。

接着传来一种撕心裂肺的声音。一声尖叫，尖锐、绝望、令人毛骨悚然，就像一个极度痛苦的人发出的声音。几秒后，空气中传来它的回声。我在床上坐起来，红酒带来的昏昏睡意已经烟消云散。我的听觉像动物一样敏锐，整个人意识清明，如坐针毡，等待尖叫再次响起。然而没有动静。

我等待着：肯定有人也听见这个声音了吧？接着，我才想起来，这里只有我和猎场看守：方圆数英里内没有其他人……大概除了那个尖叫的人。我想象道格穿上他那双大靴子，从木屋支架上的那排来复枪里取下一支。我对自己说，他是适合去查看的人，而不是身高五英尺二英寸①还喝醉了的我。但夜晚似乎比以往更安静了。我把百叶窗拉开一点，向外看去。没有光亮。我看了看手表：半夜两点。时间变得模糊，我意识不到已经过去了多久。我想，是喝了红酒的缘故。我这才意识到，道格可能还在睡觉。我可能是我们俩中唯一醒着听到尖叫声的人。

但在那个声音响起后的几分钟，外面是如此安静。我几乎以为是自己的幻觉。也许是我没有意识到自己昏睡了两分钟。我甚至记不清那个声音了，虽然耳朵里仍然有余音回荡。

接着，好像是为了提醒我似的，那个声音再次响起，而且这次比上一次更吓人。那是纯粹痛苦的声音，有几分近似动物。我从床上爬起来，摸索着穿上拖鞋。我必须得去看看——现在不能假装了。外面有人遇到了麻烦。不能再一次坐视不管了。我悄悄下楼，穿上外套和靴子，从壁炉里拿出铸铁拨火棍，还有窗台上的手电筒。

外面的夜漆黑一片，寂静无声。我从未见过头顶上方的天空有那么深邃，它在那一刻看起来多么邪恶，就像一个空洞。

我的目光在阴影中逡巡，试图辨别任何移动的迹象，但什么都没有。

"有人吗？"我叫道。手颤抖得厉害，手电筒发出的光四处跳跃，照亮了无动于衷的几块土地。周围安静得感觉像是屏住了呼吸。"有人吗？"

也许不可避免，门口的光晕笼罩着我，我感觉自己的一举一动都被人尽收眼底。我意识到我刚才的大声呼喊，就这样暴露了

---

① 约为157cm。

自己，可以被人看到和听到，这么做简直愚蠢得无法形容。我也许只是把自己置于了危险境地。我走了几步，发现湖边的方向有动静。不是凭借手电筒光束，而是一些说不清道不明的动物本能：视觉和听觉的共同作用。

"谁在那儿？"

恐惧掐住了我的声音——卡住的尖细的声音。我将手电筒的光束对准我以为有动静的地方。什么都没有。然后灯光一闪，近在咫尺。

"希瑟？"

我猛地挥动手臂，照亮了一张脸。在手电筒的灯光下，那人影毛骨悚然，我几乎忍不住要尖叫起来；当我忽然意识到那是什么时，庆幸自己没有失态。是猎场看守道格。

"你还好吗？"他问我。声音不慌不忙，还是他平时说话时低沉的、不紧不慢的语气，

"我听到有人尖叫。"我等着他说他也听到了。

但他皱起了眉头。"尖叫？"

"是的。声音很尖。不管是谁的声音，都听上去很吓人。我出来看看……"面对他一脸怀疑，我犹豫了，"你没听到吗？"

"是……"他问道，"像这样吗？"令我惊讶的是，他的叫声惟妙惟肖。我感到腿肚子发冷，恐惧再次袭来。

"是的。就是这样。"

"啊。假如是这样的话，你听到的应该是狐狸的声音。准确地说，是一只雌狐。"

"我不明白。听起来像是女人的声音。"

"可怕的声音——而且很容易混淆。你当然不是第一个。最近有个故事，说一个男人在爱丁堡郊外的火车轨道上被撞死了，

因为试图帮助一个他以为遇险的女人。"他蹙起眉头,"你住在城里没听过这个故事吗?"

"没有。"我说。声音微微颤抖,我开始感到尴尬,努力克制自己。

"这是它们在——"他做了个表情,"——公的……你知道,是带刺的。所以对雌性来说不完全是愉快的经历。"

我忍不住畏缩。

"没错。声音让人不适。并不是有人被谋杀了。"

"哦。"

"你确定你没事?"

"是的。"

"那这样的话,我不打扰你回去睡觉了。"

我记得当时他扫了我一眼,目光在我身上掠过,我以为我看错了——但不是。我穿着睡衣。但突然间,我感觉什么都逃不过他的眼睛,比赤身裸体地站在那里更加暴露。

"谢谢你。"我说。

他佯作脱帽。"别客气。"

我关上门,走进屋里,一只手按着胸口。我的大脑似乎并没有告诉我的心,危险已经过去了。它跳得如此猛烈和快速,似乎要从胸腔蹦出来。直到我终于爬回床上,把羽绒被拉过来盖住身体,我才平静下来琢磨刚刚发生的事。如果道格不是和我一样被那尖叫声吵醒,那么他半夜三更在猎场徘徊到底在做什么?

我想起他的手,还有,他对他的手是如何受伤的语焉不详。我想起老板提起过,他在驱逐偷猎者方面会有多出色,以及他话里暗示的暴力。我不希望他与这件事有任何关系。一个小小的声音说:"那只是因为你喜欢他。因为你忍不住想他。"我花了一些力气，才让这个声音消失。

我想起妈妈叮嘱过我，在谷歌搜索他。我突然觉得是件大事，而且有必要这么做。

我快速走到办公室门口，锁上了门。如果道格要进来，我会假装我是不小心锁上的——"习惯性的"。我现在完全自由了，可以做那件在一点点蚕食着我的事。不过，我没有多少时间，除非我想引起怀疑。我打开柜门，里面有我保存的所有档案。两份人事档案：我自己的，还有道格的。没有莱恩的档案，即使他在这里工作的时间最长——我想他以前为老板工作过——他毕竟只是一个合同工，归根结底，他并不是一名正式员工。

我打开道格的档案。里面是一份简历，详细描述了在海军陆战队的经历：服役六年。仅此而已。我究竟在寻找什么？好吧，至少我知道了他的全名。没有什么能阻止我。我在搜索引擎中输入他的名字，等待通过极慢的网速加载搜索结果。当我的胸腔感觉灼热时，我才意识到我一直屏着呼吸。不会有什么的，我想。不会……而且这样做让我感到惭愧，因为我瞒着他这么做，背叛了他的信任，但仅此而已。他永远不会知道。而我将从此打消任何疑虑——如果能说是疑虑的话。

最后，页面闪烁。

我一眼就看到很多条链接。对于一个普通人，一个不是名人也不是因为种种原因臭名昭著的人，你以为会有多少条链接：什么？最多三个？一些社交媒体资料，包括同名之人的资料，或许是提及某项体育成就或参与大学比赛。然而，第一页每一条链接里都出现了道格这个不寻常的名字。而且都不太好。事实上，都非常可怕。

我宁愿没看见。我宁愿自己从未看见这些。

两天前
二〇一七年跨年夜

米兰达

我们跟着猎场看守走进猎场小屋后面的院子里。他的路虎停在一辆红色的老式大卡车旁边——也许希瑟出行就是开着这辆车。一想到她，身高五英尺的小女子，坐在那辆又大又旧的汽车的方向盘后面，我就觉得好笑。

猎场看守用先进的键盘锁为我们打开谷仓，与古老的木门格格不入。我想，如果里面有枪支的话，他们是需要用先进设备。他拉开沉重的木门，透过他身上那件旧衬衫（这种天气竟然只穿一件衬衫！），可以看见下面的肌肉在动。我想，这不就是《查泰莱夫人的情人》的最佳人选，挺拔健壮又不修边幅。我不禁想到，他的粗糙与朱利安的精致形成鲜明的对比，浴室里我那排架子旁的架子上堆满了朱利安的各种药膏和酊剂。

他在谷仓里为我们准备了全套装备：外裤和夹克，甚至还为凯蒂准备了一双步行靴——来偏僻之处，她一件像样的东西都没带。马克要了一顶帽子，是歇洛克·福尔摩斯戴的那种可笑的款式。

"兄弟，如果你想戴的话就戴吧。"猎场看守说，他的口气可能会被误认为是出言讥讽。

夹克和裤子旁边挂着一打来复枪。光看这些武器的形状，就觉得足以致命，仿佛不开火就能杀死人。

接着是围绕安全的老生常谈，这才说起我们今天要去的地方：爬上一道陡峭的山坡，经过猎场旧别墅，很明显那是近来鹿群聚集之处——不过我们只追踪雌性赤鹿，因为此时正是一年中不适宜猎捕雄鹿的时节。他话音刚落，我说："那我这样理解对吧。我们今天十有八九是猎不到鹿了。即使猎着一头，它也不会有鹿角，因为现在不是合适的季节。可我们却要花几百英镑才能得到这种特权。"

"是的，"猎场看守点点头，"差不多就是这样。"他的语气很直接，但我注意到他没和我有眼神交流。我感到一丝胜利的喜悦。我辨别得出这种特殊的迹象，你看——那些想和我上床的男人似乎总是不敢直视我。一直以来，我都忠于朱利安——好吧，只有一次例外，我们刚开始在一起时发生的意外。但如果我说我不喜欢施展我的魅力，撒下诱饵，那就是在撒谎。我想，这是我独特的狩猎方式吧。比结霜的石楠花和丑陋的防水外裤要有趣多了。

道格给身后的大门上了锁，只听"咔嗒"一声金属脆响，门就严丝合缝地关上了。现在，他让我们趴在地上，朝一个竖着靶子的盒子射击。马克、贾尔斯和朱利安都很滑稽地脱靶了。凯蒂也是，但我感觉她甚至都懒得去尝试。我还好，但是没有我想象中那么驾轻就熟：我一直都擅长运动。他和我说，我扣动扳机时太用力了。"你钩钩手指就行。"他一本正经地说——但是……只有我这么觉得吗，还是他确实话中有话？

尼克表现亮眼，正如他所言。但在所有人中，艾玛是最优秀的。道格告诉她，她有"天赋"，她笑着摇摇头，保持了一贯的谦逊。"女性通常更擅长。"道格说,"射得更准,更致命。这项运动不是靠睾丸激素或蛮力。"

我希望自己不要太介意,赢得他赞扬的那个人不是我。

我们沿着山坡往上爬。马克今早道过歉后,似乎特别克制,几乎是低声下气。和昨晚那个愤怒、咄咄逼人的他判若两人。我记得他在赛马场把那家伙撂倒之后也是这样。在牛津的一场橄榄球比赛中,他把前卫的耳朵尖咬掉一块。艾玛是如何看待他这一面呢?她看到多少?他低着头走在猎场看守后面,其他人走在更后面。当然,凯蒂在最后面,像个顽皮的孩子一样,除非有人跟她说话,否则她不和任何人说话。

我们正朝希瑟昨天下午指给我们看的那幢旧别墅走去。我讨厌走路。太无聊了,而且漫无目的。每天去上一节动感单车课或者在跑步机上锻炼一小时,类似的运动用一半的时间就能燃烧两倍的卡路里。

小路上的雪也融化了,所以我们只能穿过石楠丛向上跋涉,这很艰难。灌木丛不时地缠着我的脚踝,把我往回拽,就像在提醒我谁才是老大。因为这片土地绝对是主导。真野蛮。气温从昨天开始就下降了,空气阴冷,刺痛着每一寸裸露的肌肤。我一开口说话,连牙齿都痛。天空是浅紫色的。这不是下雪的预兆吗?要是我们在这儿的时候就开始下雪,那该怎么办?我们完全暴露在野外,在山的侧翼,从这儿到旧别墅和新别墅距离差不多,新别墅现在看去就像是落在湖畔的一小块玻璃碎片。其实距离天黑没几个小时了,因为我们刚刚度过了一年中最短的一天。感觉寒冷已经渗进了我借来御寒的夹克(可能是因为它至少大了两个尺码）和贴身穿的漂亮的羊绒套头衫里——我原以为它很暖和。

我们在旧别墅处停了下来：这是一座被火烧焦的废墟，虽然你看得出这里的风景也曾有独到之处。在奇异的光线下，湖水是透明的铅灰色，四周环绕的树木就像深灰色的鬃毛。车站离我们的距离和另一头的别墅到这里的距离差不多，看起来就像一个小镇玩具模型。

猎场看守拿出一个随身携带的扁酒瓶，让大家传着喝。当他把它递给我的时候，我的指尖在他的手指上停留了片刻。他的眼睛是深棕色的，几乎看不清瞳孔。我想让朱利安看见，让他知道这个男人想要我。

我不是很喜欢威士忌，但不知怎的，在这样一处荒野，喝下去并不违和。它带来的温暖也有助于舒缓我此刻古怪的心境。

显然有人比我们领先一步。没什么，只是几根散落在各处的烟头。

猎场看守捡起一根，聚精会神地看了看，仿佛上面写着什么秘密信息。我注意到他把它放进了口袋里。真怪异。也许他打算之后抽吧。

凯蒂

等我们爬到旧别墅处，我发现那儿是个可怕的地方。可能是这片土地上唯一丑陋的东西，像是一个烧焦的贝壳，只有焦黑的马厩还屹立不倒。不知怎么，这里比其他任何地方都要冷，也许是因为它直接暴露在这种天气下。到底为什么要把房屋建在这里？没有遮挡，遗世独立。我想起了那场大火。方圆几英里内一定都能看到，就像全国上下点亮的千禧年灯塔一样。

这里的寂静不同于这片土地其他地方的那种安静。就像屏住呼吸一样。感觉不只有我们，听起来可能有点俗套。就好像有什么，什么人，在暗处观察。石头就像古老的骨头：死去之人的骨架，被丢弃在露天场所，剥夺了埋葬的体面。你还能看到它们身上火的烙印。我们靠近时，我确信我还能闻到烧焦的味道。那是不可能的，不是吗？或者有没有可能是烟雾钻进了石头肌理中，一直被锁在那里？要说火灾是几年前发生的，而不是近一个世纪以前，也不难相信。

因为火焰无法越过而得以保全的马厩几乎面目全非。我注意到，他们在上面装了个键盘锁——就像谷仓上那个一样——大概是为了防止客人在不安全的情况下进入。我忽然意识到这座建筑让我想起了什么。我和米兰达上六年级时，学校里发生了一场车祸。一天早上，我们同年级的三个女孩，在去学校的路上出了车祸。两名乘客当场死亡。开车的女孩名叫艾莉森，安然无恙，身上甚至连一点擦伤都没有。有传言说，她的诺基亚掉了，她一直在搁脚的地方找。我不知道事实是否如此，我不知道怎么会有人知道，因为没有目击者活下来，但我印象深刻的是，大家似乎立即断定她是始作俑者，给她带去了比真的受伤还要多的苦痛。因为她如此厚颜无耻地活着，就是有罪的。

当其他人在废墟的背风处坐着聊天时，我走到另一边，闭上眼睛在大风中站了几分钟。

我握紧又松开手。必须停下来，我必须彻底地停止这种冲动。已经持续太久了。可每次我尝试时，又发现自己做不到。事到临头，我总是不够坚强。

从此处眺望的景色简直令人叹为观止。我一生中踏足过不少美丽的地方，但没有一个比得上这里。这片土地有独具特色的野性，也许是因为那原生态的风景，没有斧凿的痕迹，不像我们脚下的那一簇房屋、另一头的小车站，还有身后的古老废墟。它是荒凉的、野蛮的，而它的魅力，如果可以称之为魅力的话，就在于此。所有的颜色都是柔和的：石灰蓝、泛黄的天空像陈旧的瘀伤，山峦是石楠花一般的铁锈红。它们像绿松石色的大海、白色的沙滩一样让人迷醉。

有一瞬间，一大丛石楠花似乎动了一下，直到我集中注意力，才意识到是头鹿，它奔跑着，皮毛油光水滑，只是那一闪而过的白尾巴很滑稽。也许正是这个动静让我注意到了山坡下方的那一闪而过的影子。不然我也不会看见那个人，就是这样。他穿着迷彩服，在大约五十米开外的地方，背上背着一个大背包。我看不清他的脸，甚至看不清他的身高，因为石楠丛一直遮挡着他腰部以下的位置。令人感到蹊跷的是，他似乎故意不让人看见，移动时,伏着身子,贴着石楠花丛。如果你草草扫上一眼——比方说,我没有刚巧看向那个地方——你就会错过。如果不是因为那头鹿,我也不会往那儿看。它一定是受到他的惊吓才惊慌地穿过石楠花丛。

我想他还没看到我,因为我们在山顶,俯视比仰望要容易看到人。我能感觉到我的心跳到了嗓子眼。他的动作有种威胁的感觉,就像野兽一样。忽然,好似动物从微风中嗅到了我的气味一样,他抬起头,看到了我。他停了下来。

我不知道接下来会发生什么。难以用逻辑分析。几秒钟后,他似乎一下子从视线里消失了,消失在石楠花丛中。我眨眨眼睛,以防我的视力真的出了什么问题。但当我睁开眼睛,仍然没有他的影子。

奇怪。

我想起了经理的嘱咐。"如果你们在猎场看到陌生人出没,就告诉我或者猎场看守。"我应该告诉他们吗?但他离我太远了,我甚至不能百分百确定那一幕。一个人不会就这么从眼前消失了,对吧?寒风吹得眼睛生疼,我的眼眶里噙着泪水,因为昨晚吃了安眠药,我仍然有点昏昏沉沉。我甚至都不确定会不会跟其他人提起他。有什么意义呢?毕竟,他一看到我就像我一看到他一样惊慌失措。什么都不说也没什么大碍吧。

道格

他不喜欢那些香烟。这表明最近有人来过这里。据他所知，希瑟不抽烟，而且她肯定不会去旧别墅附近。莱恩倒是抽烟，不过他现在没必要到这儿来，他一直在湖畔的水泵房工作。也有可能是那对冰岛夫妇——但那天晚上，他见过他们在晚宴过后抽卷烟。

他晚点会跟希瑟说起这件事。看她有没有留意到什么异常。

是偷猎者吗？但他们肯定会留下其他证据吧？以前，他发现过血迹斑斑的草地，是他们拖着非法的战利品穿过草地时留下的，或是他们猎鹿遗弃的空弹壳。他还发现过他们试图烧毁鹿的其他部分（通常他们想要的是鹿头）的火堆灰烬（和焦黑的骨头）。有时他甚至在他们回来认领之前就找到了猎物。有时，他们会把尸体藏在草丛里，等待最合适的时机带走。他还听到过枪声，跑出去与他们对峙，把他们赶出了这片土地。但这一次没有其他痕迹。

那烟蒂可能只是徒步旅行的人丢弃的——人们仍然有权利在其中漫步，尽管毫无疑问，他们会因为"私有财产"的标志（可能是非法的）而裹足不前。他不记得最后一次看到来徒步的人是什么时候了。而且，来徒步旅行的人都穿着鲜艳的防风衣，吃覆着保鲜膜的午餐，一丝不苟；而不是那种随地扔烟头的人，冷漠地破坏他们前来欣赏的风景。他推测可能是之前的某位客人爬山时留下的,可那烟蒂并不是特别陈旧。显然,这里下了很多场雨,所以如果是几个月前上一批客人来的时候留下的,它到现在也开始腐烂了,可它是新鲜的。

不,他一点也不喜欢这个推测。

他乐于把旧别墅的事抛诸脑后。那个故事里似乎有他的心魔。一个世纪前的猎场看守,因为战争留下的心魔,放火烧毁了这处宅子。他知道是什么样的力量会驱使一个人做出这样的举动。

他们在旧别墅不远处那片空地上找到了那些雌鹿。天空已经染上了一抹暗色,太阳躲到了云层后,一定是快要落山了。他们需要迅速行动。鹿没有看到他们。他让客人们趴在石楠丛中,匍匐着靠近鹿群,以免惊动它们。

有一头鹿落单了,那是一头年迈的雌鹿,走路一瘸一拐。她是完美的目标。你只能射那些年迈的、瘸腿的。不管偷猎者怎么想,这都与华丽的战利品无关。

当它们靠得足够近的时候,他转头看着那个较矮的、不漂亮的金发女郎。"你,"他说,"想试试吗?"

她点了点头,郑重地说:"行。"

他帮助她锁定目标。"瞄准胸部,"他说,"不要瞄准脑袋。脑袋太容易出错。记住,扣动扳机。"

她按照他的吩咐瞄准。开枪。

气流涌动,像往常一样,就像子弹没射出来或凭空消失了一样,时间延迟了。然后,那头雌鹿身体一抖,就像有电流通过一般。轰然的撞击声过后,传来一声哀号,那声音像是愤怒又像是痛苦。她摇摇晃晃地走了几步,四肢不稳。最后,她非常轻柔地倒下了,仿佛她在小心翼翼地照顾自己,把四肢盘在身下。她的胸部晕开一团血色。完美一击。

他走向那具尸体。内心没有一丝懊悔,曾经的荣耀如今也已不复存在。至少,不像其他死亡,他有责任,他知道这么做是正确的、必要的。如果不加以控制,鹿的数量将会失控,资源会匮乏,鹿群会挨饿。

他弯下腰,用手蘸着伤口,手指上沾满了血。然后他走回那个叫艾玛的女人身边,按照古老的传统,在她的额头和脸颊上涂上血。

艾玛

猎场看守告诉我,我可以获得我射杀的那头鹿的肉片。我本打算今晚做威灵顿牛肉,但我灵机一动,也可以用今天的鹿肉来做。那太完美了,不是吗?他告诉我五点钟以后可以到谷仓去取,所以我过来看看是不是准备好了。

当我到达谷仓时,没有人影,但门虚掩着。我用手推了一下,门就开了。

我能听到窃窃私语的声音,低沉而急迫。我的脚步一响,声音就停下来了。里面光线阴暗,我不得不眯着眼睛适应。这时,我猛地后退一步。房间的一头悬挂着一块巨大而可怖的生肉,鲜血正滴滴答答地落在砖地上。我盯着它,眨了几次眼,才弄明白眼前的是什么:我打死的那头鹿的尸体,被剥了皮。

在它后面,我认出是晚宴时坐在我旁边的那个打杂的伙计,莱恩,他一只手操着一把大大的切肉刀,围着沾满鲜血的屠夫围裙。他举起另一只手致意;他的手掌染红了。他身旁是两位冰岛客人。我不禁疑惑,他们三个没什么交集,究竟聊什么聊得这么投机。

"你的鹿肉片已经准备好了。"莱恩说。他把手伸向身后的柜台,拿起一个用防油纸包好的包裹。

"谢谢你。"我说,小心翼翼地从他手里接过包裹。我知道俗话说得好,你应该知道入口的肉是从哪里来的,可是……

"这两人——"他指着另外两位客人,"正问我能不能把心脏给他们。我希望你不介意?"

"不……"我说,竭力掩饰我的反感,"完全不会。"

那个名叫英格瓦的人咧着嘴笑道:"这是最美味的部分。"

现在
希瑟

事情不妙,非常糟糕。我母亲最可怕的想象可能也远远不及我现在看到的可怕。我坐在那里,用手捂着嘴,就像演一出震惊的哑剧。只是输入道格的全名稍加搜索,结果实在让人震惊。

我甚至仅仅从谷歌搜索页面上的每一篇文章摘要就能看出来。他差点杀了人。一直以来,我和一个蹲过监狱的人单独生活在这片土地上。按照官方说法,他因"故意造成严重身体伤害"的罪名被起诉。

第一条链接是《每日邮报》的一篇文章。我点开,里面有一张道格的照片,眼窝凹陷,紧抿着嘴,剃光了头。另一张照片中,他穿着不合身的衣服,下了一辆车,正被押送进法院,他冲摄影师咆哮,露出牙齿。他看起来像个罪犯,充满暴力的危险分子。图片后面的那篇文章犀利地指出了他性格上的种种缺陷。他曾在私立学校接受教育(看到这个,我有那么一瞬间因为惊讶而停顿了一下),大学辍学,是唯一一个从塔利班袭击的"黑暗处境"中幸存的人。即便没有直截了当地指出,也是在强烈暗示他为了活下来使出了一些下作的手段,又或是软弱怕死。

然后是"酒吧斗殴"。

哦,天哪。我继续往下读,越来越可怕。以什么方式造成的

"身体伤害"？绞杀未遂。我在这篇文章中寻找任何也许能说明道格无罪的细节：一些我可以抓住的东西。我希望他是清白的。不仅是因为，一想到一个冷血杀手（或者说至少试图杀人）与自己生活在一处，我就起鸡皮疙瘩（虽然事实确实如此）；还因为，尽管他沉默寡言，但我已经喜欢上了他。在我告诉妈妈他不是坏人时，我真的对自己所说的深信不疑。

可我找不到为他脱罪的借口。我关闭《每日邮报》的页面，点开英国广播公司新闻频道的链接，那里的报道应该会摒弃偏见或是哗众取宠。里面引用了一段目击者的证词："莫名其妙就发生了。前一秒他们还在说话，我想——只是两个家伙在酒吧的角落里安静地聊天，下一秒那个人就想掐死他。有人想拉住他，而他打退了他们，直到最后很多人一起才把他制服。太可怕了。"

尽管屋里的温度调高了，我还是感到战栗。绞杀未遂。

那么道格有什么可能的原因要杀死那位客人呢？她在这儿才待了两天。她完全是个陌生人。

也许，一个小小的声音说，他不需要理由。从这些文章可以得知，酒吧里的那个人也是一个陌生人。这能解释道格的焦虑，还有他半夜散步，无法直视我的眼睛吗？

我应该告诉警察吗？不过他们可能会自己弄明白。如果他有犯罪记录，他们会知道的。但后来我意识到，我从来没有告诉过他们道格的全名。如果我告诉他们他的姓，他们就省事多了。我的手伸向听筒，又停了下来。有关道格性格缺陷的所有证据都在面前的屏幕上了。可现在却有什么阻止了我打电话。

我告诉自己，至少有一件事是说不通的。那就是，是道格发现了尸体。如果凶手是他的话，这说不通。他为什么要告诉我尸体的下落，而不把它藏起来呢？为了控制局势？有可能……但是，只有使它看起来像一场意外的情况下，这样做才有意义。很明显，即使不是医生，也看得出她是被勒死的。我想，这并不一定要说得通。因为——随机作案并不需要说得通，不是吗？这时，门外传来敲门声。我愣住了，然后猛地合上笔记本电脑。我快步走到门口，打开门锁。我打开门，不知怎么，竟然如我预感的一样——门外站着的是道格。

二〇一七年跨年夜
凯蒂

每个人都回到自己的木屋，为晚上做准备。米兰达要我们都盛装出席。这似乎很荒谬，我们可是在偏僻的乡下。不过在这种事上，抵抗是没有意义的。米兰达总会如愿。然而，晚餐备好前，我没有花时间打扮自己。我的时间是在浴室里度过的，蹲在一根小塑料棒上，然后在木屋里踱步，想知道接下来该怎么做。

我希望我有个备用的。可我在国王十字车站的博姿药房里太慌张了，害怕其他人看见我买这东西。而且，那张小小的说明书上说，虽然测试结果有时可能不会显示阳性，但相反的情况几乎从未发生过。

不知不觉已到了八点钟，我匆匆换上一条黑裙子，马马虎虎地梳了一下头发。当我在镜子里侧身观察自己的镜像时，我不确定是不是我的想象，但我可以肯定，我看到腹部微微凸起，以前那里很平坦。既然我都留意到了异常，似乎是显而易见的；我感到惊讶的是，米兰达没有对此发表评论。再加上我注意到我的胸变得更加柔软了——我的食欲一直起伏不定。然而，这是怎么回事？我以为我很小心，但显然还不够小心。我不知道该怎么办。

米兰达自然看起来美得不可方物,她穿了一件紧身金色连衣裙。远看,她也许从未这么明艳动人过;但实际上,近距离看,你可以看到厚厚的遮瑕膏都没能完全遮盖她眼睛下方的黑眼圈。我认识她太久了,不可能看不出她的伪装。她看上去疲惫不堪,筋疲力尽。

"晚餐准备好了!"

是用之前猎的鹿做的惠灵顿鹿肉。艾玛的厨艺没话说。我想,这与她那令人难以置信的组织能力密不可分。她把整个旅行都计划得很妥帖,事无巨细。

"天啊,"米兰达说,"我真佩服你,艾玛。如果你看看我们家的冰箱,有一半时间你只会看到一瓶香槟和半罐橄榄。你就像是一个真正的成年人。"

艾玛高兴得满面通红。除了……我不确定这是不是一种恭维。这让她看起来像个家庭妇女,有点沉闷;而米兰达却看起来魅力四射,神秘而时髦。

这根本不是真的。是的,虽然她的厨艺没有很精湛,但她能下厨。可她绝不会错过任何一个让自己看起来比艾玛优越的机会。

真是个婊子!我发觉自己这么想,忙将这个念头扼杀在摇篮。我是怎么了?毕竟,我不是个说话刻薄之人。

艾玛把鹿肉端上了桌,大家都赞不绝口:油亮金黄的酥皮,里面的鹿肉用料扎实细致。

我切了一小块。烹制得很完美:酥皮薄脆,中间的鹿肉却奇迹般地呈现粉红色。但当我用叉子戳它时,一股粉红色的血水渗了出来。我觉得我的胃在翻腾。我还是咬了一口,然后在座位上挣扎着咽下去。有那么一会儿,我觉得我快要窒息了。我喝了一大口红酒才把它冲下去。

坐在我旁边的萨米拉轻轻推了我一下。"你还好吗？"

我点了点头，看见艾玛已经转过头来看着我。

"味道没问题吧？"

"是的，"我说，我的喉咙生疼，"绝对美味。"

她轻轻地点了点头。但她没有笑。我不知道她是否目睹了我强忍着反胃吞下肚的表情；更糟糕的是，我一看到那沾血的肉就忍不住蹙眉，略微感到恶心。但我想不止因为这个。艾玛从来都不怎么喜欢我。我试过和她好好相处——如果她看上去喜欢我，我可能会一反常态付出更多努力。而且应该是反过来的，不是吗？作为马克的老朋友之一，她应该和我一起努力。她应该是那个寻求某种认可的人。她肯定努力试过赢得米兰达的认可，尽管米兰达有时对她很刻薄。

当艾玛加入我们时，我当然对她感到有些许抱歉。有太多的事要补上，太多老友间的笑话，太多过去。博就不一样了。不知怎么，他的美国特质使他与众不同。他是外国人——一个纽约人——而且，他在斯坦福大学学习，所以不会有任何自卑情结。而艾玛在巴斯读书，米兰达似乎一心想方设法让牛津凌驾于她之上，让她因为觉得不如我们其他人而难堪。我不认为她想让艾玛难受，本质上，她只是想要被压迫的对象认可她的优越感。

值得赞扬的是，艾玛几乎没有注意到米兰达对她的攻击。她自身很强韧，自我克制力强。我感觉她是那种很容易相处的人，因为她没有成见……但也许永远不会成为最好的朋友。她似乎没有更深的层次；如果她有，那也藏得很好。她让人耳目一新，没错，但也稍显乏味。也许，我只是嫉妒那份简单和表里如一。

"你知道吗，"有一次我对艾玛说，"你真的不应该忍受米兰达的废话。"

"你这话是什么意思?"

"她跟你说话的口气。我有时觉得她有那种高高在上的想法,认为地球上的每个人生来都是为她服务的。我非常爱她,因为她也有她的许多优点,但这绝对是她不那么令人钦佩的优点之一。你不必去迎合她自视优越的想法。"

艾玛皱起了眉头。"我真的不介意,凯蒂。"她的语气有一种我从未听过的严厉。

"哦,"我说,"我只是以为——"

"你不必为我担心,"她又说,"我真的不介意。"

而且她似乎真的如此。其实,尽管米兰达对她的态度不善,艾玛似乎一直都对米兰达很亲近,比她对我,对萨米拉还有其他所有人都要热情。也许是我过于敏感了,但有时我有种感觉,她只是为了圈子和谐才勉强容忍我。在表象之下,也许我真的反感被她这样的人讨厌。

感觉自己被一个像艾玛这样简单的好人——对,就是"好人"这个词——讨厌,着实苦恼。一个通常似乎不会反对任何事或任何人的人。

有时,情绪偏执时,我不禁疑惑,她是不是意识到我有些"不对劲"。甚至在我自己还没有发觉时,她就看到了我身上的破坏性和自私自利的一面。

米兰达正忙着挑拣入口的食物,小心地把鹿肉片和酥皮分开,只挑一半吃。她总是很注意自己的体重。说来可笑,她的身材非常匀称,至少那些杂志和《每日邮报》的数据是这么说的。

但我记得去她家里吃饭，她妈妈会在她吃完之前就把她的盘子拿走。"一位淑女，"她会说，"不会把盘子里的食物吃光，会把腰围控制在二十五英寸以下。"二十五英寸？真伤人。我还以为自己生长在不正常的家庭。有几年时间，米兰达完全成为一个素食主义者，然后她坚持了一阵5+2轻断食①，以及由此衍变的一些饮食疗法。除此之外，她的高档健身房还提供普拉提、芭蕾塑形训练和动感单车课程。她明明美丽动人，但如果让我说的话，我觉得她再丰满、柔软一些会更好看。在她三十多岁时，她已经开始有那种好莱坞明星干瘪衰老的迹象。我觉得她打了肉毒杆菌。你可以想象，作为她的密友，我可无论如何会知道的；但奇怪的是，她对这些事闭口不谈。比如，她去挑染头发就像是国家机密。我当然知道她什么时候去做的。发色比我上次见到她时浅了几个色度。但即便我加以评论，她也会说："哦，是的，我最近在阳光下待了很长时间，还剪了头发，发色这才看起来更浅。"接着，就立刻转移话题。

"谁说不是，"她开口说道，"他好性感，是不是？是那种强壮、沉默的类型……就像米尔斯和博恩出版的那些爱情小说里的男主人公。狩猎的本领那么娴熟——我之前没有意识到围捕一头鹿这么困难。而且还长得那么高。"

接着贾尔斯受伤的那声"喂"，萨米拉说了句："天哪，是呀。"

但米兰达似乎没有留心她说话。她正看着朱利安。"高"那部分尤其意在挖苦某人。朱利安有很多优势；唯一逊色且永远弥补不了的，就是身高。在他看来，这几乎是对他个人的一种侮

---

① 5+2轻断食，蜜雪儿·哈维博士发明的轻断食疗法，简单说就是一周两天节食，其他时候正常饮食，从而达到理想的体重控制效果。

辱，是命运开的一个玩笑。"真是个男子汉，"米兰达说，"他身上有一种近乎危险的气质……但这让他更富魅力。你相信他什么都能修好，能在树林里给你搭个遮风挡雨之处。"

"你知道你们俩听起来像什么吗？"贾尔斯说。他的语气轻快，但我觉得他也有点生气。

"什么？"米兰达调皮地问。

"一对饥不择食的老处女。"

看在上帝的分儿上，我没有错过那些瞟向我的目光，甚至连尼克也不例外。因为在座的如果有谁可以称得上"饥不择食的老处女"，那答案就是我本人。

其他人似乎也都明白过来。我专心致志地叉起一块美味的酥皮鹿肉。

"我认为，"米兰达毫不气馁地说，"代表世界各地的姐妹，你应该试着勾引他，凯蒂。"

"然后让她被人谋杀？"贾尔斯打趣道，"嗯，你肯定疑惑过，是不是？这样一个相貌堂堂的男人，与我们年纪相仿，一个人在这种地方干什么？我是说，这里很美、很安静，可以住几天，可一直独自生活在这里就太恐怖了。即使你不是个疯子，你也会发疯的。"

"他不是一个人，"我说，"还有办公室的那个女人呢，希瑟。"

"没错，"米兰达说，"但他们并没有在一起，不是吗？而且她可能也有点疯。如果有人选择了过这种生活，显然有点古怪，或者有什么东西要逃避。"

"我看她神志挺清楚，"我说，"他似乎也完全没有恶意。而且，没错，我想他是长得不错。"

"我懂了,"朱利安说话的口气就像在蹩脚地模仿一位和蔼的叔叔,"他是你喜欢的类型,是吗,凯蒂?"

我能感觉到大家都在审视我,好像我是培养皿底部的样本。我吞下一口威灵顿鹿肉,又喝了一大口葡萄酒,这才说:"也许是吧。"

我们吃过晚饭后,时间还很早,似乎过得很慢。我发现,跨年夜总会有这种感觉,也许是因为不得不参与所有的跨年活动。突然之间,午夜——在任何一个夜晚都不算特别晚的时刻——似乎成为一个遥远的里程碑。

"我在想,"萨米拉说,"我知道这有点幼稚……但我们可以玩真心话大冒险?"

虽然夹杂着抱怨声,但大家似乎都接受了我们要玩这个游戏。

我们围着桌子坐下。艾玛抓起一个空酒瓶开始旋转。

瓶子指向博。"冒险。"他说。

"去吻马克。"米兰达说。

博蹙了蹙鼻头。"我非得吻吗?"

坦白说,马克看起来很害怕。但博一本正经地凑了过去,把嘴唇贴在了马克的嘴上。有那么一瞬间——不小心眨眼就错过这场好戏——我想,马克回应了他的吻,他的嘴唇在博的吻下性感地翕动。气氛有点暧昧。我看到尼克皱起了眉。他也注意到了。

大家哄堂大笑。可这时气氛又隐隐透着紧张,被性欲挑起的兴奋感。

博旋转瓶子。这次指向了米兰达。"真心话。"她说,脸上带着一丝茫然的微笑。再加上她那慵懒困倦的眼神,我看得出她已经喝了很多杯。

"好吧,"尼克说,"我想到一个。你和在座的其他人睡过吗?"

米兰达咯咯地笑了。"我跟别人睡过吗?"她重复了一遍——说到"睡过"这两个字时口齿有些含糊,"我猜你的意思是说除了我的丈夫以外的人?"

"是的。"尼克说。他看她的目光灼灼,让我想起盯着鸟儿看的猫。

"嗯。"她把一根手指放在嘴唇上,虽然第一次没碰着,碰到了下巴,像是在演一出沉思的哑剧。"我想如果是那样的话,我不得不说……有过。"

因为太过震惊,大家都陷入了沉默。那不可能是实话,对吗?如果有过的话,我怎么从来没有听说过。我瞥了朱利安一眼,但他看上去并没有多惊讶。他知道吗?那个人会是谁呢?我审视了在座每个人的表情,但似乎没有人透露出些许信息。是马克吗?他是最有可能的,我想。但不知怎么,我总觉得如果是他的话那早就不是秘密了。尽管如此,我还是想起,他花了那么多时间在学校徘徊,等着替朱利安给米兰达传话。原本是有机会的。

米兰达对大家耸了耸肩。"其他的我无可奉告了,还是接着再转吧。"

贾尔斯把瓶子递给米兰达。"好,下一个。"

这次,它指向了马克。"大冒险吧。"他说,几乎赶在瓶子完全停下来之前就脱口而出。

"好吧,"米兰达沉吟了片刻,"喝完这瓶。"她拿出一瓶唐培里侬香槟王。

"一整瓶？"艾玛盯着那瓶酒，"你不能这么做。"

"这曾经是我在派对上的拿手好戏，"马克说，"我之前没有告诉过你吗？十分钟吹一整瓶。"

我记得。我还记得事后的混乱场面。马克偏偏是那种不该喝酒的人。因为酒精的作用，一些人情绪激动，一些人寻衅滋事，而另一些人会愤怒。那天在赛马场马克就喝了很多酒。

他颇具仪式感地拔出瓶塞，确保动作小心，不洒出一滴酒来。然后他竖起酒瓶，豪饮了几口。他的下巴上沾了一点泡沫。一转眼酒瓶就几乎空了一半。他擦了擦嘴，冲我们咧着嘴笑。那笑容莫名有些下流。价值一百英镑的香槟就这样浪费了。最后，他一饮而尽。马克把酒瓶放在桌上，用拳头捶着胸口，打了个又长又响亮的嗝。

下一轮，如我预感的那样，瓶子指向了我。

"大冒险"。我说。我不想选大冒险，米兰达想出的点子一向是出了名的可怕。但我现在宁愿接受几乎任何挑战，也不愿选择真心话。虽然我可以什么都不说——我的天啊，这游戏又不是测谎仪——但我没把握，如果他们问了什么不该问的，我能否控制自己的表情。

"好。"米兰达手指交叉，陷入沉思。她走到艾玛旁边，在她耳边悄声说着什么。天啊，就像学生时代咬耳朵。

艾玛频频点头。"或者。"她说，转而在米兰达的耳边低语。

博笑着说："要和我们分享一下吗？"

艾玛冲他狡黠地摇了摇头。米兰达甚至不屑于朝他的方向看一眼。她直勾勾地盯着我。我感到一阵胆寒。她要让我做什么？

"到湖里，"她说，"待十秒钟，完全沉入水中。然后出来。"

我凝视着她。她不是认真的吧。"米兰达，外面温度是零下。

湖面结冰了。"

"没错，"尼克忙帮腔道，"米兰达——她会冻死的。"

我希望萨米拉也能支持我。但她正皱着眉头发呆，好像心思完全在别的地方。

米兰达无忧无虑地笑着摇了摇头。"那位经理告诉我，她绝大部分的日子里都去那里游泳，即使是冬天。而且，我们会给你准备好毛巾的。没事的，凯蒂。"

我盯着她。真不敢相信她真的要让我这么做。但她的眼神空洞，没有表情。"去吧，"她微微颔首，鼓励道，"脱衣服吧。"

我突然想起了一件往事。在学校里，米兰达是我的常胜将军，她会贬低那些试图攻击我的女孩。但她也有另外一面：作为霸凌者的米兰达。如果她想，她可以比教室里任何一个贱人都残忍得多。这种情况鲜少出现，但确实也出现过。摇身一变，彰显她的力量。只是为了提醒我在这段友谊里谁是掌控者，向我展示她的力量有多大。

我有一段特别深刻的记忆——是那种你无论怎么努力，都无法摆脱的记忆，因为与之相关的那种感受是如此刻骨铭心。那是九年级时，在曲棍球课前的更衣室里。一个叫莎拉的女孩抱怨说，尽管是例假的第一天，教练却不让她坐到场外。教练声称运动"有好处"。可我知道不是的，这么做不公平。其他人纷纷点头，低声附和。

我想起背包里有一包对乙酰氨基酚，就翻出来递给她。莎拉是没那么刻薄的女孩。有时我们上课坐在一起——当然，是不用和米兰达一起上的那种课。她抬头看着我，笑着接过那包药。"谢谢你，凯蒂。"一股暖流在我的胸膛涌动。

然后，米兰达的声音响起，像铃声一样清脆："但我想凯蒂不会理解的。因为她自己的还没来。"其他的女孩都转头看着我,半是惊讶半是好奇。看我的眼神就好像在看一场怪胎秀,和我想象的一样。这是一个迹象,我确信——我肯定自己绝对是有什么毛病。十四岁没有来例假。我向她坦白了。当时她还安慰我说,她敢肯定长远来看十四岁不算太晚。

可她却以此来羞辱我。以此来控制我。

她现在又故技重施。

真荒谬。如今我三十一岁了。工作中,我受人尊重和信赖。我肩负着责任。我是个真正的成年人。我不会允许自己像这样被羞辱……虽然我内心深处也有一部分在摇摆,是不是我欠她的,在为我的罪过赎罪。

所以,也没什么大不了,我脱掉袜子、牛仔裤、T恤和套头衫,只穿着内衣站在大家面前。一身全新的漂亮内衣:黄色的丝绸布料,蕾丝花边。而且不是我自己买的。我看到米兰达挑了挑眉。她想让我穿着一身灰扑扑的洗得掉色的内衣出糗,我想,只为让我倍感屈辱。不知道他们有没有注意到我的肚子。也许这可以用饭后的腹胀来遮掩过去。尽管如此,我径直向门口走去时,还是微微弓着身子,隐藏起微凸的肚皮,一眼都没看他们。我打开前门。

该死。如果没错的话,今天甚至比之前还要冷,刺骨的冷。我能感觉到我的皮肤在收缩。我不能细想,否则我就没法下水。我必须要有钢铁般的意志,展示出自己最好、最坚强的一面。沿着小路走几米就能到湖边。湖水像墨汁一样黑。但我能看见它的表面上结着一小块一小块苍白的冰,像蛛丝网一样薄。我朝它走去。湖水漫过我的脚踝、小腿、腹部。我没有停下,向前俯冲,直到湖水浸到我脖子的位置,冷得令人难以置信。虽然我的头露在湖面上,但那感觉就像溺水一样。寒气把我肺里的空气都逼走了;我呼吸急促,却似乎吸不进气去。我的心脏怦怦直跳,感觉可能下一秒会在胸腔里爆炸。终于,我渐渐适应了身体的不适。我转身看着他们,他们此刻都在岸边看着我。除了米兰达,其他人都在欢呼雀跃。她只是看着我。

我踩着水上岸时,直视着她的目光。我在心中说,我恨你。我恨你。我不再觉得难受了。该发生的都是你的报应。

艾玛

我从别墅的厕所里找到一条毛巾给凯蒂。她冷得牙齿直打战，那声音就像有人在摇骰子。透过客厅的灯光，我看见她的嘴唇是青色的。但最令人不安的是她的眼睛，仿佛在喷火。我见过这副表情，那是快失去理智的人的表情。她看上去像是着魔了。

"我恨她，"她发出嘶嘶的声音说，"我真的恨她。真不敢相信她居然逼我这么做。你不了解她，艾玛——所以也许你无法理解。你不知道她的能耐。"

其实，我想，虽然你总是这么说，可我远比你了解她。最近你人间蒸发的时候，是谁在陪着她？而且，我当然知道你的能耐，凯蒂·路易斯。

当然，我没有这么说。相反，我咬紧牙关说："来杯香槟怎么样？它会让你暖和起来，对吧？"

"不了。我不想喝什么该死的香槟。再说，马克不是把酒全喝光了吗？"她生气地说。我从未见过她这样，我之前从未见过她这么生气。

"听我说，凯蒂，我敢肯定她不是故意的。她只是喝多了，她觉得这样会很有趣。"我趁她还没来得及反驳我说的话，就用力抓住她的胳膊，想让她恢复一点理智。

"这太他妈危险了，"她咆哮道，"你知道那湖水有多冷吗？"

"好了，凯蒂。新年就要到了。二〇一八，全新的一年。试着忘掉吧？我敢肯定，最近我们都做过一些不光彩的事。"我看了她一眼，好让她停下来想想。她消化了一下，然后表情有了变化。她低着头，好像在担心什么。

"我真的希望大家都能玩得开心，"我说，"我已经计划很久了。"

"当然了，"她用内疚的口气说，"对不起，艾玛。"

我领着她走进洗手间，劝她换了衣服。她像个孩子一样听话照做了。

我随手抽出一张唱片，漫不经心地把它放到播放器上，把音量调到最大。是坎迪·斯坦顿的《你得到了爱》：我最喜欢的歌，就像命中注定。

它展现了所需的效果。大家都开始跳舞。至少，即使凯蒂没起身跳舞，她眼中的杀气也消失了。米兰达现在醉得厉害，那瓶香槟的酒精已经开始作祟了。但她还是比在座的其他人跳得都好，她在房间中央摇摆，金色的连衣裙在灯光下熠熠生辉。我站起来跟随她起舞，模仿她的动作，她咧着嘴大笑，向我露出傻乎乎的、带着醉意的笑容。紧接着，她的微笑开始恍惚，带着几分迟疑。

"怎么了？"

"增奇怪……"（她此刻有些口齿不清，是肖恩·康纳利的发音）她眯起眼睛看着我，"我觉得这一切之前都发生过。你有过这种感觉吗，你发誓记得这一刻之前也发生过？"——典型的米兰达做派，保佑她吧，她认为似曾相识是她独有的经历。

"有，"我说，"有时候会。"

"这首歌……"她皱着眉头，"我说真的。这首歌——我记得我们以前在什么地方跟着它跳过舞。你不觉得这一切似曾相识吗？"她用饱含疑问的目光看着我，似乎想让我给她一个答案。可我不知道该说什么，只能笑笑。说实话，她有点吓到我了。她的下一个动作一反常态地笨拙，她失去了平衡。

"哦，天哪，"朱利安向我们走来，"曼达，你想喝杯水吗？"他把一只手放在她的腰上，她弓着身体倚着他。"和我跳舞吧，朱利安。"她说。与我共舞。她的手抚摸着他的肩膀。

他迁就了她几分钟，顺从地随着音乐摇摆，他的手放在她的臀部，但奇怪的是，这个姿势却并没有爱侣间的亲密感，就像他说"亲爱的"时的口气。当然了，现在一切都说得通了。

米兰达

午夜降临。

我们走到湖边。凯蒂衣服外面还裹着一条宽大的羊毛毯。她不可能还冷,不是吗?她总是那么脆弱。不过,我还是感到愧疚。有时,我会突然按捺不住伤害他人的冲动。我控制不了自己,就像强迫症一样。我想对她说点什么,但找不到合适的词。那瓶香槟让我很上头。我的呼吸在空气中形成水汽,但其实我感觉不到寒冷,因为我被自己的酒精毯子包裹着。我都忘了在开香槟之前我喝了那么多酒。也许生病了更好。可我不需要那样的羞辱。

艾玛看着手表在倒计时。马克拿着一瓶香槟稳稳地站着。我感到自己在摇晃。倒计时似乎没完没了。终于,艾玛喊道:"三……二……一,新年快乐!"我们其余的人则鹦鹉学舌。朱利安在湖滨摸索着拿出打火机。"快点儿!"我起哄道,"大家都等着呢!"

甚至我都能听得出自己口齿不清。

最后,朱利安总算点燃了。他向后跳了一步。然后是一声充满希望的嘶嘶声,接着"嗖"的一声,一枚巨大的红色的烟火腾空而起,又尖啸着落回地面,从湖上传来一声轰响。湖面反射着烟火,漫天飘落细碎的火焰碎片。一切结束后,万籁俱寂。四周的夜浓得化不开,像天鹅绒一般。我们若是身在伦敦——或任何接近文明社会的地方——就能看到盛大的烟火秀了。也许会想起其他人，另一种生活；但在这里，我们绝对是孤独的。

我的脑海中依然回荡着烟火的嘶鸣声：单一尖锐的音符。可却和之前听到的不一样，更像是人的尖叫声。也许是因为那万籁俱寂的天地，那密不透风的黑暗。但我猛然间被心中的念头击中，那声音完全不像是烟火，更像是那些安全信号弹。SOS。从沉船的甲板上发射到空中。这种想法令我感到不安，因为我无法解释。

朱利安回到了我们身边。"不能和威斯敏斯特焰火秀媲美。"他说。

"但如果你能有这份体验，谁还想要去看威斯敏斯特的烟火秀，和成千上万个汗流浃背的人挤在一起呢？"艾玛反问道，"在这么美的地方，"她张开双臂，"和最好的朋友共度。"

大家全都手挽着手。"我永远都记不住全部歌词，"我说，"只能记得副歌。"

"没关系，"艾玛说，"我记得。"

她带领我们——她的声音出奇地好听。我们跟在她后面，小声唱着。

  怎能忘记旧日朋友
  心中能不怀想
  旧日朋友岂能相忘
  友谊地久天长

通常，这一刻会勾起欢声笑语，笑彼此唱得有多难听。但在这里，歌声回荡在寂静的夜里，似乎颇为和谐。旋律优美得出奇。在这片旷野中，歌声也透着脆弱。我想，一定是因为那些酒，让我今晚一反常态，变得如此富有哲理、如此忧郁。"嘭"的一声巨响，我吓了一跳。原来只是马克开了一瓶香槟王。他把香槟倒进玻璃杯里。当他递给凯蒂一杯时，我瞥了她一眼，她的表情让我不寒而栗。她这是怎么了？不可能就是因为在湖里泡了一会儿吧？她似乎没有注意到递给她的杯子。"哎呀！"马克拿她打趣道，"差点就没命了！"

尼克举起酒杯。"敬老友！"他说。他说这话时直视着我。我通常很擅长保持眼神交流；任何对视比赛我都不在话下，就像猫一样。可我现在发现，我不得不转移视线。我把那杯香槟一饮而尽。

说来奇怪，大家陷入了短暂的沉默。似乎没有人知道接下来该要做什么。时间一分一秒地流逝，四周静默无声。我感觉胃里翻江倒海；脚下的土地似乎在移动。我真是喝醉了。但还没醉到不省人事的地步。

"来亲吻彼此吧，"萨米拉说，"吻哪里好呢？"她在朱利安的脸颊上啄了一下，"新年快乐！"

马克面向我。恐惧袭来，我感觉浑身颤抖着。当他靠近我时，我躲了一下，他的嘴唇将将擦过我的耳朵。我从他的表情中捕捉到一闪而过的气恼，甚至可以说是愤怒。我想起了他昨晚的眼神和威胁的语气。那时，他就像是一个完全陌生的人。

我转向朱利安。从这个角度看去，他的脸完全处于阴影中。我看不清他的容貌，也看不清他的表情，只能看清他眼睛闪着晦暗不明的光。

当我靠近去吻他时——当然是吻他的嘴——我有一种最强烈的感觉，他也像是一个陌生人。这个我与之共度了如此漫长时光的男人,这个我同在一个屋檐下,同睡一张床,在很多个夜晚与他同床共枕的男人。我想,几乎不用什么,只不过是几道影子,就能让我们形同陌路。

"新年快乐。"我说。

"新年快乐。"他说。而且我依稀感觉到,当我靠近他时,他微微转过头,于是我的吻落在了他的嘴角。只是一次黑暗造成的失误罢了。

我又喝了一点。接着有更多的酒下肚。这可能与刚才我与朱利安之间那种奇怪的疏离感有关,也可能与尼克的祝酒词有关——尽管我不知道为什么,有一种莫名的恐惧在我的内心深处挥之不去,比昨晚马克在浴室和我搭讪时还要不安。这是一种被逼到绝境的动物的恐惧。事关生死。我感觉自己紧紧抓着悬崖边缘,可手指却无法阻挡地一点点松开。我的身下是一个空洞,我笃定,我所拥有的一切终将化为乌有。这意味着什么?

"你还好吧?"是博。他总是能第一时间注意到别人状态不好。因为他很安静,大家喧哗时,他会默默观察。他秉性善良。

"嗯。"我说。

"想喝点水吗?"

我知道他在暗示我,我喝醉了,可我醉得太厉害了,也太心慌了,没有对他发火。"好吧。"

我跟着他走进厨房,默默看着他从水龙头上接了一杯水给我。

"谢谢,"我从他手中接过,"如果可……的话,我想一个人坐一会儿。"哦,老天,我听得出自己口齿不清。听着就像喝醉了。

"好吧……"他说,徘徊着。

"去吧!"我把他赶走了。

"好吧,"他说,然后像老师一样晃动着手指,"但如果你过会儿没出现,我再回来。"

"好。"

我等到他离开了,就关了灯,让我的腿像折叠椅一样塌下来,我坐在地板上。我要在这里休息一会儿,直到清醒过来。

我被一个低沉而急迫的声音吵醒了。

"米兰达?"是一个男人的声音,几乎就像嘶哑的耳语声,好像他不想让人听见似的。是谁?"朱利安?"我眯着眼睛,在昏暗的室内搜寻。

他向前走了一步,我这才看清了是谁。我从没见过他这副模样。他的脸上是奇怪的,近乎威胁的表情。

道格

跨年夜。一年又要过去。人们都说时间是最好的良药,但从他的亲身经历来看,它似乎并没有起多大作用。六个月前发生的事在记忆中已经模糊不清了。这里的日子,日复一日,除了四季流转,没有什么不同。如今已经过去三年了——可那天依然历历在目,就像发生在昨天。一小时前,窗外"嘭"的一声轰响。他猛然受惊,全身都僵硬了;他差点倒在地板上,心怦怦直跳,好像要从胸腔里冲出一条血路。接着,他才意识到那是什么声音——烟花。他讨厌烟花。尽管如此,这么多年过去,它们还是能对他产生这般影响。

你的生活被彻底改变的那一天,有谁可以预见它的到来呢?他肯定不能。一连几个星期,平安无事。即便身处赫尔曼德省[①]这种地方,日子也形成了规律,渐渐变得稀松平常。所有人都放松了。大家变得松懈,也许还因为缺少实战而敷衍了事。即使你受过训练,要保持警觉,你也不可能不松懈下来。可当你不得不一连四天保持高度警惕,超出人体所能承受的负荷,当威胁消失

[①] 赫尔曼德省,阿富汗省级行政区之一,位于阿富汗南部,首府拉什卡尔加市。

后，你难免会松松那根紧绷的弦。

那次是照常巡视。就像警察平时巡逻一样。只是为了检查一切是否如常。一个人在街上巡逻，他在上面做掩护。有两名狙击手。他们必须轮流值班，确保注意力高度集中。那天是他在望风。那个人就在他下面，开着装甲卡车正要拐弯，突然侦察员向他喊了一声。是一个小孩子——一个小男孩从街道的另一头跑过来。一切都静止了，除了那个奔跑的小小的身影。他发觉男孩看起来很臃肿。他看见男孩穿着一件尺寸大几号的夹克径直向那个人跑去。男孩大概只有五岁，甚至算不上一个正常年龄的小男孩，比一个蹒跚学步的孩子大不了多少。但他立刻就想到了：是炸弹。他知道，或者自以为知道他该做什么。他通过瞄准镜瞄准，跟踪目标，手指搭在扳机上。他准备好了，但他想看得更清楚一些。除了那件臃肿的夹克，他没有看见任何像样的证据。

他大概有十秒钟时间。九……五……三。侦察员冲他叫嚷。可他仿佛泡在水里，大脑和身体的反应似乎都变慢了。他开不了枪。

然后，爆炸了。那个人，那辆卡车，半条街道。就在那一秒钟，他终于施加了足够的力度，设法扣动了扳机。

他不知道那天发生了什么。他当时无法向自己解释，也无法向指派给他的精神科医生解释，也无法向前来探望他的死者家属，或是那些来找他的死者——他的兄弟们解释。他们中的许多人本来很快就要休假了。这就是他不睡觉的原因。因为如果他不去看，他就看不到他们的脸，不用回答他们无声的诘问。尽管最近，他长期睡眠不足，甚至在他醒着的时候，他们也开始来找他。他看到他们在荒野中向他走来。那么真实，仿佛触手可及。

所以，他能得到这份工作是幸运的。其他任何一份工作，他可能都无法隐藏。有人会注意到他的行为异常，然后上报，就是这样。但这里没有人会留意。坐办公室的希瑟，但她最近似乎和他在保持距离。也许她也有隐情。否则为什么一个三十多岁、年轻貌美的女人会独自居住在这里？不问问题，不以任何方式互相打扰。

而且他是幸运的，他的老板不关心其他，尽管他必须在他的职位申请中说明。"老板说，"面试他的高级经理告诉他，"不介意这些。他想让你觉得在这里是一张白纸。"一张白纸，如果可以的话。

他打开电视，马上就后悔了。当然，里面是成千上万张幸福的笑脸——一家人依偎在泰晤士河畔观赏烟花秀，眼睛里闪烁着红色和金色的火焰。正是那种与他隔绝的体验。他不禁疑惑希瑟在她的木屋里做什么。他看见她的灯深夜还亮着。他知道她也睡得不好。

他可以带着一瓶威士忌过去，虽然他不愿承认，但他曾在许多个夜晚浮现过这个念头。他回忆起那天晚上，她向他敞开大门——当她听到那个声音后。他记得当时发生的一切，清晰地印在他的脑海里：她脸颊上的红晕，黑发凌乱地披散着，宽大的睡衣罩在身上。她邀请他进屋，然后她就脸红了——当她意识到听起来似在暗示什么，她脸红了。当然，他拒绝了。但他曾想象过跟她进去。在夜深人静、辗转难眠的深夜，当他瞥见她的木屋里的灯还亮着，他还想象过别的。他想象着把她推到墙上，她把腿绕在他的腰上，她的嘴唇尝起来会是什么味道……他不会去那里。今晚不行，任何夜晚都不行。像他这样的人有责任远离像她那样的人。她不该无端被拖入他这场灾难中。

那种生活已经对他关上了门。他俯下身，靠近炉火。他举起一只手,在科学家般冷静的注视下,把手放到火中,像烤牛排一样炙烤着皮肤。

现在
希瑟

道格站在门口，冲我皱着眉头。

"进来吧，道格，"我说，"把门关上。"

在我告诉警察之前，我会给他一个解释的机会，就像杰米希望我做的那样。

"道格，"我说，"我不应该这么做。但我有件事要坦白。我用谷歌搜索了你的名字。我发现了那桩案子。"

他什么也没说。眼睛盯着地板。

"出什么事了？"快给我解释，我心想。你干了什么？酒吧行凶？说服我啊。与此同时，我不确定他能不能做到。我不知道他怎么解释清楚，把自己摘清。

他吸了一口气，开始讲述。

他说，他刚驻外结束回家，他和几个朋友在布里斯托尔的一家酒吧里待了大约三个月。"驻伊拉克，六个月。"他喝得酣畅淋漓，或者说是酩酊大醉，但他有生以来第一次感到如此轻松自在。酒精带走了疼痛，能让他好过几小时。然后一个家伙大摇大摆地走到他面前。"嘿，"他说，"我认得你的脸。我在什么地方见过你。"

"我不确定。"

"不对,"那人说,"我确实见过你。"他拿出手机,摆弄了几下。他把屏幕举起来。是脸书上的一张照片,是他,在伊拉克。"我最好的朋友,西蒙。我知道这就是你,是不是?和他拍照的人,我知道是你。"

他几乎不敢抬起眼睛看那张照片。"你说得没错。就是我。"

"这么说你在那儿待过?"

"是的,我在那儿待过。我认识西蒙。他是个很好的人。"实际上,他不是。没有那么好,总是惹是生非,但你不能说死人的坏话。

"你在他的团里?"

"是的,我在。"

"可我不明白。"那家伙笑着说,但那根本不是在笑,更像是野兽在咆哮。"我以为那个团的人都死了。我以为他们全都被塔利班包围了,被炸死了。"

他闭上眼睛。"是的,大部分……"

"那你是怎么逃出来的,嗯,兄弟?看着我,我在跟你说话呢。你怎么还活生生地站在这里,没缺胳膊少腿,还他妈的喝着啤酒,兄弟?而我最好的朋友却死在了德卡德基斯坦①?你能给我解释一下吗?"

"我不需要向你解释。哥们儿。"他感到胸腔内有什么在涌动。

"啊,"那人向前迈了一步,"事实上,我认为你需要。我们有一整晚时间。除非你一点一点地给我解释清楚,否则我哪儿也不去。因为那是我的好兄弟。你知道在我眼里,你像什么吗?"

---

① 《美国战队:世界警察》电影里的虚构地名。

"什么？像什么？"

"你就像是个懦夫。"

那层雾就是这个时候弥漫开来的——就是他们口中的红雾。他看见了。要说有什么不同的话，那就是在那一刻他完完全全做回了自己，比几个月来都更纯粹。比派驻伊始还没那么难熬的日子里的自己还要纯粹，他一直如此。他冲上前去，揪住那人的衬衫前襟。

"你叫什么名字？"

那人大口喘着粗气，但没有说话。

"你叫什么名字？忘记怎么拼了？"

那人喉咙里发出一阵咕哝声。他意识到是他揪得太紧了，以致对方说不出话来。他放松了几分力道。"你叫什么名字？"

那个男人的朋友似乎无意帮他解围。"有朋友在，嗯？"他看着他们。如果有必要的话，他可以和他们所有人较量一番，他不知道他们是否对此也心知肚明。

"我……我叫艾德里安。"

"好。让我告诉你，艾德里安。我觉得你不该插手你不懂的事。我不需要向任何人解释，尤其是像你这样的小瘪三。你是做什么的？"

"我是——啊——啊——会计。"

"哦，会计。所以显然你对这一切都有深入了解。"他揪着他晃动了一下，那个男人呜咽起来。他犯不着花力气，他意识到，突然间，他感到筋疲力尽，就是那么一瞬间，整个人非常清醒。这个人不值得他费精力。他松开了他。"帮你自己还有所有人一个忙，不要插手你根本不可能理解的事。行吗？"

没人回答。那人揉搓着他的喉咙。可他点了点头，两次。

他的手有点疼。他活动了一下。他并不为自己的所作所为感到骄傲,但至少他克制了自己。这时他听到那人咕哝了一句,"去死吧,懦夫"。

据目击者说,就在那时,他完全失去了理智。酒吧有很多目击者,毕竟那是个拥挤的酒吧。他们说,他们以为他想杀了那家伙。警察不得不把他从那人身上拽开——那个叫艾德里安·马丁的人。至少从某种程度上说,情有可原。马丁有斗殴和扰乱秩序的黑历史。那次攻击行为在本质上——考虑到他先前未诊断出的症状——与创伤后应激障碍有关。他无法完全控制自己的行为。

不然他会知道。不出所料,他的律师建议他不要在法庭上提起这个。判决是他必须进行二百五十小时的社区服务,并接受精神科医师的心理治疗。他想,如果涉及心理治疗的话,他可能宁愿进监狱。

"好吧。"我说。奇怪的是,尽管故事充满暴力,但背后却有不寻常的逻辑。他患有创伤后应激障碍,而且他遭到了恶意挑衅。我知道这只是他单方面叙述,但他并没有摘清自己,也没有试图为自己辩解,所以我倾向于相信他的说法。据他所说的来判断,那个人想要激怒他,戳中了他的全部痛处。这并不能掩盖问题,当然不能。但它至少为我在互联网上读到的那些可怕的叙述补充了背景,并提供了些许解释。

老板以为自己在干吗?把我雇来这里,却不告诉我关于我唯一一位同事的真实情况,我不知道。不过这是另外一回事。问题的重点是,这会让他杀死那个客人吗?不,当然不会。至少……可能不会。希望不会。

当然,除非是她激怒了他。

艾玛

湖边的聚会人渐渐少了。贾尔斯要去看看普利亚，凯蒂去添衣服。天气太冷了，也不能在外面久坐。

"糟糕，"博说，"米兰达还没回来。我敢打赌她肯定昏过去了。她让我别管她。但说实话，我有点担心她。"

"别管她，"尼克说，"她睡一会儿就好了。"

"我不知道，"博说，"她的状态很差——"

"我去看看。"我说。

当我走进别墅里时，光线昏暗，鸦雀无声，以致我一开始以为米兰达不在这里。然后我听到了一些声音。我停下脚步，有人在黑灯瞎火的房间里说着悄悄话，我觉得自己不应该打扰他们。一个声音低沉、沙哑，几乎像是耳语。另一个带着醉意，咄咄逼人："我必须说实话。喏。真心话大冒险就是这么玩的。"

"不对，你没必要。你知道你没必要。你那么做是为了让我紧张。"

"没有，贾尔斯。我想都没想到你。"

"好——没错。你没有想过。你没有。那朱利安呢？"

"哦……他什么也不会想的。我告诉他我和凯蒂睡过一次，为了撩他。他对我们有那种小小的幻想，放荡的女学生们。我从没对他说过别的。放轻松。她决不会猜到是你的，贾尔斯。"

"你没注意到吗,这里并没有多少候选人。并不需要一个天才才能想明白。她知道我们在同一个导师小组里。"

"哦,老天爷。我不知道你为什么急得火烧屁股似的。那都是几辈子前的事了。"

"是啊,久得为了一个傻帽游戏还能记起来。如果萨米拉发现了我们的事,即使那是很久以前发生的,后果也会非常非常严重。普利亚出生后,她遇到了很多麻烦。我觉得你不知道。而且她一直有这种怀疑。觉得我们俩可能有过什么事。我对你有好感什么的。当然了,全是胡扯。"

"是吗?"米兰达这时反问道,"是吗,贾尔斯?那……那次聚会——"

"看在老天的分儿上,是的。你想说什么?别那样看着我。就是……我们都喝了不少酒。我想我们该去睡觉了。我知道你什么都不会跟她说的。你不会说的,对吧?我只是有点担心,有那么一秒钟……我们在玩那个愚蠢的游戏的时候。"

"不会。我想不会。但我不能保证什么。也许对你的婚姻有好处,就当是一个小小的考验。也许对大家来说都是新鲜事。证明你并不像你自以为的那么完美。"

"看在老天的分儿上,米兰达。"——他现在简直是在低声嘶吼了,"你知道吗?总有一天,你会玩火自焚。"

然后,突然传来一声呻吟,动物低沉的声音。

"哦,老天。"贾尔斯说。

我打开灯,走进房间,看见米兰达坐在地上,双手和双膝隔着金色的裙布撑在地上。有那么一会儿,我不知道发生了什么,我就那样盯着她,半是惊慌半是困惑。她冲着地面呕吐,我这才忙帮她把头发捋到后面。

"哦，天哪，"朱利安的声音从身后的门口传来，"我得送她去睡觉了，"他说，"来吧，曼达。"他伸手去抓她的手。

贾尔斯看着他们离开了。今晚，我看到了某人的真面目。

米兰达

我醒过来。屋里一片漆黑，鸦雀无声。一时间我完全不知道自己身在何处。我用一只手摸索着寻找方向。我最初感觉抑制不住的恶心，就像五脏六腑和喉咙被钢丝球擦洗过一样。嘴里的味道是酸涩的。我这是怎么了？生病了吗？我摸到一个开关，按下去。

啊。光线把我带回了熟悉的环境。现在，我知道自己在哪里了。晚上发生的那件不愉快的事无可避免地再次在脑海中浮现。饮酒过量。可我必须证明自己是派对的灵魂人物。贾尔斯跟我诉说了他的恐惧。好吧，也许不完全是恐惧。我知道她一直心存疑虑。我当时心里并不好受……那是我们导师小组在酒吧聚会，大家喝得酩酊大醉之后发生的事，那时我已经知道她喜欢他。但天啊，至少那是在他们开始交往之前的事。你因为这个就心烦，说实话，太敏感了。我才是该担心的那个吧……毕竟我当时和朱利安已经在一起了。

哦，天啊……我现在终于想起我在众目睽睽之下呕吐了，只有讨厌的艾玛试图帮忙。贾尔斯一直冷眼旁观，好像巴不得我窒息。朱利安看起来筋疲力尽，有点嫌弃。没错，我还没醉到不省人事。朱利安把我带回了这里，没错，但现在我回想起来，他这么做就好像只是完成任务……把我，连同我的尴尬弄走。

我瞥了一眼挂在梳妆台上方的镜子。在无情的灯光下,似乎经过一夜狂欢的我老了十岁。这让我不禁疑惑,这就是症结所在吗?我是否失去了我曾经引以为傲的东西?大家比我更早就注意到了?这就是我丈夫几乎不再看我一眼的原因吗?

我以为我之前穿上这条金色裙子后光彩照人。不对,我知道我是明艳动人的。可感觉自己就像在一个平行宇宙中醒来。现在裙子满是褶皱和污渍,我的化妆品(我化了浓妆)已经渗进眼睛和嘴唇周围的肌肤里,我敢发誓,昨天皱纹还没这么深。我离开灯光。我想起了布兰奇·杜布瓦①,在台灯前躲闪。那就是我的下场吗?有什么比美人迟暮更悲伤的事呢?

不知为何,有首歌的旋律一直在我的脑子里循环。坎迪·斯坦顿的《你得到了爱》。有什么让我隐隐不安,虽然我说不清楚。就像昨晚,我知道有人在某个时刻说了一些让我不安的话,但后来我绞尽脑汁也记不起那是什么了。我是不是有点神经质了?

不过其实,我现在的意识更清楚了。肯定是体内的酒精都代谢出去了。我不知道现在几点了,但朱利安还没回来,所以派对肯定还在继续。对吧?

我突然感觉有些社交控。真不敢相信我居然昏过去了。我从记事起就没醉到这种地步过。嘴里有股酸臭味。现在想起来了——我喝到吐。不止一次。我记得我喝到通常会停下的程度。然后又喝了一些,享受短暂的自我逃离,因而忘记我的酒量也许不行——因为在备孕,我没有喝太多。我跟跟跄跄地走进浴室,看起来前所未有的憔悴。我用梳子梳好头发,往脸上泼了一些水,试图清理干净眼睛周围的晕妆,但没有什么效果。我刷了

---

① 戏剧《欲望号街车》中的女主人公,讲述了风韵犹存的南部美女布兰奇因生活中的种种变故,来到新奥尔良投靠妹妹的悲剧故事。

牙——至少值得一提。现在几点了？我看了看时钟。凌晨四点。哇，大家真是通宵达旦啊！一想到我错过了那么多乐趣，我心头就一阵刺痛。我一直为自己是派对的灵魂人物而感到自豪。这是朱利安在我们的婚礼上的原话："我爱你，看着我，看着我的眼睛，因为你是派对的灵魂人物。""我希望还有别的原因。"我笑着说。他露出整齐的牙齿笑着说："当然了。"但那个词我一直铭记于心。虽然这至少是他爱我的一星半点理由。这就是我永远都不愿让那一面消失的原因。嗯，我要让他看到。

我经过尼克和博住的隔壁那间木屋时，撞见了尼克，他正要进去。"噢，"他说，"你好，米兰达。"

"尼克！"我勉强堆起笑容，"再次祝你新年快乐！来抱一个。"我伸出胳膊，他让我拥抱了他。他身上的味道很好闻，就像自由百货商场里百瑞德香水的味道。"为什么我们从来没能成为更好的朋友，尼克？"

哦，我终于大声说出口了。看来我体内还有不少酒精在作祟。

他后退一步，双手搭在我的肩膀两侧。他直视着我的眼睛说："哦，米兰达，我想你知道答案。"

我不喜欢他看我的眼神。我突然感到战栗，与寒冷的空气无关。我后退一步。尼克·曼森几乎是唯一一个能震慑住我的人。

"朱利安——朱利安在哪儿？"我讨厌我那颤抖的声音。

"嗯，"他若有所思地说，"知道吗……我想，我看见他去桑拿房了。"

"哦，好。那，我这就过去。"

"好。"

我沿着结冰的小路跌跌撞撞地向桑拿房走去，路过别墅。除了客厅里的一盏侧灯外，所有的灯都熄灭了。我认出是马克，他睡在沙发上。今晚又一个"壮烈牺牲"的人。知道自己不是唯一不省人事的，我感觉好受了一些。

空气中的味道就像我去滑雪时闻到的味道——一种清新的金属味道。我记得猎场看守的叮嘱。可那不是很好吗？我们坐在桑拿房里，眺望着湖景，天空飘着雪花。

当我走近时，我听到一种奇怪的声音，不自觉地停下了脚步。我听见了动物的叫声，介于尖叫和呻吟之间。声音好像是从桑拿浴的方向传来的，后面是树林。我感到浑身起鸡皮疙瘩。我疾步向桑拿房走去，那是荒野中的一处避风港。

但就在离门只有几米远的地方，我又听到了那个声音。我踌躇不前。因为这一次，我几乎可以肯定，那声音不是从桑拿房后面的树林里传来的，而是从桑拿房里传来的。

现在
希瑟

我走进办公室旁的厕所隔间,往脸上泼了些冷水,好让头脑清醒一下。我需要决定是立即报警告诉他们道格的前科,还是当作疑罪从无。

我正在擦脸时,突然听到一阵低语。是一个男人和一个女人的声音。我确定是两位客人,但我不知道是哪两位。困难在于,他们的口音在我听来都是一样的,都是有权势的南方中产阶级口音。

男人先开口说道:"如果他们发现,我就完了。"

"他们为什么会发现?"回答的是个女人。

"有一张字条。"

我僵住了,尽可能不出声地凑近隔着的那堵墙。当然——通往后门的走廊和我那间办公室隔着一堵墙。有人可能想去那里私下交谈,却永远不知道这里还有一个房间,因为只有穿过办公室才能进入厕所。

"你还留着那张字条吗?"女人难以置信地说,"你没有销毁?"

"没有——我没想到。我太惊慌了,还有其他事分心。我应该那么做吗?"

沉默了很长时间,我想那个女人十有八九正在努力克制不去因此责备他。

什么字条?我不禁好奇。遗书?这似乎不太可能:上次我看过那具尸体,掐死自己还是相当困难的一件事吧。

"重要的是,"女人平静地说,"你和她的死没有任何关系。这是关键。他们能看明白的。"

"可他们会这么想吗?"他的音调陡然变得尖厉,透着恐慌。接着又压低声音,比之前更小声:我想是那个女人提醒了他。我把头又向墙凑近了一些。

"等其他和我有关的事曝光后——他们到时候又会怎么看我……"

砰!我惊得后退一步,正困惑是什么声音,这才意识到,因为急切地想听他们说什么,我无意中把头顶上方墙上挂着的狩猎画弄掉了。画框掉在地上,发出响亮的玻璃碎裂声。

说话声停止了。我几乎能感觉到,他们因为震惊而僵硬地站在墙的那一头——屏住呼吸。我蹑手蹑脚地溜回办公室。

米兰达

我在桑拿房里看到的那一幕是荒谬的。我如此震惊，以至于有一种奇怪的想笑的冲动——尽管肯定不是因为好笑。我还记得小时候，我妈妈告诉我们，家里的猫被车碾死了，我弟弟的第一反应是："哈！"我气得忍不住扇了他一耳光。但我妈妈解释说，这只是面对打击的正常反应。大脑短路，无法理解某些东西。

我忘不了那一幕。我看见我的丈夫蹲在桑拿房的地板上。在他的上方，我看到了凯蒂，我最好的闺密，我认识最久的朋友。两个人赤身裸体。她张开双腿，他的头埋在她的两腿之间。我那位姿色平平、平胸粗腿的朋友，欣喜若狂地向后仰着头。他的手抓着她的小腿，她的脚交错扣在他的背上。我打开门的时候，正看见他伸出一只手抓住她的一侧乳头，那煎蛋一样平的乳房。这太离谱了，我忍不住惊呼道："啊！"

两个人的身体一僵。他们这才慢慢地转过头来看见了我。哦，天哪，朱利安用他的手背擦了擦嘴。他们的表情一开始是迷茫的，似乎还没有反应过来。强烈的憎恶铺天盖地席卷而来，像毒药一样进入了我的血液。我看了一眼那桶热炭，有那么一瞬间，我想——真是想——拿起铁锹，铲一把烧红的炭扔到他们身上。

这一切都无比荒谬。我简直无法理解刚才看到的是什么。我摇摇晃晃地后退了几步。最先浮现的念头是,我是在做噩梦。我的丈夫,我最好的朋友。这不可能。我差点期盼他们俩突然咧开嘴笑,为恶作剧成功而沾沾自喜,就像他们在我三十岁生日的惊喜派对上做的那样。不过,很难把这解释为一个恶作剧。我刚才看到的那一幕要怎样才能解释得清?

"哦,"凯蒂说,"哦,老天!"

"我以为你睡着了,"朱利安说,"我把你送回木屋了。你昏过去了……"接着,他显然是意识到,自己出轨却指责妻子没有在他以为的地方好好待着是多么荒谬,他说,"哦,天哪,米兰达。哦,该死。我很抱歉。不是——不是你想的那样。"

现在我真的忍不住笑了,就像疯狂的女巫咯咯地笑,只会让他们看上去更害怕。很好,我就是想让他们害怕。

我敢肯定,他把他那肮脏的小秘密泄露给我的时候,还没有外遇。我敢打赌,他现在一定后悔让我参与进来。他的把柄掌握在我手里,而我先前却没有意识到。

"你敢回木屋去试试,"我对朱利安说,"坦白说,我不在乎你去哪儿。你可以和她住一起,虽然我介意。但我不想再看见你。所以不要靠近我。"

"我们需要谈谈——"

"不用了,我们不需要。我不想和你说话,也不想看着你。也许——再也不用了。明白了吗?"我的语气听上去镇定自若,我很惊讶:内我和外我之间竟然能形成这么强烈的反差。

他沉默地点头。

我一眼都没看凯蒂。"真不敢相信我在你身上浪费了这么多时间。还有你。"

这时我突然想到一件事,虽然难以启齿,但我必须说出口,必须要弄清楚。我面向凯蒂。眼睛却没有看她，只是朝着她大致所处的方向说："你在火车上什么也没喝。我看见了。你接过一杯红酒，可你没有喝。事实上，你滴酒未沾。"

沉默。她在逼我大声说出口。即便现在，我还能看到她赤裸地蜷着身体，试图向我隐瞒：我之前看到她穿着内衣，但当时没有反应过来，因为我喝得太醉了。这根本说不通，那不是圣诞大肚腩，凯蒂不是那种在圣诞假期就能吃出肚腩的人。

"你怀孕了。"

沉默。

"说啊，他妈的。你怀孕了；是他的。哦，我的天。"

"曼达，这是一场意外，我——"

我举起一只手阻止她说下去。我不会在他们面前流泪。这是我唯一的念头。米兰达·亚当斯从不掉眼泪。

"你们俩真是绝配。"我说，悲伤夹杂着愤怒在我体内流淌，灼烧着五脏六腑。不知怎么，怀孕比婚外情更糟糕。那种被人偷了东西的感觉更加强烈了。就好像凯蒂从我这儿偷走了那个孩子。她腹中的孩子原本应该是我的。

"我要乘早班火车回伦敦。"我说，我感到自豪的是，我的声音依稀有些哽咽。"我有事需要去办。有些事我需要纠正，一个我保守了太久的秘密。朱利安，我想你知道我在说什么吧？"

他瞪大了眼睛。他一定有先见之明吧？

至少，这是我仅有的一点权力，我要去施展，夺回一些控制权。

"你不会的，曼达。你不会那样做的。"

"哦，我不会吗？"我不动声色地笑着说——我知道这样会让他更加忐忑不安。"你以为你很了解我吗？"直到几分钟前，我还以为我了解你的为人。可看来我错了。你就敢说你有那么了解我吗？想知道你的了解有多浅薄吗？"

"你那么做也会毁掉你自己的。"

我把一只手放在唇边，做出一副思考的姿态。看着他局促不安的样子，我乐在其中。这只能稍稍补偿我所受的伤害。"实际上，我不这么认为。我会向他们解释，你一开始是怎么骗我的。没错，会有点尴尬。由于我没早点举报，可能会有小小的惩罚。但丢工作的人可不是我。进监狱的人也不是我。是你，提醒你一下。你才是那个会进监狱的人。"

他一声不吭，表情严肃。

"这是很严重的罪行，不是吗？尤其是在这个信贷紧缩后的世界。你觉得陪审团给你定罪时会犹豫吗？你是个有钱有势的黑心银行家。他们只要看一眼你那张得意扬扬的脸，就会叫法官把你关到死。"

我甚至不确定内幕交易案件审理时是否会有陪审团，但看见朱利安脸上恐惧的表情我就心满意足了。而一旁的凯蒂看起来一头雾水。所以这显然是他唯一没有和她分享的私密。幸运的女孩。

他再次向我走来，这次我举起双手，以免他的话传进耳中，影响到我。我要让他知道，我心意已决。

"这么做是玉石俱焚，曼达。"那亲昵的称呼从他口中说出，仿佛这样就可以让我心软。

"别再给我打电话了。"我说。

"是的，"我说，"跟你离婚之后，假如他们把你干掉了，我的麻烦也就少了。如果你觉得我是这么想的话。可我还有更重要的事要考虑清楚。这样一来，也对得起我的良心。"

而我也能报复他了。

凯蒂

这就是真话。那个我在游戏里永远不会选的真心话。

那真是难熬的一周。我在办公室睡了两个晚上。公司其实专门设置了一些可供小憩的房间,叫"睡舱",你可以在里面睡上几个小时。以免你疑惑——设置这些房间不是公司体恤员工的福利,而是希望他们能把办公室当成家一样生活,只睡两小时就投入工作。我累得大脑发麻。案子终于结束了,我可以回家了。家里等候我的,只有冰箱里的过期牛奶(如果我幸运的话),伦敦金融城繁华却让人乏味的夜景还有安静的屋子。只有一两瓶酒做伴的单身女人静悄悄的生活。

现在已经十点了。太晚了,不适合打电话问朋友有没有空。在我二十岁出头的时候,这么做的可能性更大。大家可能会很忙,但总是可以临时加入。一次家庭聚会,一顿丰盛的晚餐,外出泡吧一晚。现在大家会有自己的小圈子。通常是两个人或四个人。活动都是事先计划安排的。人们不再像以前那样随心所欲了。也许我可以打电话给米兰达,也许她会来。但我不确定自己是否有精力陪她。因为她凡事要求尽善尽美,她把我作为她的研究对象,就像她这些年来一直做的那样,告诉我我的生活出了什么问题。

所以,我可以回家,坐在空荡荡的公寓里小酌一杯——或是两杯。或者，我也可以去酒吧喝酒，也许带个人回家。你看，这就是我对我们二十几岁时那些泡吧、聚会和晚餐的替代方案。我想在某种程度上，它更有效率——至少你不需要和人交谈。

我面前摆着的这两种选择，后者要有吸引力得多。我可以带人回家，用不了几个小时，公寓就会充满生气和噪音。于是，我走进了圣保罗教堂附近我常去的一个酒吧。酒保跟我太熟了，我还没坐下来点酒，他就给我倒了一大杯普依芙美白葡萄酒。有些人会觉得这很扫兴。我决定把它看作现代的地主之谊。

我在高脚椅上坐下，等着有人向我走来。通常不会花太长时间。当然了，我永远不会像米兰达那么美丽动人。这曾经让我很沮丧。在这样一位朋友的阴影下长大，着实不易。但最近，也许其实就是满三十岁之后，我才懂得，我身上似乎也有吸引男人的一面。

酒吧里有几个同事模样的人，还有零星的约会软件奔现对象——但酒吧并不拥挤。星期二晚上，不是彻底外出放松的夜晚。毕竟，也许我对自己今晚的机会过于自信了。只有一个男人坐在另一侧吧台旁，和我所在的方向刚好垂直。我坐下时，隐约注意到了他，尽管他没有抬头看我一眼，而我也没有仔细看他。我用眼角余光通过他大致的轮廓辨认出他和我一样"年轻"，富有魅力。我不知道没仔细看我是怎么知道的，一定是某种动物的直觉。而且同样的直觉告诉我，他弓着背，身上散发着沮丧的气息。

接着，我们俩同时抬起头来叫酒保。我这才吃惊地看清那个人是谁。

"朱利安？"

他看到我也很惊讶。我想，鉴于我们都在伦敦金融城上班，也许偶遇并不是值得大惊小怪的事。可成千上万间酒吧,成千上万的人中,我们还是遇见了,而且我还以为朱利安应该在家陪米兰达呢。我对他说的第一句话是:"米兰达在哪儿?"

除非是通过米兰达,我们从未有过太多交集,这就是问题所在。不是互相看不顺眼,更准确地说,应该是稍微有些不信任。我想男朋友和闺蜜之间大多都是这样。也许只有些许怀疑:你会取代我的地位吗?你对我们的关系构成什么威胁?能当见面有些不自在的熟人也许是最好的情况了。

"她在家。"他用唇语回答我。然后他做了一系列复杂的动作,走过来在我旁边坐下。我的内心喜忧参半:今晚我肯定不会带任何人回家了。我的春宵一刻就这样被我好闺密的丈夫暗中破坏了。他坐在我旁边的座位上。当他俯身把椅子拉过去时,我闻到了他须后水的味道——清新的杜松子酒和奎宁水。我还记得二十分钟前,我还以为他是个陌生人时,就推断他也许长得很帅。我意识到他长得很帅。当他和米兰达刚开始约会时,我就这么觉得,但不知什么时候起,我没再注意他的长相。现在,我好像第一次见他一样。这是一种奇怪的感觉。

"你在这儿干什么?"我问他。

"我也可以这么问你。"他说。这当然不是一个回答。

我告诉他我刚结束一个案子。"所以,我想可以说我在庆祝。"

"哦,那其他人呢?你的同事?他们在这里吗?"

我不能实话实说;他们去了另一家酒吧,只要有可能,我从不跟他们来往。于是我说:"回家了,他们都累得不想出门了。"

"所以你决定一个人庆祝?"

"可以这么说。"

"是不是有点孤单?"

我们之间的气氛莫名有些紧张。我想，是因为我们虽然相识已有十年，却突然意识到完全不了解对方。其实，我们不过是友好相处的陌生人，需要米兰达的存在让我们之间的联系变得有意义。我们俩都喝得很快，试图消除这种尴尬。我还没意识到我已经喝完了一杯，他已经开口问道："再来一杯吗？"

"哦，那好吧。"我暗自感到受宠若惊。我不禁怀疑自己是不是让他觉得无聊了，他也许后悔过来坐在我旁边。

"米兰达在哪儿？"我又问了一遍。

"你已经问过我同样的问题了。"他的语气可以说是在取笑。

"是的，但你之前没有回答我。"我以牙还牙。天啊，我是在和我闺密的丈夫调情吗？

"她在家。"

借着酒精壮胆，我说："她知道我们在这里喝酒吗，她最好的朋友和她的丈夫？我们就像逃学的孩子一样。"这么说原本很蠢，而且是临时起意，但这样一来不可避免地让我们正在做的事变成了背着米兰达狼狈为奸。我喝了一大口酒。

"要是她知道了，她只会吃醋，"他说，接着很快地补充道，"我知道她想念你。"他嘴角上扬，但他的眼睛里透着悲伤和疲倦的神情。毫无笑意。"你看，"他说，这下更严肃了，"老实说，我需要一点时间独处。"

"出什么事了？"我问他。我很担心——但带着一丝幸灾乐祸的感觉，就像我们听到朋友遇到问题时，偶尔会有的那种感觉。米兰达和朱利安的生活似乎完美无瑕，闪闪发光。

我是这么和他说的，"能有什么问题呢？"我问道，"你们是完美夫妻。"

"哦，是啊，"他嘴上在附和，脸上的微笑却不知怎么有些勉强,"完美夫妻。这就是我们。完美过头了。"

一阵尴尬的沉默。我不知道该说什么。"你的意思是……"我斟酌着措辞,"你是说——你们之间不太顺利?米兰达什么也没说。"

我说得千真万确。她什么都没跟我说。但当时我们已经有一段时间没见面了。我工作太忙了。我们通过几次电话,但我不习惯打电话聊天——青春期时,煲电话粥就总是让我很头疼。"我明白了!"米兰达有一次说,"你其实是千禧一代。你只是在你的时代之前出生了。WhatsApp那类聊天软件就是为你们而生的。"但她也没有给我发信息说过任何他们之间的问题。我突然感到一阵深深的内疚。上个月她问过我好几次是否有空。我们有次约好了要见面,但因为案子临时出了问题,我不得不在赴约前放了她鸽子。

"确切地说,不是我们之间的问题。"他说,"事情有点复杂。我想,说是我的问题更加准确。我做了不好的事。"他看到了我挑起了眉头,"不……不是你想的那样。我没有出轨。我卷入了一件不好的事里。现在我摆脱不了了。"

"米兰达不知道吗?"

"不……她知道。我必须告诉她,因为这牵涉到我们两个人。她一直——"他皱起眉头,"我想,她对这件事一直很宽容,表示理解。只是有时候,我无意中发现她看我的眼神似乎很失望。好像她不情愿惹上是非。乱七八糟的四。"

他把"事"说成了"四",我不禁疑惑在我们开始聊天之前他到底喝了多少。

"你想说吗?"

他摇了摇头。"不。我的意思是——其实,我想说,但我不能说。"

"为什么不呢?"我意识到自己失言了,"对不起——我喝多了。我太无礼了,让我闭嘴就行。"

"拜托不要。"他又向我露出那个滑稽的嘴角向下的苦笑,与他平常开朗迷人的笑容截然不同。我想我更喜欢他这么笑,更真实。"我喜欢和你聊天,"他说,"是不是很有意思——我们认识这么多年了,等等,多少年,十年吗?"

"十一年。"我说。二〇〇六年六月,那天我撞见他从浴室里出来。

"可是我和你从来没有真正好好地聊过天,是不是?"

"我想是的。"

"你还来一杯吗?"

"呃,我……"

"来吧。拜托。否则我就只能一个人在这儿喝闷酒了,那也许是最悲哀的事了。"

你又不是不能回家,我心想——但我没说出口。再说,我也不想回家。回到我空荡荡的公寓,冰箱里空空如也,还有空旷的窗景,窗外是一片办公楼的海洋。那座金融城吞噬了我全部时间,这也意味着我的生活也是空虚的。

可是,在米兰达不知情的状况下,和她的丈夫在酒吧喝酒,这就有点奇怪了,却也意外地感到愉快,这也许才是最糟糕的。

"好吧。"

"好。"他咧开嘴笑了。我的胃里翻涌着,出乎意料,完全不合时宜。"你想吃点什么?"接着,我还没来得及回答。"我知道了——咱们喝威士忌吧。你喜欢威士忌吗?"我点了点头。他冲着酒保说:"我们要那个。"然后他笑着对我说,"你会喜欢的。

这是日本酒——有二十四个年头了。"

我从不喝威士忌。说实话,我几乎不喝烈酒——我能脸不红心不跳地喝光一瓶红酒,但烈酒完全是另外一回事。它直接钻进我的脑袋里。可这不是为接下来发生的事找借口。

米兰达显然是个令人头痛的话题。在正常情况下,我们可能会谈论她——因为她是我们之间的纽带,我们知道她是我们共同的兴趣所在。但由于她不在讨论范围内,我们就聊起了其他话题。我意识到他比我之前欣赏的那个他还要健谈。我一直认为他很有魅力,浮于表面,隐藏着某种内心的缺失。我们回想起牛津的生活,那时是多么轻松,尽管当时我们觉得那是我们一生中最辛苦的时候。

我们谈论起我的工作——他了解一些我正在处理的那个案子的情况。这一次,我没有在心里揣测他是出于礼貌才关心,而实际上却等着米兰达来救他,或者等待更有趣的人出现。他似乎真的很感兴趣。他转过身,面对着我,他的膝盖对着我的膝盖。肢体语言分析专家会说,一切迹象都表明进展顺利。或者说糟透了,这取决于你怎么看它。但我依然什么都没多想。或者说,即使我想过,我也打消了那些念头——很可笑,不是吗?

我们说起我们第一次见面的情形(他不记得之前在夏季舞会上的那次见面了,而我太骄傲了,不愿纠正他),当时他从浴室里出来,紧紧抓着腰间的毛巾。

"我当时在那儿,"他说,"半裸着,而你看上去那么优雅。"

他的用词让我很惊讶。我一直以为在他眼中我就是米兰达的一个其貌不扬、无趣的朋友。优雅。我意识到,我会把这个词在脑海里翻来覆去琢磨一阵子。

"这太好了,"他一度对我说,"这不是很好吗?只是聊聊天,就像这样？我们以前怎么没这样过？"他的呼吸中有威士忌的味道，真的，可他的话仍然使我感到温暖。而且，我意识到他并不像我一直认为的那样傲慢——而且，显然，也没有那么完美。也许是岁月磨掉了他的一些光芒，而我没有意识到或许他一直都是这样。不管怎样，他似乎比我以前眼里的他还要和气谦逊。清醒状态下的我也许能够分清楚，这可能只是朱利安有名的人格魅力在起作用；但醉醺醺的我非常喜欢它。

不知何时，我突然发现我们都有七八分醉了。于是，我说，"我该回家了。"尽管我意识到自己并不想这么做，不只是因为——一想到等待我的是毫无人气的单身公寓，我心里就一沉。而是因为我真的很开心。我很喜欢和他在一起。但我夸张地把杯子里的酒一饮而尽，从座位上下来。当我从座位上滑下去，晃晃悠悠地踩着高跟鞋，我意识到，我比自己意识到的还要醉。他也下了座位，我看到他的脚步也不稳。

"你不能独自回家，"他说，"我送你回去。这样不安全。"

出于某种原因，我没有告诉他我每天晚上都是一个人走回家，而且比现在还醉的情形也有过，有时还牵着一个陌生人。我想，即使是那个时候，我们都明白，送我回家不过是一个借口，只是为了在对方的陪伴下继续聊天。

我不记得是谁先主动的。我记得，我们突然就站在一条空荡荡的小巷里，只能听到我们的呼吸声。这条小巷不远处就是齐普赛大街，大街上车水马龙，行人来来往往，而整座城市灯火通明，熙熙攘攘，住着数百万居民。但在那条黑暗的通道里，只有我们两个人，而不远处的热闹使我们感到更加孤独。我们的呼吸声很重。也许，我们谁都没有我以为的那么醉。那突然迸发的欲望让我们清醒过来。然后，我感觉到他的拇指轻轻抵在我的髋骨上，我两腿之间的那东西是那么硬。我牵起他的手，引着它向上，探进我的裙子下面，他贴着我的脖子呻吟。

很快就结束了——在这样一个公共场所，必须如此。任何人都可能经过那条小巷，在任何时候撞见我们。可感觉也很好。尽管他喝了酒，而且我们的姿势也很尴尬（他不得不把我抱起来抵靠在墙上），我们都很快到达了高潮。我想，是那种陌生感，逾矩的感觉，让这场欢爱令人难以置信地兴奋。后来，我们贴在一起几秒钟，他的脸埋在我的脖颈。我觉察得出我们俩都不想动，否则就会回到现实，承认刚刚发生的事。

我简直不敢相信我们做了什么。他大声地说："我不敢相信发生了这样的事。"

"我知道。"我说，"咱们……就假装没发生过吧。"与此同时，另一个声音悄声说：会有人这么做吗？对他来说，我是否不过是酒吧里偶遇的一个女孩，只是那个女孩刚巧是我？对的地点，对的时间，对的人？

我知道，这些事原本无关紧要。可事实上它们很重要。因为很长一段时间以来，我一直以为他把我看作没有色彩、没有趣味的某个人，所以他才一直懒得和我说话。现在，有了一种崭新的、激动人心的可能性。那就是，其实，他对我有想法。

米兰达

听到身后小路上的脚步声,我转过身,看见了朱利安腰上裹着一条毛巾,脚在泥里打滑。

"我犯了大错,"他用一种不那么像成年人的语气说,"我知道我犯了大错。可我最近压力很大。"

"你说什么?"我说,"你压力很大?"

"是的,"他说,"发生了那么多事……近来,那些威胁信。我知道是谁寄来的,是马克,米兰达。他跟我对质,威胁我要告诉你……我和凯蒂的事。我和他达成了一笔交易,你看,因为他一直阴魂不散,结果搞砸了。一直都是他,把我的生活变成了地狱。"

"都是你自找的,你个白痴。造成这种局面是因为你总是不知满足。你总是认为你有权分得更大的蛋糕。我早该预料到今天的局面。你当然会搞外遇。虽然我想破脑袋也绝对不会想到是凯蒂。我还以为你的品位会比这强呢。"

然后他露出一个苦笑,嘴角有点扭曲,在某个恍惚的瞬间,我真的以为他可能要当着我的面为她辩护。显然,他打的算盘更妙。他又开始为自己辩解了。

"是她勾引我,曼达。"

"别他妈这么叫我。"

"抱歉。但我想说清楚。全是她的诱导。我想……我想，从她看到我在酒吧里的那一刻起，她就有了计划。我想她知道，看到我，我的状态不好——我无法抗拒。我没有机会。就像伊维萨岛那次。"

"什么时候？伊维萨岛？"

"噢，老天爷。"他的表情似乎立刻后悔说错了话。他用一只手揉着脸。"你还是知道了好。我们都去度假的那次。最后一个晚上。是她勾引我的。真是……疯了。我有点醉了，我想你了……她就像个着了魔的女人，曼达——对不起。她一直缠着我。"他似乎已经后悔向我透露了这一切，因为他做了个挥手的动作，然后说："不管怎样……我想说的是，我不是那个意思。"我想，那应该会很好笑——看着他摇摇欲坠，继续自掘坟墓。如果他不是我的丈夫——那个我付出十年青春的男人，如果我没有一同沦为笑柄，那应该很好笑吧。

"总之，她在酒吧看到我时……我想她知道。那段时间我开始收到威胁邮件。而你一直把我当二等公民对待，几乎不跟我说话。我觉得自己是个彻头彻尾的失败者，让你失望了。她让我……感觉到渴望，也被人渴望。我试过停止这段关系。第二天我去了她的公寓，告诉她到此为止。但她不答应。我很懦弱，我知道。她就像我戒不掉的毒瘾——"

我举起一只手让他打住。"你读的是什么剧本，朱利安？难道你就这么不尊重我，以为我真的会相信这些可悲的陈词滥调吗？"

他做了一个恳求的无力的手势。"我只是想试着解释一下。"

"好吧。这没什么好处。你看不出来吗？你想扮演受害者，把一切都推到凯蒂身上，只会让事情更糟。我再也不信你的屁话了。现在我要把它公之于众。我要想想……我首先要做什么？给报社打电话，还是报警？"

他的语气完全变了。"我觉得你是不会想那么做的。"

"你是在威胁我吗，朱利安？"

"不是。"但是他还是向我走近了一步。我发现自己后退了一步。"我只是说，你不想这么做，曼达。我不会让你这么做的。"

"滚回她身边吧，"我用一种危险的语气告诉他，"如果你再朝我们的木屋靠近一步，我不知道自己能做出什么事。事实上，我知道。我会登录你那该死的宝贝无线网，立刻发出那封该死的邮件。只需要敲击一下按钮，只要按一下。我可能是个无名小卒，所以你才会觉得我会放任自流。可我有朋友，朱利安——你也认识他们。艾莉薇雅，你知道她现在在《纽约时报》上班吗？还有亨利，我大学的前男友？他现在在《每日邮报》，我能想得到他们给你精心设计的标题。你知道吗？我想我也能从中得到不少好处。"

他向后退了一步。他的脸色晦暗不明。我几乎看不清他的容貌，更不用说他的表情了。而且，这已经不是第一次了，可现在有了更好的理由。我心想：我根本不认识这个人。我不知道他能干出什么事来。

希瑟

电话铃响了。我接起电话。"喂？"

"喂，希瑟，我是艾莉森·奎里总督察。"

"有什么进展吗？"我能感觉到道格的目光。他一定已经猜出我在和谁说话。他是不是在琢磨我会不会出卖他，把他刚刚告诉我的事告诉警察。

"嗯，"奎里总督察说，"我们仍在努力想办法赶过去。天气预报说未来几小时雪势会减弱，然后我们可以用直升机试试。但还有别的事。我打电话来只是想告诉你，遗憾的是，我要被调走了——约翰·麦克布莱德总督察将接替我。"

"啊——"

"他非常能干，不用多说，我现在就把电话转接给他。"

我的大脑在飞速运转。艾莉森·奎里是调查高地开膛手案件的主要负责人。如果她被调走了，那意味着……

约翰·麦克布莱德自我介绍时，我几乎没在听。我用一只手在谷歌搜索：高地开膛手，然后点开新闻标签。屏幕上的标题在我面前放大："嫌疑人在格拉斯哥藏身地被捕""突袭开膛手的格拉斯哥老巢""开膛手溃败？"他们已经找到了凶手。格拉斯哥距离这里有两个多小时车程，而且恶劣的天气条件下要更久。这只能意味着一件事。如果他们确实找到了女性连环杀人案的凶手，那这里的谋杀案就和他毫无关系。凶手另有其人。我现在确信，肯定是这里的人干的。

凯蒂

朱利安回到桑拿房里。在昏暗的光线下，我依稀能看清他此刻的狼狈：赤身裸体，小兄弟因为受冷而缩了起来，脚上满是泥泞。就在那一刻，也许是我们约会以来最强烈的一次自省，我问自己："我在做什么？"

都是因为朱利安吗？这么多年来我对他秘而不宣的渴望？还是也和米兰达有关？我不会承认，以前从来不会。但是，虽然懊悔，可看着她站在那里惊恐地盯着我们，尽管感到非常惭愧……难道我就没有别的感觉吗？没有一丝幸灾乐祸？终于有一次胜过了她？

我想指出的是，我去桑拿房最初只是为了驱散泡在冰冷的湖水中的寒气，让身体暖和起来，并没有想过要去幽会。我大概在里面待了十分钟，就听到有敲门声传来。

我打开门，看到了朱利安。他冲我咧着嘴笑。"你在这儿干什么？"我低声说："你疯了吗？昨晚真是太愚蠢了。我们很容易被发现……"

他敏捷地、偷偷地走进桑拿房，然后立刻开始脱衣服。

"你在干什么？"

但我不由自主地感到一阵兴奋的电流穿过身体。身体颤抖着，隐隐有些期待。

"没关系,"他说,"我已经安顿她睡下了——她喝得不省人事。马克在别墅里睡过去了,艾玛回她的木屋了。只有我们俩。我其实是在去你木屋的路上看到这里的灯亮着,不过,嗯,这是多好的主意。"

"要是米兰达醒来发现你不在怎么办?"

"她哪儿都不会去的。所以就像昨晚一样。我就告诉她我去散步了。"

有时,他张口就来的谎话让我感到不安。

"你觉得她会相信你吗?朱利安,现在半夜三点了。"

"是的,我知道。但你看……知道我最近心事多。"

"就是你想和我分享但又不能告诉我的那件事?"

"是的。就是那件事。"

我不知道是什么搅得他心烦意乱,他一直拒绝谈论那件事。"我们最近似乎分享了很多心事,"我说,"我想,我只是不明白,你为什么不愿告诉我这件事。"

"我不想让它给你带来负担,"他说,"你没必要知道。就像我先前和你说的。如果我告诉你,你就和它扯上了关系,成了同谋,你会有负罪感。"

"可我现在就有这种感觉。"我说。

"我知道。"他说着,向我伸出手来——但他还是向后瞥了一眼,好像有人能透过紧闭的百叶窗看到什么似的。"诱人的罪。"

"朱利安,"我说,"你……我以为我们说好了——"

他用嘴堵住了我的抗议。他的手在我的胳膊上不住地抚摸,然后滑过我的后背,托住我的屁股把我抱起来,我只能用腿绕过他的背。我全部的抵抗立刻瓦解了。

"那是以前,"他说,"我们之前说好的。"

"之前？"

"在我意识到我完全为你着了迷之前。近来几周没见你，圣诞节是在米兰达父母家过的，简直是地狱。你今晚下湖的时候——"

"那可不是什么诱人的场景，朱利安，我的脸都冻紫了。我以为我要冻死了。"我想我们当时是多么尴尬，我们清楚任何举动都有可能被误解——或者更确切地说，被正确地解读。

"哦，是啊，"他说，"我硬得厉害，只好站在暗处，以免被人看见。"他皱起了眉头，"我想，也许马克看见了。我还是不确定他……他知道多少，他猜到多少。"

我们之间仅有的距离给了我思考的空间，让我的大脑可以稍微清醒一点。"朱利安，我很内疚，"我说，"都有了生理反应。在火车上时，我不得不去厕所呕吐。"虽然，其实那可能是别的原因造成的：我今天早上发现的那件事。

"可怜的凯蒂小淘气。"

"别，别跟我来这套。我们不能再这样下去了，对米兰达不公平。你绝对不该来这里。"

他点了点头。"是对米兰达不公平，"他说，"所以我认为我们应该告诉她。"

"什么？你疯了吗？"

"疯的是你，凯蒂小淘气。我和曼达在一起时，我们还是孩子。我想我是被蒙蔽了——"

"被她的外表？是啊，好吧，我想，在我身上你不会有这个烦恼。"

"被她的全部。当时她似乎总是信心满满，耀眼夺目。我想沾沾光。没错，我想脱她的裤子。哪个男孩不想要她？但是，这么多年过去了……那种冲动似乎都烟消云散了。她想要的一切都变了。她不想改变世界，也不想成为什么了不起的人。她现在只想要别的东西来填补她的生活，总是如此：度假、华服、新车，对，现在是要个孩子。可她讨厌孩子。我甚至不确定她想要孩子仅仅是因为别人都有孩子——因为这是人生目标。"然后是意味深长的停顿，我想，我们都想到了我怀孕这个最新发现。然后他说："她无穷无尽的欲望压得我喘不过气……我做什么都不够。这足以让任何人发疯。"

"所以，我想，我是个轻松的选项。"

他摇了摇头。"不，恰恰相反。不是那样的。你就不一样了，凯蒂小淘气。我们的感情更复杂，更深刻。"

我忽然对米兰达深感同情，这是一种意外又奇怪的体验：他们在一起十年。在什么样的世界里，那种感情不能称之为深刻呢？但在内心更深处……是的，我意识到自己很高兴。是的，有一点幸灾乐祸。这么多年来，我一直充当着她的绿叶，次要角色，替补队员。现在，我终于在某件事上胜过了她。

米兰达

真可耻。当他追出来时,我想,如果我手上有武器,我会杀了他。如果我知道那间存放来复枪的仓库的密码,我想没什么可以阻止我立刻去拿起一支枪,回到桑拿房里,把他们两个都打死。激情杀人的罪犯现在还能被减刑吗?不管坐多久的牢,现在看来,都是值得的。没人能这样欺负米兰达·亚当斯。

可我没有来复枪。但也许我拥有的武器比任何枪支的威力都强大。

内幕交易。朱利安很可能会侥幸逃脱——当然,如果他现在没在做的话。知情者只有我和他,当然,还有他帮助过的那些"朋友"。当某笔交易不顺时,事情会有些不妙,其中某个所谓朋友会变得有些难缠。但之所以不会让他恐慌,那就是他知道他们不会说出来。他们不能说,不是吗?那样一来,他们也会毁了自己。

我也参与了,因为我名下的公司被用来接收朱利安服务的报酬。我也许会被视为同犯。但我可以请个好律师。我的父母会帮我。而且,不管局面对我有多么不利,朱利安也一定会脱不了干系。在此刻看来,值得一试。

我发现自己竟然奇迹般地回到了我们的木屋。现在,我的头脑出奇地清醒。仿佛有某种力量在指引着我,我走到床边的梳妆台前,坐下,给朱利安写了一张便条。

我只想造成尽可能大的伤害,让他感受到我此刻的无力。我的手抖得厉害,我不得不把笔按在纸上来控制书写;有两次笔尖把纸都划破了。好。他会明白我是认真的。他一击就摧毁了我自以为了解的一切。好吧,现在,我要毁了他。

道格

跨年夜。他为什么要打开电视？当然，电视里是成千上万张笑脸，人们在王子街欢聚跨年。所以他拿起平底酒杯扔向电视屏幕，玻璃噼里啪啦碎了一地，短暂地淹没了别墅里那群宾客的喧哗声，这带给他片刻酣畅。他们把音乐声调到最大，就像在嘲弄他一个人的"庆祝"——在别人压抑的欢声笑语中，独饮一瓶单一麦芽威士忌。然后他就又昏过去了，躺在沙发上他刚醒来的地方。

又有人敲门。不是他臆想出来的。他看了看表：凌晨四点。究竟谁会在凌晨四点需要他呢？

他打开门。是她，那个美人，只不过她看起来狼狈极了，但仍然很漂亮。她穿着金色紧身长裙，但似乎处处都有被破坏的痕迹：裙子的布料撕破了。她脸上的妆花了，口红晕到了一边脸颊。

"你好，"她说，身体微微摇晃，"对不起，我希望没有打扰你。"他喝醉了，可她比他还醉。

她目光越过他。"哇，"她说，"你的房间好空啊。非常……极简风。"

"你不能进来。"他说。他试图用他的身体阻止她进入；但她扭动身体，挤了过去。

"可我带来了香槟！"她举起一个瓶子。"唐培里侬香槟王，高级货，他买的，但我想和你一起喝。你不会丢下我一个人吧？"

当她靠近时，他又闻到她身上熟悉的香水味，只不过现在那熏香里还夹杂着一股酸臭味。

他觉得自己像只动物，被驱逐出了洞穴，他那安全而私密的空间。然后她走上前一步，双手捧着他的头，亲吻了他。她的嘴里是酸味的聚集处，但也有熏香味，那味道在他周围氤氲开来。她的舌头灵巧，身体曲线与他的身体贴合。已经很久没有体验过那般温存。他感到欲望在心中腾起——与无端被打扰而生出的愤怒交织在一起，说不出的难受。她在他的裤子门襟处摸索，拉开他的拉链，把手伸进了里面。另一只手的指尖缠绕着他的头发。

"不要。"他说。

她后退了一步，勾起嘴角："再说一遍？"

"不要。"他又说了一遍。

"该死。别告诉我你不想要，我看得出来你想。"

"我可以给你泡杯茶，"他说，"来杯茶怎么样？还是喝热棕榈酒？"尽管他嘴上这么说，但他觉得在她目前的状态，哪怕再来一小杯威士忌也不是个好主意。

她笑出了声，穿着亮闪闪的高跟鞋摇摇晃晃，然后她冲他皱起眉头。"我不想喝，"她说，然后她指着他，"我知道你想要。我看到你看我的眼神了。在那次晚宴上，昨晚……还有今天，在狩猎的时候。你骗不了我。"她恼羞成怒，眼睛似要喷火，手指戳着他的胸膛。"你就是太害怕了。你知道你自己是什么吗？你他妈的是个懦夫！"

这些字眼戳中了他的死穴。他感觉心潮澎湃，愤怒夹杂着痛苦,就像他上次听到这些话时的感受。他感觉愤怒的红色雾障笼罩住了一切,内心有什么在松动……接着彻底挣脱开来。

希瑟

"是警方的电话,"我说,"他们在几英里之外找到了高地开膛手。所以似乎他和我们这起案子没有瓜葛。一定是这里的人干的。而且我还听到了——"我停下来。

道格转过头看着我时,我看到他表情异样。

"道格?"我盯着他,"你还好吗?"

他给我讲述了巴士拉那个可怕的下午,他没能向一个孩子扣动扳机,结果手上沾染了三十个战友的鲜血。我试着想过设身处地,面临同样的情形该如何抉择。我无法想象,但我迟疑过,也许自己会和他一样。

他在我的桌子前踱来踱去,来回摩挲下巴,力气那么大,以至于他胡楂下面的皮肤都被擦红了——尽管他脸上已经没有了血色。他深色的瞳孔深不见底。似乎把这件反常的事放在了心上。他早上气色就不好。我注意到了,但我还没来得及细想。他的表现似乎也在情理之中,毕竟是他发现了尸体,还有之后的种种。

"道格?"

他转向我,但他似乎没有听到我在叫他。

"道格!"我在他面前打了下响指,他这才注意到我。"怎么了?现在怎么办?"

他摇摇头,然后急急忙忙地说:"还有别的事。我没有全告诉你。"

哦,老天。我强装镇定:"什么事?"

"那天晚上,"他说,"你听到了尖叫声……你还记得吗?"

"当然,记得。"

"好吧,那不是狐狸的声音。"他表情痛苦地说,"那尖叫声。是我发出的。"

我想起我听到那个声音后的第一反应是——那是一个人撕心裂肺的叫声。看来一直以来我都想得没错。

"哦,道格。"

"我猜,每次我想不起自己做过什么的时候,大概就是病情发作了。我发现自己来到陌生的地方,不知道自己是怎么过去的。比如,那天晚上……我没有意识到自己发出任何声音。我在湖边的树林里醒过来,之后我才意识到那个声音是我发出的。"

"我明白了。"

"跨年夜那晚。"他用那只没有受伤的手穿过凌乱的头发,在过去的几个小时里,我见他做过很多次这个动作,每次一紧张就会这样。"我喝了很多酒……我记得。"他鼓起双颊,和我没有眼神交流,"我很生气。所以我又喝了一些。我想我昏过去了。然后有那么一段时间……脑海里一片空白。"

终于,他的目光和我的对上了。他的表情就像一个溺水的人。

两天前
跨年夜
凯蒂

我得去和米兰达谈谈。不,这不是突然良心发现,现在道歉已经没有意义了,已经太迟了。如果我真的感到抱歉,我早就收手了。直到现在,我看到朱利安事发后的种种表现,我才第一次真正感到后悔。也就是老话说的看清了真相。但我想要一个解释的机会。我想让她明白,我从未设计过什么,我不是故意要这么做去伤害她。我就这样被汹涌的暗流裹挟,一步错步步错。这并不是给自己找借口,我知道没有任何借口。但似乎有必要和她说清楚。

我也有些担心,她看起来是那么疯狂,醉得站不稳,那身金色长裙污渍斑斑、难掩破损,就像复仇女神降临。现在外面太冷了——我没有意识到天气还能变得更冷,她身上只有薄薄一层丝绸,还有那双可笑的高跟鞋,几乎和光脚没有区别。她不会做傻事的,对吧?不会的,我很清楚那不是米兰达的行事风格。她想报复我们,而不是伤害她自己。四周一片漆黑,我心里突然很不踏实。我想起了之前那个放来复枪的房间。如果说米兰达现在已经想办法拿到一支,正在酝酿对我和朱利安的血腥复仇大计,我也毫不惊讶。我必须保持头脑清醒。我敲了敲她木屋的门。没有回应。我抬头望着黑黢黢的窗户，想象着她正钩着嘴角站在窗边看着我冷笑。我又试着敲了敲门。门似乎上了锁。

"米兰达，"我喊道，"我们需要聊聊。"木门被我敲得咯吱作响。木屋茫然地与我相对，像是在嘲笑我。她是否正在里面伺机而动，冷眼旁观着一切，谋划着下一步行动？我想起了她今天晚上给我出的大冒险——湖水冰冷刺骨，我几乎快冻死了。那是在她知道我和她丈夫有染之前。

"我需要把一切和你解释清楚。"我喊道。我能听见寂静的夜里的回声，从远处四面环抱的群山传回我耳边。"你想聊的时候，来木屋找我。"

没有回应。

我回到木屋，朱利安裹着毛巾瑟瑟缩缩地坐在沙发上，小口喝着一瓶苏格兰威士忌。我想这可能是猎场免费赠送的。我一下也没碰过。现在大半瓶已经空了。

"朱利安。"我试图把酒从他手中强行拿走。他紧紧地抓着酒瓶，就像孩子死抓着玩具不松手一样。"朱利安，别再喝了。你再喝下去，会害死你自己。"

他摇了摇头。"她会先杀了我的。她会夺走我为之付出的全部。她会毁掉我的……你不明白。"

他突然像个蜷缩在毛巾里的可怜虫。我无法相信，在过去一个小时里我的转变。突然间，我几乎对他心生厌恶。他那宽阔、肌肉发达的胸膛突然显得格外滑稽。除非是虚荣无比的人，谁会把身材练成那样？在此之前，它在我眼里只是充满异域风情，和我交往过的男人完全不同。他举手投足间似乎处处都透着异域情调。他想要我，让我感觉到被讨好、被恭维——这也许是最让我兴趣盎然的一点。在过去六个月，我已经忽略了他身上那些让我不满的细节：他的自私自利，我们做完爱，他总是先跑去洗澡，有时要求我按他的心意来做，或者几天不回我一条消息，而我不回他消息不到一小时他就会生气。编理由，地下情，对，还有和谐的性爱，刺激着肾上腺素，让这段露水情缘变得兴奋而愉悦。

　　难道这就是这段关系的全部吗？我扪心自问。除了化学反应或是身体吸引，兴奋的真正源头是什么？难以置信他想要的是你，而不是米兰达？你真的那么嫉妒她吗？"对，"一个小小的声音响起，"也许你就是嫉妒她。"

现在
希瑟

道格说得没错：情况似乎对他不利。目前看来，他也许是那位客人生前见到的最后一个人。但奇怪的是，我现在寄希望于他是无辜的。我只是觉得不是他干的。有意思的是，几天前我对他还知之甚少，我不知道自己是否可以信任他。看到那些加载出的检索结果、耸人听闻的新闻标题，就像他骤然被判有罪一样。但不知怎么，他向我坦诚了他的脆弱，我开始有不同的感觉。他把他内心深处引以为耻的秘密告诉了我，我觉得我不能对他太过苛责。也许这听起来有悖常理。可话又说回来，我也见过人生无常。不是吗？

还有我无意间偷听到的走廊里的那段对话。至少有两名客人在这件事上可能不像他们看上去那么无辜。要是我没有不小心弄掉那张该死的挂画，我就能听到更多对话了。

我走进客厅时，他们不约而同地抬头看着我。

"警察来了吗？"那个叫萨米拉的女人一边问，一边晃着膝上的婴儿。走廊里的那个女人会不会是她？我不确定。当然，是她第一时间提醒我们有人失踪了。可那也不能说明什么问题。

"没有，"我说，"不过他们寄希望于今天下午雪势减弱。"

她闷闷不乐地点头。他们都在注视着我，我知道。我答应过那位督察，暂时隐瞒案件的情况，这样我就可以观察他们是否有反常举动，是否在不经意间流露出一丝愧疚感。当然了，查案不是我的工作，那是警察要做的。在他们来之前，我只是个保姆，沏茶的服务人员。

我不由自主地走到茶壶旁，准备再沏些茶，却发现茶包已经用完了。粗略计算一下，每天大约有五十个茶包。仓库还有一些备用。我穿上羽绒服，戴上红色绒球帽，穿上登山靴，深一脚浅一脚地走进白雪皑皑的世界里，每走一步，脚下都吱吱作响。

我打开大门，扑面而来是一股灰尘、刨花混合着松膏的气味。一侧放着我们日常所需的各种生活用品：以防供水不足备好的瓶装水（这种情况发生过不止一次）、糖和雀巢咖啡胶囊、厕纸和成箱的啤酒。都是生活必需品，即便是在这里也必不可少的东西。另一侧是为想要参加狩猎的客人准备的所有装备：迷彩服、步行靴和双筒望远镜。整整齐齐的一排来复枪，全都悬挂起来，贴上标签，是道格严谨的部队风格。

除了……

我眨了眨眼睛，定睛看去。重新数了一遍。

少了一支来复枪。我敢肯定。通常有八支枪，现在只剩七支了。

我打开还在夹克口袋里的无线电通信设备。

"道格？"

"怎么了？"

"你是一个人吗？"——我担心自己的声音被其他客人听见。

"等等。"我听到关门声，接着是脚步声，另一扇门开了，"现在就我一个了。你说吧。"

"你从仓库拿了一支来复枪吗？"我问他，"我想知道是不是你拿的——"

"不是,"他似乎皱起了眉头,"应该都在里面。我自己有枪,我放木屋里了。"

"你上次去仓库是什么时候?"

"跨年夜——带客人们去狩猎的时候。"

"那时枪都在吗?"

"是的。怎么了?"他的语气严厉起来——他已经察觉出有什么不对劲。"

"没……没什么。我一定是数错了。"

我不知道是什么阻止了我告诉他。也许是因为,如果我告诉了他,他会让我马上回到屋里。我应该这么做,我知道。警察也会和我说同样的话。"不要轻举妄动,"他们会说,"有任何异常随时报告。"

但我不想这么做。有一件事是肯定的,在过去的二十四小时里,我们一直困在室内无休无止地等待。突然间有机会去做点什么。我真的不知道自己还能不能继续和那些客人共处一室,默不作声地坐在那里难过。我完全能体会他们的感受,除了等警察来之外就无能为力了。也许是今天,但也可能是三天。而我的人生已经用了太久来逃避现实。这么长时间以来,我第一次感觉自己有了目标,有了信念。

因为我想,我知道这意味着什么。拿走那支枪的人肯定进过仓库,这就基本上排除了一众客人,只有另一个人知道密码。但他在新年前一天下午就离开了猎场,和家人去跨年。不是吗?

我一直以来是这么以为的,也是这么告诉警察的。但我和道格真的能确定吗?我们有没有想过核实?没有。我们为什么要这么做呢?过去的二十四小时都没有他的踪迹了。

我穿过院子,走过拱形门廊,向临时的停车场走去。我的心脏突然在我的胸腔里猛烈地跳动,好像会突破肋骨的束缚。我知道自己会看到什么。

两辆车。全都被新雪覆盖,像两块没有形状的雪团,辨认不出原貌。

我走到它们旁边,刮掉第一个雪团上面的雪。是道格的路虎,如我所料——我认得它的大致形状。我走到第二个雪团旁,拂掉引擎盖上的一些积雪,底下露出明亮的红色。不需要再继续,我认识这辆卡车。我知道这意味着什么。

真不敢相信我们竟然没注意到。

这是我的错。昨天我们搜寻那位失踪的客人时,我来过院子里,没多逗留——院子里显然是空的。但我肯定看到了那两辆车。但我并没有留意。在纷飞的雪花下,它们和这处风景融为一体。我的大脑肯定自动忽略了它们。看到那两辆车停在那里我似乎都习以为常了,以至于都没有停下来琢磨这意味着什么。

这意味着莱恩在这里,在猎场的某个地方。

我的无线电装置发出噼啪的电流声。是道格。"你在哪里?"他问我,"那些来复枪是怎么回事?"

我想起了我在跨年夜看到的那个光点,沿着山峰的侧翼而上。

我想到了猎场里另一处能遮风挡雨的地方,我和道格甚至都没想过去那里检查一下,因为没人会进去,那里上了锁。我突然知道该去哪儿了。我想起莱恩总是强调让我不要靠近那里,因为有危险。我还想起他是如何叮嘱我,让我不要让客人晚上外出。

"你发现了什么?"道格问道。

"只是一种预感。"我说。

"什么预感?你是什么意思?"

"你照看一下客人好吗？"

这也许是一个非常愚蠢的想法。我知道，明智的做法是待在温暖而安全的宅子里，留意客人们的动向。但我厌倦了无所事事。我指的不仅仅是这几天。因为除了逃避一切，我已经很长时间无所作为了。这是一个证明自己的机会。

仓库里有全套装备。我换上一双更结实的登山靴，带了一副双筒望远镜和多功能钳。口袋里装着手机，可它只能当手电筒，除非我在爬到山顶途中能搜到信号。当然，我并没有换上迷彩服——在银装素裹的天地中，它会十分扎眼。对了，我还挂了一支来复枪在肩上。我只开过一次枪，完全是个新手。但总比什么都没有准备的好。即便不开枪，它至少能起到威慑作用。

我边走边回忆对莱恩这个人的了解。答案是：我不怎么了解他。我甚至不知道他姓什么。他和我提起过几次他的"太太"，但我从未见过她。我试着在脑海中想象，可却想不起他有没有戴婚戒。我甚至记不清楚他的长相。总的来说，当他在这里时，似乎是风景的一部分。他来工作时也不需要和我商量，我已经默认他直接听命于老板。

要说这里和别处有什么不同，那就是山上的雪更厚。我滑倒了好几次——即便在地势低处，脚上还穿着这双登山靴，这里的山也太陡了。我现在所做的事正是我们建议客人们不要去尝试的那种行为。在没有专业装备的情况下，不要外出。我口袋里有无线电装置，以备不时之需。

我深吸一口气。我已经很久没有来过这里了。

那片废墟和尚存的马厩在新雪的映衬下格外阴森。我讨厌这个地方。我还能闻到烧焦的味道，像极了死亡的味道。就像我远离的那一切。好吧，这一次，我不再逃跑了。

米兰达

真不敢相信那个猎场看守拒绝了我。真丢人,我还以为这么做自己会好受一点。

当我走回木屋时,出于动物本能,我有一种奇怪的被监视的感觉。我敢肯定还有别人在暗处。"谁在那儿?"我喊出声来。声音在寂静中回响。没有人回答。但当我再看时,我发现湖附近的树丛里有什么一闪而过。大约五十码开外的地方,有什么东西在动。我敢发誓,我看到了一个深色的轮廓——人的影子,消失在黑黢黢的松树丛深处。现在那里没了人影。哦,管它呢。我可不在乎。要是往常,我可能会紧张……甚至可能会有点害怕——即使也许又是冰岛那对奇怪的夫妇。但现在不会有什么比刚才在桑拿房里看到的那一幕更让我震惊了。

凯蒂木屋里的灯暗着。我努力不去看,不去猜测她现在在做什么,她是不是还和朱利安在桑拿房,讨论我……还有他们即将出生的孩子。她声称那是一场意外。可感觉也太巧了。一直以来我都在努力尝试要个孩子。当我们还经常见面时,一开始我就把这件事告诉了她。我说我们已经试了几个月了,可运气不好。那是一年多以前的事了吗?正常人可能已经忘记了随口一提不会放在心上的话。但是凯蒂不会忘记,她就像一头该死的大象……毫无疑问,这也是为什么她能成为一名优秀的律师。所有事在我脑海里不断盘旋：出轨、怀孕——尤其是怀孕这件事——都是为了报复我过去犯的错。我知道这很荒谬。我一直都是凯蒂的好朋友，不是吗？我一直是她的保护者，在她还太弱小、无法自保的时候，都是我在保护她。

痛苦在我身上蔓延。我弯下腰，就像有人朝我的肚子结结实实地来了一拳，我任由自己倒在地上。膝盖下锋利的石子硌得人生疼，可奇怪的是我却觉得可以忍受，刺骨的寒风刮在身上，我也不觉得冷，皮肤却像火烧一样。我穿着金色长裙和细跟高跟鞋跪在这里，如果有人看见一定觉得荒唐。我还没神志不清到意识不到这一点的地步。毫无疑问，树丛里的那位在暗处窥探的人非常享受眼前这一幕。我想起那天我在树林里看到他们时，那个冰岛男人脸上的笑容，还有他示意我加入的手势。

"继续看啊，"我在寂静的夜里喊道，"好好看。看他妈的我在不在乎。"

希瑟

我的无线电装置发出一阵电流噪音。不用说,是道格。"希瑟?希瑟,你在哪儿?快一个小时了。"

他语气里隐隐透着慌乱——我从来没听过他这种口气,就连他向我讲述他的过去时也没有。

"我在旧别墅。"

"你在那儿干什么?"他听上去在生气。

"我想我已经想明白了一些事。这里不对劲。"

"天哪,希瑟——你疯了吗?我也上去。"

"不,"我告诉他,"你得盯着客人。"

没等他回答,我就切断了信号。我需要全神贯注。

马厩的门像往常一样锁着,密码面板上的屏幕闪烁。在古老的石头建筑面前,它显得格格不入,是为了防止有人进入——不管是来徒步的好奇旅客,还是寻找藏身处的偷猎者。莱恩曾经告诉过我,那时我刚来不久:这栋建筑的构造并不稳定,随时有可能垮塌。然后我们就会惹上一场可怕的官司。有一次,他对我说:"老大想确保这里没有隐患。"他指的是旧别墅,"不要靠近这里。我们不希望任何客人进去,被掉下来的房顶砸死。"

我一向乐于与这里保持距离。除非需要帮忙,否则从不靠近那栋旧别墅。我们在寻找失踪的客人时来过这里。我试了试门,感觉到锁在手上顽强抵抗，便又匆匆走开了。我这才疑惑为什么从来没有人给过我密码。当时我只是看到门上了锁，以为客人不可能在里面。现在我迫不及待地想进去一探究竟。突然间，它就像是一个一直藏在我眼皮底下的秘密，我从来没有仔细看，我把自己包裹在内心的世界里，深陷过去的悲伤难以自拔。

如果不是这样，那个客人也许就不会死？我努力抛开这个念头，现在还顾不上想它。

我不可能强行把门打开：这是一扇又旧又重的橡木门。我用手去推，那把锁也纹丝不动。要是用劲去推，我担心真的可能会把旧别墅震塌。于是，我绕到它后面。所有的窗户都用木板封住了，密不透风。

啊，不过这时，我注意到上面一块木板有点松动，它和另一块木板之间露出一条黑色的缝隙。如果我站在下面一块岩石上，刚好可能够得着。我从口袋里拿出多功能钳，张开钳口，用它夹住木板的一端。我不得不站在一块落下的石头上才够得着，那块石头承受着我的体重，不祥地微微晃动。来复枪重重地撞在我身上。我把它从肩膀上取下来。我确定保险栓是开着的，但我脑袋里突然浮现出我滑倒扣动了扳机的画面，那样一来，我肯定会在最愚蠢的自杀方式名单上占有一席之地。

我使出浑身力气，来回挥动钳子，直到我感到木板开始松动了。"嘭"的一声！一根钉子弹了出来，木板向下摆动，露出一道我手臂那么长的缺口。之后的工作就很容易了，不一会儿就露出一平方英尺左右的空间。我用手抓住下方木板边缘，向内窥探。我感觉脚下的岩石岌岌可危。我试着让眼睛适应里面的光线。我闻到一股发霉的味道，一种陈旧的烧焦的气味。这可能吗，或者这只是我的想象？我能看清楚的范围十分有限，但我能确定的是这里不是空的。房间中间有什么东西堆成一堆。我爬上去，拿出手机，打开手电筒功能。有那么一瞬间，我有种强烈的感觉，有人正躲在暗处观察我。我朝四周看去，没有人，只有薄薄一层糖霜一样的雪——保留了我的足迹。也许是因为这里太安静了。是旧别墅让人产生这样的错觉。它有独特的气质。

我把光束投向房间中央。我现在终于能看清楚了，但还没想明白那是什么。那不是一个物体，而是一堆摇摇欲坠的包裹，用透明薄膜紧紧缠着——每个包裹大约有一袋糖那么大。

其实，透明的包装里鼓起来的东西，看起来有点像糖，是一种白色的东西。可为什么会有人想把这样的东西藏在这里呢？

接着，我恍然大悟。我突然十分确定，这些包装里无论装的是什么，肯定和糖相去甚远，而且比糖更有价值。

然后，就像在噩梦中一样，我听到了身后传来的脚步声。

"你在上面做什么？"口气算得上礼貌，像是在和你攀谈。我大吃一惊，身体向下坠落，在掉下去的途中，我的手抓住了一块粗糙的木头，劈开的木刺扎进了肉里。我的腿几乎支撑不住身体的重量，它们突然因为恐惧而变得虚弱。我伸手去拿来复枪，却听到什么东西撞击我的后脑勺，发出一声巨响，那感觉不太真实。我眼前的画面像被吹灭的蜡烛，倏然被掐断了。

当我醒来时，过了几秒钟，视野才恢复。这时，我看见一个人影站在我面前。一开始，我甚至没认出他来，头部传来的疼痛让我整个人迷迷糊糊。而且他穿了一件硕大的羽绒服，甚至比我身上的还要肥大，这让他看起来几乎是平时身材的两倍。他的脸冻得干瘪，嘴唇发紫。他看起来像一个无家可归的人，可他就是莱恩。

"我不明白,"我傻乎乎地说,"我还以为你在家呢。你在哪儿——"嘴里的话戛然而止,因为我看见他手里拿着枪。他先是松松垮垮地握着,接着他用手掌把它托了起来。这个手势,我确信,是为了表现出他对枪支驾轻就熟——举起它向我瞄准是多么轻而易举的事。

"我告诉过你不要来这儿。"他说,"我告诉过你保持距离。"

"因为你说这里不安全。"我说。

"没错。我告诉过你这里不安全。而且你看,确实不安全。"

"你和我说是因为旧别墅不结实,可能会倒塌。不是因为——"我不知道该怎么表达,不知道这么说是否安全,"不是因为里面有你不想让我看到的东西。"

"是的。要么你没有我以为的那么蠢,要么就是蠢得多。我在思考是哪一个,我想可能是后者。"

为什么,为什么我不等警察来,把我的怀疑告诉他们呢?我是蠢,更蠢的是,我甚至没有告诉道格我要去哪里,因为我知道他会阻止我。我真是个彻头彻尾的白痴。突然之间,我的全部举动就像是计划好的自杀行为。这一想法击中了我:这是自杀吗?我想到了我过去曾酝酿过一了百了:服下那些药片,跳下那座桥。我花了很长时间思考,也许死亡并不是一件坏事。但现在——也许这只是某种根深蒂固的动物本能——我突然发现我想活下去。

"你看,"我说,"不如我们就假装我什么都没看到。我这就走,就像什么都没发生过一样。"

他居然笑着说:"不行。我觉得我们做不到。"

"为什么不行,莱恩?我不在乎你在做什么。我什么也没看见。"

"可我收到了严格的指示。"

"指示?"我很好奇,我忍不住问道,"谁的指示?"

"谁的,"他笑着说,"这不是你操心的事。"

要不是被惊掉了下巴,这个男人前后的变化几乎让我不禁大呼精彩,直到最近我还觉得他本性善良单纯,也许还有些不爱说话。然而,我意识到不是他变了。这才是他的真面目。他只是伪装出另外的面目,就像给自己披上了一件斗篷。

他走上前,向我伸出空着的那只胳膊,我畏缩了。"好。"他说。

"照我说的做。"他举起来复枪。有那么一刹那,我想:就是这把枪。

"走吧。"他说,"你还在等什么?"

他领着我绕到马厩的另一边。他一边把来复枪大致瞄准我的方向,一边伸手去输入键盘密码。我想,我的机会来了。这是我可以试着逃跑的地方。可跑到哪里去呢?到处都是白茫茫的雪地等着你羊入虎口。如果我们是在别墅附近,我可以飞快钻进树林的掩蔽处,甚至可以潜入湖中。但在这里,行踪完全是暴露的。

他找不到更好瞄准的目标了。所以我静观其变,等他找到一把钥匙,插进锁眼,把我带进黑黢黢的房间里。

我立刻就觉察出这里比预期的要暖和得多。我看见房间角落里装了一台发电机。

"你真周到,"我说,"还替我着想。"

他冷笑了一声。

"那是什么?"我问他,"捆着绳子的棕色纸包?"

我不停地说话，努力不尖叫，组织语言，因为说话似乎能让我保持冷静。

"完全正确，"莱恩说，"而且你绝对不必动用你的小脑瓜费神去想里面是什么。"

可我得让他继续说下去。我必须想办法活下去，而且让他分心，不去想杀我这件事是我唯一的底牌。向他保证我不会把我看到的告诉别人是没有意义的。他不会相信我的。他这么想可能也没错。

所以，我反而问他："这就是你一直在做的事？猎场的工作只是掩人耳目？我可以想象，干这个可能更有利可图。"

"你不想知道吗？"他说。然后他耸耸肩，就像在说"为什么不呢？"——我怀疑这不是什么好事。如果他断定向我透露一些事无伤大雅，就表明他断定我没有机会说出去。我感觉到我的心脏在胸膛里怦怦直跳，我努力让自己冷静下来，胡思乱想没有意义。要为自己争取时间，时间就是生命。一切都会随之而来。他也许会犯错。你就可以抓住机会。"如果你非常想知道，我可以告诉你，"他说，"我想我把这当成我的另一份工作。我砌过简陋的干石墙。我能在十分钟内给玻璃窗上好腻子。我也是个很称职的……送货员。"

"我明白了，"我慢悠悠地说，就像为他的才干所着迷，"你用你的卡车把它们运过来，从——"

他装出一副耐心的样子说："我们就说是某个地方吧。"

"然后你就把东西放在这儿，然后——"我按捺住脑海里惊慌失措的警报声，努力思考。把它们运到这里有什么意义呢？这是英国最偏远的地方之一，又没办法运到别处去。

然后我想到了这个地方的历史。旧时的那位领主坚持要在这里建车站。"然后你送到火车上。"

他用空着的一只手假装向我脱帽致意。"直接到伦敦。"他露出笑容,那副表情让他显得更加阴险。我不知道自己之前怎么会认为他是一个正常的、简单过活的人。他看起来像个疯子。勒死那个女人对他来说似乎是小菜一碟。不过我现在还不会问他这个问题。我会诱导他继续说下去。我有个主意。无线电通话设备就在我口袋里。如果我想办法碰到传送按钮,我也许能和道格建立联系。我可以用手指按住按钮,这样就不会露出马脚。他能听到我们的全部对话。也许我还能说点什么,向他透露我的确切位置。

"直接送去伦敦,"我说,"多聪明的计划。就像过去的威士忌走私一样。当然,他们认为领主本人也参与其中,你知道吗?"

他没有说话。但他确实看了我一眼。眼神犹豫。

"啊!"就像一拳正中腹部,我恍然大悟。

"老板也参与了?"

莱恩没有回答——他不需要回答。

就像以前一样:领主从走私威士忌的买卖中分得一杯羹。过去一年,我在办公室里快乐地干活儿时,还在天真地想:老板愿不愿意多投入一些费用宣传一下这里呢?他当然不想这么做。对他来说,这里的生意是很好的掩护,因为游客一旦太多,人们可能就会开始觉察到不对劲。

我真是个十足的傻瓜。他们一直以来一定在嘲笑我。办公室里的白痴,发生在她眼皮底下的事也看不见。

"那你是怎么把它们弄上火车的呢?"我问他,"没人注意到吗?"

他又看了我一眼。还用说吗,当然是那个列车员,亚历克。

我从来就不喜欢他。我想起我去车站找人时他的举动,想起他站在通往他的公寓那道门前的样子。那时我就知道有些不对劲,那里可能还有更多的违禁品。

莱恩在手里掂着那把来复枪。他会想办法杀了我。现在我知道了一切……或者至少比我应该知道的要多。事实上,我很惊讶他还没动手。当你已经勒死了一个人,真切地体会过他们的生命在你的手指下逐渐流逝,即使是近距离射杀,再射杀一个人也不是什么大不了的事,不是吗?我需要仔细观察,耐心等待,希望他会犯错。

我突然被一个想法猛然击中。道格知道整件事吗?我是这里唯一被蒙在鼓里的人吗?这也许是某种交换条件:对这里发生的事睁一只眼闭一只眼,我们也会对你的前科睁一只眼闭一只眼。

如果我现在跟他联络,他会干脆置之不理吗?他不会想让我死的,对吧?我想到在别墅里时,他对我是那么坦诚,向我展露了内心的脆弱。但那也可能只是做戏。因为事实上,我意识到这只是一个短暂的幻想,其实我根本不了解他。

可我还是得试试。为了不引起注意,我将一只手慢慢地抬起,一寸一寸地向我的身体,向口袋移动。莱恩似乎没有注意到。他在研究那把枪,好像它是一只特别迷人的宠物。我的手伸进了口袋里,我能摸到无线电设备的顶部。呼叫按钮就在下方几英寸。如果我能——

"该死,你在干什么?"

我抬头看着他。

"没什么。"

"把你的手从你该死的口袋里拿出来。"他三步并作两步向我走来，把手粗鲁地伸进我的夹克，掏出了无线电设备。他怒不可遏地盯着它看了几秒钟，一言不发，然后用力将它朝墙上掷去，力气之大超乎我对他体型的想象。它"咔嗒"一声掉在石头地上，摔成了两半。

现在，他拿着一卷电工胶带向我走来，粗暴地绑住我的手腕，绑得很紧，以至于我的骨头怕是都有瘀青了，脚踝处也缠上了胶带。当他蹲在我脚边时，我扭动手腕，试着活动，然而完全动不了。考虑到电工胶带的伸展性，他还不如用一根金属链拴我！我想我可以趁他蹲在那儿时踢他的脑袋。但我不确定我的腿能使出足够的力道。莱恩虽然个子不高，但我相信他很强壮，他在猎场什么活儿都干。如果我只是轻微地伤了他，但不足以阻止他，只会让他更快地杀死我。

莱恩起身，看起来为他的工作成果感到骄傲。然后突然传来一声震耳欲聋的巨响。他向前扑倒，我吓得目瞪口呆。他倒在我身上，来复枪"咔嗒"一声掉在地上。我不知道发生了什么事，我也什么都看不见，因为他倒在我身上。然后我意识到我灰色夹克的前襟被深红色的血浸湿了。

米兰达

艾玛，我要去见艾玛。我需要找人聊聊。运气好的话，马克还在宅子客厅里的沙发上昏睡。我又从窗口再次确认了一下。没错，他在那儿，四仰八叉地躺着。

我叩响了他们住的那间木屋的门。没有回应。毕竟现在已经凌晨四点了。我试着又敲了一遍。终于，门缓缓打开，艾玛皱着眉头站在门口，整个人无精打采。她穿着丝质的滚边睡衣，和我的那套一模一样。

"哦，"她说，"你好，曼达。"

她这么称呼我时，我通常会躲闪。听起来太刻意了。只有朱利安和凯蒂会这么亲昵地称呼我，他们是我最亲近的两个人。放心，我可没忘记这句话的讽刺意味。

"我能进来吗？"我问她。

"当然可以。"没有追问，没有半分犹豫。我忽然为自己的举动感到深深愧疚。她一直对我很好，而我有时待她却很刻薄：在其他人面前让她下不来台，故意把她排除在外。嗯，从现在开始，一切都会发生变化。我也不是从前那个我了。

我跟着她进入木屋。房间的设计几乎和我们那间一样：宽敞的房间里配了扶手椅和壁炉，四帷柱床，梳妆台，甚至墙上还挂着鹿头装饰品。主要区别是：他们的房间井井有条，就像走进了另一个现实世界。而我们的东西杂乱无章,到处都是。我们一直都是这样的懒虫。我们的……这让我想到了我们。再也不会有"我们"了,早已物是人非。我们一起共筑的爱巢,我们所有的计划,全部的过去都会不复存在。我的腿一软,突然觉得支撑不住身体的重量。我摇摇晃晃地走到离我最近的座位旁,那恰好是梳妆台前的那个小凳子。

"你想喝点什么吗?"艾玛向我示意角落里的鸡尾酒柜。她还没问我是怎么回事,但我知道她的这个举动表明她知道出事了。

"好的,麻烦你了。"

她给我倒了一杯威士忌。"再来点。"我说。她微微挑眉,然后又往杯子里倒了少许。我原以为我昨晚喝了不少酒,但突然我觉得自己太清醒了,我的头脑依旧清醒,让我感到痛苦。那些不断闪回的画面,久久不散,格外清晰。我不想再见到那些画面。我想要麻木,被酒精麻醉。

窗外桑拿房里的灯还亮着。他们怎么能这么蠢?就好像他们故意想被人发现一样。也许他们真的没有意识到它在黑暗里有多么醒目,就像黑夜里的灯笼,就像灯塔。尽管我知道我不该去想,我依然想知道他们现在在做什么。他们在密谋之后该如何应对?他们穿好衣服了吗?我无法把那个画面从脑海里删除:他小麦色的皮肤衬托着她的苍白,像一对交颈的鸳鸯。我喝了一大口香槟,任它滑过喉咙,一路灼热。我专注于这份痛苦,可我不确定世界上所有的威士忌加起来能不能帮我忘记他们俩在一起的画面。诡异的是,那可怕的一幕非常唯美。

唯一能让我稍感安慰的是,知道朱利安一想到我要把他干的龌龊事公之于众他就会感到恐惧。他会想:"我再去劝劝她,再过一个小时左右我就行动,等她冷静下来。"但他想挽救,可太迟了。我会藏起来，等开往伦敦的第一班火车。我想到朱利安回到木屋，发现里面空无一人，于是坐立难安。我的那张字条就放在他的床边，像情人的信件："你没什么好说的。我一开始就不该为你保守秘密。"

希瑟

道格把莱恩从我身上拖开,仿佛他是一袋沙子,任他躺在那里像动物一样呻吟。然后他在我面前蹲下来,双手抓住我的肩膀。

"你还好吗?他对你做了什么?天哪,希瑟——"他脸上的表情,那种关切担心的神色溢于言表。还有他的手捧着我的肩膀的感觉——现在托着我的下巴,他的指尖布满老茧,动作轻柔地拂去我散落在额前的头发,小心翼翼地判断我的伤势。要不是亲身经历,我不会知道一个如此高大的男人会这么温柔。

"我没事,"我说,"没——他没有伤害我。"

"他有。"他把手从我脑袋一侧移开,给我看他那沾满鲜血的手掌。"该死——"

他站起来,抬起一只脚,好像要踢莱恩,莱恩躺在地上呜咽,他的手按着肩膀,血从羽绒服里渗出来,形成一片深棕色的血污。

"别,道格。"

"为什么?看看他是怎么对你的,希瑟。我不会饶了他。"

"但他也许知道点什么——我们必须弄清楚。"

他让步了。"好吧。"他看起来并不信服,但他的脚总算放下了。

在我的坚持下,道格撕开他身上 T 恤的布料,做了一块敷料。他把它压在莱恩羽绒服里的肩膀处,用于止血。莱恩目光无神地看着他,没有抗拒。他的皮肤发灰,身体蜷缩着;我觉得他可能失血过多了。道格的一只脚踩在他的腹股沟上方,以防他试图逃跑……虽然他似乎力不从心。

"哦,该死。"看着浸透羽绒服的血迹,他咒骂了一句。

"你没事,"道格若无其事地说,"只是击中了肩膀。我见过伤得更严重的情形。当然,会疼得要命,可你活该,不是吗,哥们儿?"

"你为什么要杀她?"我问莱恩。

"什么?"他皱起眉头,因为疼痛又龇牙咧嘴起来。

"那位客人。你是不是因为她看到了什么,所以把她推到水沟下了。因为她发现了你干的勾当?"

"我没有杀她。"他呻吟道。

"我不相信你说的。"我说。

"我从来没有杀害过任何人。"他说。每说一个字都喘着粗气,就像一口气跑上山一样。我希望道格对他伤势没那么严重的判断是正确的。"我这辈子是做过一些坏事,但从没杀过人。"

尽管我有疑虑,但还是倾向于相信他。他嘴里吐出"杀过"两个字时,似乎是真的厌恶——似乎那真是他眼里的出格行为。当然,他也可能只是演戏。到目前为止,他装无辜,装得实在太像了。

"我没有杀那个女人。为什么要杀她?"

"如果她看到了什么,"我说,"就像我一样——你准备动手杀了我。你要对我开枪。"

"不,"他说,"不——我没有。我都不知道怎么用那东西。"

他指着地板上的来复枪。道格在手里掂着自己那把来复枪，警告他不要轻举妄动。仿佛在说，你不会我会。我知道怎么用。莱恩看到这个架势，没敢吭声。

"可你是从储藏室里拿的，"我说，"所以你一定是觉得自己用得上。"

他似乎是真的不知所措。"没有，"他虚弱地说，"不，我没有。"

"你什么意思，你没有？你用它指着我的脑袋已经有一个小时了。"

"是的，"他看着我，好像我疯了似的，"这就是你来这儿拿的那把枪啊。我用它指着你是为了让你哪儿也别去。"

"这说不通。在我拿走那支枪之前，已经有一支枪不见了。"

"我什么都不知道。"他说。他只要稍微动一下，就疼得表情抽搐，满头大汗。"你看，我才是看见了不该看的那个，所以我才把藏在水泵房的那些东西搬到了这里。

"你这话什么意思？你看到了什么？"

"我看到她被杀。那个女孩。可我转念一想，该死，警察明天早上就会来调查这件事。他们会搜遍整个猎场。他们会发现一切。我们把它藏在水泵房里，因为我们知道没人会进去。但如果警察要来，我必须把这些东西搬到离木屋更远的地方，在他们抵达前把东西搬走。但我没意识到会下雪。他们进不来，可我们也出不去。火车——"他停了下来，好像这次意识到自己交代得太多了。他口中的"我们"吸引了我的注意，可没时间深究。

"你们一直是利用火车。"我说话时，道格同时开口问道："她是怎么死的？那个女人。你说你看见了。她是怎么死的？我猜你想说她是不慎坠落？"

"不是，"他摇摇头，"当然不是。她是被人谋杀的。我都看见了。我当时在场，在水泵房里。凌晨四点左右，我打算转移那批货，我刚刚和你说了。她杀了她。"

"她？"我疑惑道，"她杀了她？我没听错吧？"

"没有。另一个女人。其中一位客人。我想，她们是在争吵——我听不确切到底是为了什么。但我确实听到她说'你从来就不是我真正的朋友。朋友之间不会那么对待彼此。'然后我想：哦，典型的女人拌嘴，为了一些风流韵事之类的。我不方便行动，但没关系。我想，我暂且回避，避避风头，等她们离开这里再行动。但后来我看到那个女人掐住她的脖子，就像她想掐断那些话。然后冲着她的胸口推了她一把，正中胸口。她眼睁睁地看着她掉了下去。冷血无情。"

我看着道格。"哦，天哪！"

跨年夜
米兰达

我的视线离开窗口。梳妆台收拾得整整齐齐：一把梳子，一个小木盒，几支口红。其中一支是香奈尔的。我把它倒过来，看上面贴的小标签：海盗红——和我涂的色号一样。我以为我昨晚认出了她的口红色号，但其实很难分辨，每个人上唇的颜色都不一样。

"我有这支，"我对艾玛说，"这是我最喜欢的一支口红。"事实上，我还需要再买几支。我旧的那支不知道丢到哪里去了，也许在哪只手提包的内衬里。

"哦，是啊，"艾玛说，"我很喜欢。"

我把它打开，对着镜子用心把它涂在嘴唇上，深红色的完美唇妆，油蜡状的质地。我曾经在什么地方读到过，经济不景气时，口红的销量会上升。我朝镜子里的自己噘嘴。"战争颜料"这个词从来没有这么形象过。我的脸色苍白，眼窝凹陷，但口红是浓墨重彩的一笔。它给了脸部分辨率，赋予了它语境，就像一处标点符号。我试着微笑，但很快就停下了。我看起来像是疯了，就像希斯·莱杰演的小丑。

"你涂口红真好看，"朱利安有一次对我说，"别的女人涂口红总是显得太刻意。可你，那句话怎么说来着，它在你身上浑然天成。"

我从抽纸盒里抽出一张纸巾，把口红擦干净。我的嘴唇现在就像擦伤了一样，鲜红一片。

"你看这样好吗，"艾玛现在说，"我们去别墅那里吧，那里更舒适。马克虽然在客厅里昏睡过去了，但还是……"

"哦，"我说，"不用了，谢谢。"我不想再见到任何人。我要赶早上的第一班火车，就这样决定了。若非必要，我想，我再也不想见到朱利安和凯蒂两个人了。"

"出什么事了？"

"我刚刚发现了一件很可怕的事。"我想过自己要摆出三十年代的电影明星那样酷酷的派头转述这件事。但令我恐惧的是，我意识到眼泪快决堤了。我能感觉到它们在我体内涌起，就像一股不可阻挡的浪潮。我已经很久没有哭过了，上一次哭还是我拿到三等学位；而我对面的凯蒂打开她的信封，亮出了醒目耀眼的一等。即便那时，也是在我的卧室里，所以没有人看见。那其中的羞耻和愤怒与失败一样强烈。我握紧拳头，指甲抠进手掌柔软的肉里。"朱利安和凯蒂一直睡在一起。"

我还是不能让自己说出外遇那个词。现在还不能。那听起来是那么亲密，那么肮脏。

"哦，我的天。"她用一只手捂住嘴。但她并没有看我的眼睛。她的全部反应都像是假的。"你知道？"

"昨天晚上才知道的，我发誓，米兰达。马克告诉我的。"

马克，我想起——他曾提醒过我朱利安的小秘密。原来如此，他就是想告诉我这个。难怪当我告诉他我没兴趣听时，他的表情那么困惑。

"你知道，我不想直接告诉你，"她说，"我是想给凯蒂或朱利安一个机会亲口告诉你。我不想自以为是，觉得自己有任何权利这么做。"她举起一瓶单一麦芽威士忌，"你想再来一杯威士忌吗？"她笑着说，"你知道的，能让你好受点。"

"好的，麻烦了。"我把杯子递给她。

她转身去忙着找"解药"，往杯子里倒冰块。主要是为了打发时间，我拿起梳妆台上的那个小盒子。这是一个漂亮的彩绘盒子：中式鲁班盒。我奶奶以前有一个。我把它头朝下倒过来。我想，和她这款是一样的机关。我以前经常玩——她告诉我诀窍，也就是打开它的办法后，我就着迷了。我还记得怎么打开它吗？我不确定。我试探性地推了推底板，没有动静。我把它转过来，在另一边做同样的操作。木板动了。我感到一种纯粹的满足感。我意识到至少有三十秒，我没有想到那两个人。下一步是什么？哦，对了，短的那个面板。我移动手指，推一下，再转一下。快了，我只需要找到控制杆，把它拔出来。如果是一样的机制，盒子就会弹开。啊哈！成功了。

"嗷，"艾玛发出奇怪的声音，她转向我，拿着两杯威士忌，"哦，别——别打开！"

说时迟那时快。盒子弹开了，里面的东西"哗啦"一声掉在地上。小小的盒子里竟然装了这么多东西，真是太神奇了。

我听到玻璃摔碎的声音，抬头一看，眼前的景象让我摸不着头脑。艾玛手里的两杯威士忌都掉了。地板上散落着玻璃碎片，液体飞溅在我们脚下。

"哦，糟了，"我说，"我真是个白痴。"

但她似乎没听见。她似乎都没有注意到威士忌洒了。相反，她蹲在地上，在玻璃碴中摸索着掉落的那些物件，用她的身体半遮半掩。

"小心，"我说，"你——"然后那些话就没了踪影。

她不想让我看到。但我还是看见了。有几件东西我认得。一只耳环，是我大约十年前在夏日舞会上丢的，那天晚上我终于答应和朱利安在一起。所以我才记得。我记得他伸手去拽我的耳垂。"这是新造型吗？只戴一只耳环？只有你别出心裁。"现在想想，那像是发生在别人身上的事。

一个吊坠。这是凯蒂送给我的二十一岁生日礼物。这突然戳中了我，因为那是我心心念念想从蒂芙尼店里买的东西，她发现了，而且一定花了她不少钱。

还有那支派克钢笔。我觉得我没认出来。哦，不，等等，我想起来了。上大学的头几个星期，我把它弄丢了。我总是丢三落四，但我确信那天早上它还在我的包里，到了下午就不见了。我花了几个小时回溯我的足迹，但一无所获。我想一定是有人捡到了。呃，是有人。

还有我的打火机，那个带家族徽章的，前天晚上才丢的。

一阵沉默，气氛有些紧张。

"艾玛，"我说，"你怎么会有这些东西？它们都是我的东西。为什么在这里？"我想起那些保存在我的储藏室里的便条，那些零星归还的物件。但这些除外——这些显然被当成了心头爱。

"我不知道，"艾玛说，没有抬头看我，"我不知道这些东西为什么会在这里。我不知道盒子里装的是什么——一定是马克干的。是他的东西。"

且不说我一刻也想象不出马克会拥有这样的东西。光凭我看到她把东西搂在胸前的样子：钢笔、耳环、项链。我回想刚才她脸上的表情——那彻彻底底的恐惧，就在她看到我在玩盒子时，就在我打开它之前。她大声制止。还有掉在地上的威士忌酒杯。

我也回想起那天晚上的事。

"曼达,"她说,"这太愚蠢了。听我解释。"

"不用了,艾玛。我认为你做不到。"

因为我也刚刚想明白了她那天晚上说的话到底为什么让我如此不安——她说起那次聚会,我被困在厕所里的那个派对。她声称那是在伦敦时发生的,她当时在场,或者肯定是其他人告诉她的。但他们都不可能告诉她,因为他们都不在那次聚会上。那根本不是在伦敦时候的事,是在牛津发生的。在凯蒂上大学之前,她是一年后入学的。那时我还不认识朱利安和马克。

那是新生入学的第一周。我记得很清楚。这就是为什么我会感觉那么尴尬——我需要给每个人留下一个好印象——这也是我从来没有告诉过其他人的原因。现在我知道真相是什么了。不知怎么,艾玛当时也在牛津,在那次聚会上。除此之外,没有其他解释。

我从口袋里掏出手机。

"你在干什么?"她停下来,不再在地上的一片狼藉中摸索,她抬起头问我。

"找证据。"

刹那间,她脸上闪过一种表情,一种激动而急切的表情。我以为她马上就要扑上来撞飞我的手机。然后,她似乎控制住了自己。

"什么证据?"她问道。她也许是在强装镇定,但她的声音很奇怪——嗓门大,嗓音还尖。

我没有回答。有那么一会儿,我几乎要感谢朱利安坚持要打开旅馆的无线网。尽管如此,我还是过了一会儿才打开脸书。而在这段时间里,我看得出艾玛跃跃欲试地想要扑上来抢我的手机了。终于，当它加载成功后，我点击了"你的照片"。我浏览着这些照片，在不停滑动搜寻的过程里，我不敢相信我竟然拍了这么多照片，有好多还挺触目惊心的。在这一切之后，当我重新开始的时候，我要删掉那些黑历史。当我的手指在滑动时，我的脸变得越来越年轻——我的脸颊变得更圆润，我的眼睛似乎更大了。我真不敢相信我发生了这么大的变化，我之前完全没有意识到。我们所有人都发生了这么大的变化。我看到了朱利安，那个让我倾心的英俊男孩，而这个男孩就是刚刚毁掉我的生活的那个男人。但我没时间细想。我在找别的东西。我浏览了好几百张照片，有一半都没显示出来。没关系，要在这之前。终于，胜利在望。时间回到了大一新生周，充斥着陌生人的一周。我忙着在他们中间挑选可能成为朋友的人。每一张脸都是陌生的，所以要记住特定的任何一张脸都是困难的。这就是她没有被我认出来的原因。我突然确定我要找的是哪张照片了。对，就是这张——一张记录那次聚会的照片，我现在确定了，那就是我困在厕所里的那次。照片里人头攒动，都是快成年的孩子。像素很差，但勉强还能分辨。因为他们中间有一张脸正盯着我，如果不是艾玛给我提示，我是不会注意到的。灰褐色的头发，圆圆的脸颊，五官不太分明，哈利·波特式的眼镜遮住了她的眼睛。模样更加年轻，装扮更加老土。我抬起头，把她和我面前的这个女人做比较。尽管变化很大，是她，毫无疑问是她。

"不是马克干的，"我说，"是你，艾玛。你拿走了这些东西。"可是我不知道她是怎么做到的。但有一点是清楚的。"我的打火机，"看到它在她的指尖闪闪发光，我忍不住喊道，"把我的打火机给我，艾玛。"

她把它递给我，一声不吭。现在她正专注地看着我，像是要读懂我的心思，判断我接下来要做什么。

我转念一想，这一刻要保持冷静。用这个打火机点一根烟，然后坐下来，请她解释这一切。艾玛，马克软弱的小女友，我认识才三年的人，是怎么成了我的跟踪狂的。但我不能。一晚上的两个重大发现让我应接不暇。我突然觉得，我自以为了解的一切都轰然崩塌了。

艾玛

这么说吧。米兰达和我确实是老相识了。不过，没有米兰达和凯蒂——她那"最好的"朋友相识早，但肯定比朱利安和马克要早。为了解释这一切，我得把你们带回到十多年前。

牛津面试，秋天。我对成绩面试游刃有余，完全没有顾虑。我知道令父母忐忑的是"个人面试"。我知道，这对很多人来说容易通过，是一张免费入场券。但我的情况就有些不容乐观了。如果他们以某种方式取得了我的记录，知道了我在上一所学校惹的麻烦怎么办？这种情况的应对方法，我也事先受过训练。那是一个可怕的误会，你们知道的，青春期女孩的那些事，诸如此类。没有提到精神科医生（她声称，他们没有权利问这个问题）或是他的诊断。

问题的本质在于，他们会不会透过我优秀的成绩表象，看穿真正的我（不管是什么样）？而这有问题吗？因为，事实上，如果没有某种你可以说是强迫症的品质，你是不可能在高考时拿到七个A的。我的学业成绩从正面印证了这一点；而与那个蠢女孩有关的那件事，就是反面案例。

当可怕的面试终于来临，我侥幸逃脱了。当然，我被问到"爱好"。我回答说——打网球、看法国新浪潮时期的电影（都是从对各种电影导演的采访中借鉴学习、死记硬背的）、烹饪——

我不知道如果我告诉他们我真正的爱好，他们会怎么看。它们就不会是这么随大流的回答。它们都各自展现了令人钦佩的技能：观察能力、细致研究的能力、收集能力。唯一的问题是，我喜欢收集的东西很不寻常：我喜欢收集个性。

事情是这样的：我从没觉得自己是个真正的人。不是严格意义上的，像其他人感觉的那样。从很小的时候起，我就发现自己在某些方面非常擅长——尤其是学习，上学。可是一台机器也可以学习。我似乎缺少的是自己的个性，我缺乏自我意识，但是没关系，你没有的东西可以借，也可以偷。所以我总是在寻找特别丰富多彩的个性，就像寄生虫寻找寄主一样。第一所学校那个女孩告诉她的父母，我从学校尾随她回家，有时坐在她窗户对面的树屋里盯着她看。结局很不幸。这太不公平了。我只是在做作业，就像其他孩子一样。我可以在从学校发车的短途巴士上完成所有家庭作业。对我来说，真正难的是学习她的习惯，学习她一个人的时候的样子，她卧室的布置，她听的音乐。然后回到家里，我会模仿她们的品位和习惯：买同样的唱片，同样的衣服。在和女校长见过面后，我被转到了另一所学校，后来，在第二所学校，再次发生了同样的事。"哦，"我在面试中天真烂漫地说，"我父亲的工作时常变动，所以我们会跟着他搬来搬去。"她听罢，一脸狐疑，但正如我猜想的那样，我的学业成绩足以打消其他任何顾虑。

我是在大学的本科生公共休息室遇见她的。她从内而外地光彩照人，充满自信。她和一些男生喝了杯啤酒，又和他们打了场台球，似乎就感觉索然无味了——也许是因为他们爱慕的目光里透着谄媚。然后,她的目光不可思议地落在了我身上。

"你好啊,"她走过来,在我桌子对面的空座位上坐下,"你面试怎么样?"

"哎呀。"我惊呆了,一时间语塞。看着她就像直视太阳一样。不仅仅是因为她长得漂亮。她就是她——复杂、矛盾、层次丰富,正如我后来了解到的那样,她绝对是独一无二、志得意满的她自己。

"我有同样的感觉。"她说,"我的意思是,我觉得面试互动很顺利,"——当然还是那种绝妙的傲慢——"但我对成绩面试就没底了,显然它是最重要的。他们问了我一些多恩《神圣十四行诗》中有关隐喻的可怕问题。我完全愣住了,我觉得没给他们留下什么好印象,但我即兴发挥了。这种事时有发生,对吧?"

我点了点头,尽管我对这个问题的答案并不是很确定。这个问题其实并不重要。因为我绝对不可能不同意她的观点。

"你瞧,"她说,"我真的需要喝一杯。我不能再喝啤酒了,我想喝点烈的。你想喝一杯吗?"

我点了点头,仍然沉浸在惊喜中,有点飘飘然。早上我们还有一场成绩面试,但现在看来那完全不重要。

她给我们带来了两杯金宾威士忌和可乐,在当时,我似乎从来没见过这种市面:甜甜的苏打水之下是波本威士忌那若有似无的温暖黏稠口感。她用一根吸管喝着她的那杯,不知怎么看起来还很酷。

我等着她真正看到我,或者更确切地说,看到"我"的缺失,缺失的那部分,内里的空洞。

她会惊骇,会厌恶——她会意识到自己的错误,然后转而投向更合她意的年轻人。但这从未发生过。当时我没有理解的是,米兰达曾经是那种要花很多精力去应对千奇百怪自我的人，以至于她没有太多的时间看见其他人，注意到任何矛盾或缺陷之处。与我刚好合拍。而且，米兰达喜欢挑战。她不喜欢去做意料之中的事。她的品位兼收并蓄，是一个特立独行的收集者。最重要的是，我们有这么多共同点。

她似乎不在乎我说了什么或者说没说话。我坐在那里，感到眼花缭乱。她很高兴有一面镜子，一个回声板。

她让其他人，之前的那些，那些让我心痛和羞愧的源头，看起来像是纸片人。终于，我找到一个可以模仿的对象，一个像样的研究对象，值得我投入所有的资源和关注。或者说，就像其他人，正常人可能会说的那样：这是一个可以成为朋友的人。

我们去了一个酒吧跳舞，那地方是她从一个本来负责监督我们的三年级学生那里听来的，但他整个晚上大部分时间都在跟她搭讪。我们一进酒吧，她就"好像"翻了个白眼，甩掉了他，牵起了我的手。我们在一个有点复古的五彩斑斓的舞池里跳舞，地上有洒出来的饮料，黏糊糊的。我没有察觉自己的肥胖、古怪，在短暂却快乐的片刻忘记自己内心的缺失，因为我借了她的光芒。我就像月亮之于她这个太阳，这是命中注定的。

当我被牛津大学录取时，我以为再也见不到她了。太完美了，我不习惯事事如我所愿。况且，尽管她很聪明，但我不确定她是否聪明到被牛津录取。当我在报到处看见她，我就决定把她当作我未来最好的朋友。而且远不止这些。她是我的灵感，我活生生的情绪版[①]，我可以从中汲取构建自己人格的源泉。

我排在队伍里，等她注意到我。这个时刻当然会到来，我必

[①] 情绪版，通过一系列图像、文字和样品的拼贴来展现设计师对一个项目的情绪，帮助其把握设计主题，明晰设计方向。

须要有耐心。她不可能注意不到我,因为她折返必定要路过排队的学生。我们有过那种火花,初见就引为知己的默契。我都可以想象到那一幕。她懒洋洋地路过队伍。队伍里都是些青涩生疏、局促笨拙的新生;而她却像是在这里待了好多年,仿佛拥有这个地方。她的头发闪着金光,装书的皮包没有丝毫磨损。她的丝巾几乎拖到地上,让人目眩神迷。当她看到我时,她会停下来再看一眼。"是你!谢天谢地,我还没遇到其他想聊聊的人。想去喝杯咖啡吗?"

队列中的其他人眼里那个胖胖的、戴眼镜的躯壳,会突然摇身一变,成为一个值得女神关注的人物。我等待着这一刻,就像一个牧师在虔诚地等待神迹的降临,心痒难耐,满怀期待。她转过身来,朝我走来——不经意地抓住丝巾,甩过右肩。我还在等着,现在几乎激动得浑身发抖了。有那么一会儿,我是那样不知所措,我居然闭上了眼睛。一个漫长的眨眼过后,当我睁开眼时,她已经不见了。我转过身,难以置信。她从我身边径直走了过去,脚步都没停,更别说打招呼了。

我看见她转过身来和她身后的女孩说话:一个黑头发,瘦削的,土里土气的女孩。她的衣服明显不时髦,和米兰达时髦的装扮形成鲜明的对比。我这才明白过来,她已经有了一个研究对象,一个无可救药的对象。这个女孩,不管她是谁,已经取代了我。我从见到她的第一眼起就讨厌她。

但我还有希望。我会等她注意到我。我去了本科生公共休息室,和她坐在同一张桌子旁,在酒吧里看她喝金宾威士忌兑可乐。等她走过来道歉,说她一直没打招呼是因为太忙了,问我想不想喝一杯,想不想像去年一样再去一次那个俱乐部,因为那可能是她人生中最美好的夜晚(就像我认为的一样)。可这一切从没发生过。

我坐在离她足够近的地方，这样我就能听到她谈论的所有事。我有次听见她说她讨厌食堂里的饭，但自己又不会做饭，所以觉得自己无法摆脱这里了。当然，也就是从那时起我开始学做饭。我常常在她路过的走廊的厨房里花上几个小时精心烹制，就像你在牛津的餐厅里能见到的美味佳肴一样。我会等她经过，在门外逗留，然后说，"天哪，太香了。"然后我会给她盛一些——当然这都是为了她——我们会坐下来一起吃，我们会成为最好的朋友。而我也可以再次向她借一点光。但这也从未发生过。有几次她确实路过了，却不是忙着发短信，就是和她那个差劲的朋友聊天，后来又忙着和她一样差劲的男友聊天。凯蒂和朱利安，他们倒是般配。可他们都配不上她。

我想起了那个悲伤孤独的女孩。以前上课时我总是坐在她后面，和她隔着六个座位，我还记得她走进教室的第一天。因为有别的同学在，我不知道自己更深的渴望：是成为她，还是只是接近她。但我立刻明白过来，这两种情况都不可能发生。她有朋友，她们和我完全不一样。她们都没有她漂亮，但她们都有酷酷的外表。她们会排斥我融入，把我当成一个异类。

我开始意识到，我对她的生活没有丝毫影响；而自从那次面试之后，我过去的几个月一心都扑在她身上。所以我开始跟着她，她去哪儿我就去哪儿。她会说这是"跟踪"，确实如此。我只是把它当作近距离观察。当这不能满足我时，我开始拿走她的东西。有时是我怀疑有情感价值的东西。有时是那些我知道意义重大的东西——比如她抄袭的那篇文章，或者她顺手牵羊的那副耳环。那副耳环我戴了一个星期，那些彩色的小鹦鹉。它们挂在我的耳朵上，让我感觉更像她了一点，少像自己一点，仿佛它们蕴含着她的魅力和个性精髓。事实上，我竟冲咖啡店的咖啡师微笑了，还晚交了一天论文，坐在伊希斯河边沐浴着阳光把腿晒成小麦色。我等她留意到它们，然后质问我。可她从来没有。有一次在路上，有那么一刻，我看见她看见了那副耳环，突然停了下来。因为惊讶，口型呈现小小的O。可接着，她却摇摇头，仿佛是因为什么在责备自己，接着就继续走路了。可是，我知道，她只是看到了那副耳环。她甚至都没有看见我这个人。

然后我意识到，我可以逼她留意。我可以把东西寄回去。我可以让她知道，那不只是她在胡思乱想，她也并没有突然变得更加笨拙健忘。不过，有些东西，最特别的那些，我都没寄回去。它们是我的护身符，就像宗教的圣物。当我带着它们到处走时，我觉得少像自己了一些，多像她了一点。我就像一个守护天使。

她太粗心了。也许是因为她有那么多好东西，它们对她来说并没有那么重要。一件羊绒开衫随手扔在舞池边，把包放在咖啡馆的桌上就去上厕所，发带从包里露出半截，还有在舞会上脱下的带跟凉鞋，喝醉了就不记得放在了哪里。我是她的白马公主。我会在退回每一件物品时附上一张经过深思熟虑的便条。我想象着，当她知道暗地里有人在爱慕她时，会感到一阵战栗。这总比一开始就没有丢东西要好。

我开始打扮得越来越像她了。我节食，把头发拉直，染了颜色。有时候，如果我在商店橱窗匆匆瞥见自己的影子，就好像里面的那个人是她而不是我。我拿到了二等学位，而不是我的导师们预测的一等，但我不介意。我在学习上取得了高分，还成了她。

我跟着她去了伦敦。我知道他们喜欢去哪里喝酒——她和她的朋友们，知道他们喜欢去哪里玩。说来讽刺，是高街上那个破旧的酒吧，然后再转场去克拉珀姆高街上那个更寒酸的"炼狱"。也就是那时，马克走上前来搭讪，我当时正在吧台喝柠檬水，我当然知道他是冲我来的。一开始我惊呆了，我以为他是来质问我的，问我为什么会在那里。可接着他却说"我能请你喝一杯吗？"一个充满可能性的新世界的大门向我打开了。我突然意识到，在他眼里我不是古怪的埃米琳·帕吉特，而是他在俱乐部认识的一个性感女人，穿着米兰达式的皮裙和丝绸衬衫。所以当他问我的名字时，我说我叫"艾玛"。我最喜欢的简·奥斯汀笔下的女主人公，在米兰达身上总能看到她的影子。神奇的事情发生了。用艾玛这个身份，我变成了另一个人。不是我自己，做自己是不可能和他们任何一个人交谈的。我成功地暂时变作另一个全然不同的人：这是一种表演，是我在学校舞台上演出时那种熟悉而美妙的错位感。这将是我摆脱自己的一次永久假期。艾玛有能力、有个性、性感、聪明，但不会聪明过头，让人害怕。她将是一个社会生物，是一个没有深度、没有阴暗面的人。她和我完全不同。

我也理所当然地走近她。甚至会被她称为朋友。

那张该死的照片。我想过很多次了。我当然知道它的存在，我对她的脸书账号上的内容了如指掌。但那不是我的照片，我甚至不知道是谁拍的——所以我对此也无能为力。我原本可以去找他，让他把它删掉，可米兰达认识他，那样一来只会引起别人的注意……情况可能比留着它更糟糕。我没有被标记什么的，当然了，没人知道我的名字。而且我现在的样子有了很大不同。你必须得很努力地辨认，并且清楚地知道你要找的是什么。怎么会有人去翻几千张老照片，研究一张七年前的照片。我以为自己已经安全了。一直以来都平安无事。

"是你，"她说，"我一直很擅长看脸。"她摇了摇头，好像在试图理清思绪，"这一切都说得通了。哇，你变样了。你减了肥，还染了头发。但这个人绝对是你。"

"不是，"我说，"你弄错了。不可能是我。我在布里斯托尔。"我一直为自己的表情管理和演技感到自豪，但突然之间，我说的每句话听起来都是假的，就像谎言一样。而且我刚才不应该说我做了什么，我应该说我不知道她在说什么。我否认了她的指控，而不是仅仅表现出困惑，这无异于证实她说得没错。

我现在明白了说服她是不可能的。"哦，"我说，"也许是我周末去逛了逛。当然，我有朋友在牛津。"

可一切都太迟了。就像希腊的唱诗班在唱配乐：谎言，谎言，谎言。

不管怎样，这似乎都不重要。她好像根本没听见我说什么；相反，她说，"我现在全都明白了。那个跟踪狂几乎就是在你和马克在一起后消停的。我一度以为是他干的——最近我又这么以为。他一直对我有点意思，不过我相信你是知道的。现在，我明白了。你知道我过去一直对你感到抱歉吗？"她说，"我以为马克只是在利用你，因为你和我略有相似。凯蒂是这么说的，显然有相像之处，但我自己从来没有留意。但事实正好相反，不是吗？"

"我只想和你做朋友。"说谎没有意义。她现在全知道了。还不如坦白。

希瑟

"她长什么样?"我问莱恩,"你肯定是个女人?"

莱恩痛苦地紧闭双眼,脸色十分苍白。我希望只是伤口疼,而不是因为失血过多。我显然不是他的头号拥趸,但我希望他不要死在我们面前。

我敢肯定是那个黑头发的女人,我第一天见到他们时,那个女人就一副愁云惨淡的模样。走廊里的那个女人也是她,这一下就说得通了。

"莱恩,她长什么样?"

"就是个女人,"他说,"是两个女人。"

"你看到的一定不止这些,"我说,"她的头发是什么颜色的?那个凶手?"

"不知道,"他说,接着又呻吟了一声。我反应过来,似乎是道格加大了脚上的力道。"……我想是浅色的,也许是金发。不确定,很难看清楚。"

"你确定吗,莱恩?"

"不……对……我不知道。"

"她不是黑头发?"

"不。不是黑的。"至少,他似乎是确定的。另外两位客人萨米拉和凯蒂明显是黑头发。他也许说不出那个女人头发确切的颜色，但她们俩的发色都不能用"浅"来形容。

接着，我又想到了另一件事。"莱恩，你说你没有拿走那把来复枪，是实话吗？"

"我为什么要撒谎？"他呻吟道，"现在你都知道了。我为什么要撒谎？"

他说得有道理。但我不希望他说的是实话。因为，如果是的话，她手上有枪。我们犯了一个可怕的错误。

米兰达

我好不容易挤出木屋。我能听到身后台阶上传来艾玛的脚步声。"米兰达,"她说,"请你——请你听我说。我从没想过要惹你生气。"

我没有回答。我不能看着她,也不能跟她说话。我不知道要去哪儿。不要去别墅,不能回木屋。相反,我发现自己正朝着湖边那条小路跑去。我有个模糊的想法,就是去火车站等火车。希瑟说他们什么时候发车来着?早上六点。那应该不远了。我意识到我还没醒酒,比我以为的还要醉,这个计划可能有很多问题,但我迷迷糊糊的,实在想不清楚。等到了那儿再去解决。现在,我只想离开。

我钻进树林。里面更黑,但月光透过树枝,像闪光灯照在我身上,忽明忽暗。"到车站还有很长的路要走。"大脑深处的一个清醒的声音小声说。我甩开它。感觉我可以一直这样跑下去。当你喝醉的时候就不会感到疼痛。

唯一的障碍是瀑布上的那座桥——我看到它在我面前若隐若现。我得小心点儿。

然后,突然间,一个黑影出现在前面的小路上——是个男人。他戴着兜帽,几乎和夜幕融为一体。就像死神一样,只有眼睛里反射着皎洁的月光。然后他手忙脚乱地爬上小路上方的山坡，钻进树林，消失在那里的一座隐蔽小房子里。

我在桥边踟蹰。他会冲出来攻击我吗？他不喜欢被人看见，这点我很清楚。我突然觉得比之前要清醒许多。这是恐惧造成的。

"曼达"。

我转过身。哦，天哪！艾玛正要转弯。我的犹豫给了她追上我的时间。

"曼达，"她气喘吁吁地说，朝我走来，"我只是想和你成为朋友。这有那么可怕吗？"

艾玛

"你从来都不是我的朋友。"她说。

"别这么说。"

"因为你和马克的关系，你才成为我的朋友。我绝不会挑你做我的朋友。我一直觉得你还行，但说实话，有点无聊。我一直觉得你缺乏深度，而且你太刻意讨好了。现在全都说得通了。"

我的胸腔疼得厉害，就像她徒手伸进去用力挤压一样，"你不是这个意思。"我说。

"不是？"她说。"不——我就是这个意思。"她居然在笑。她美丽的脸庞显得那么残忍。"我更喜欢这个版本的你，更加有趣，即使你是个该死的变态。"

"别那么叫我。"

"什么？"她现在的态度就像校园混混，"该死的变态？"

"我不是变态。"深藏的记忆浮现，那间阴暗的教室，年级中最受欢迎的女孩看起来就像她一样。——没错，我现在看清楚了。我以前没发现。那两张脸：记忆中的那一张和我面前的这一张，似乎重叠在一起。我想起我当时做了什么。我推了她一把，那个女孩，我用力朝她胸口推了一把，她倒在了沙坑里。

"天哪，"她说，"我们说自己是核心圈子。最好的朋友——当其他的朋友都离你远去时，那些还留在你身边的人。他们是明智的人。他们明白把我们团结在一起的唯一纽带是不堪一击的过去。好了，我要上火车了，开始新的生活，我再也不用见到你们这些人了。尤其是你。"

"别这么说，曼达。"

"别那样叫我。你没权利这么叫我。拜托你能从桥上下去吗？我想它不是为我们两个准备的。"

我没有动。"你不是这个意思吧，曼达。我一直想要的就是靠近你，成为你生活的一部分。"

她伸出双手，好像要挡开我的话。"离我远点儿，你这个死变态。"

又是这个词。就是那一瞬间，我下意识地伸出双手，掐住她的脖子。她比我高，也许比我还强壮，因为她经常做有氧拳击和普拉提。但我出其不意占了先机。我没有预谋，只是想阻止她说下去，别再用那些我知道她是言不由衷的可怕字眼。我只想和她亲近，做她的朋友。我对她太失望了。她怎么能把那些小礼物——那些字斟句酌的便条——看成是精神病人的作品呢？

她就像是那些人，很久以前给我诊断的那些成年人。我其实是反社会人格，不是精神病，是一种人格障碍。这是我所谓病情的"官方"说法。

但我知道它真正的定义。这所有努力背后的感受。所有那些小偷小摸和归还的举动，所有那些追随她的辛苦，还有费尽心机让马克喜欢上我，融入这伙人。

爱。就是这样。

我不知道是什么时候我才意识到她没再发出声音。她在我的臂弯里变得出奇地沉重无力，身子伏在我身上，让我承受着她的全部重量。我带着一种不假思索的恐惧，使出九牛二虎之力才把她从我身边推开。就像我曾经在第一所学校推倒那个女孩一样——那个嘲笑我模仿她的穿着,跟着她回家的女孩。没有实质性的伤害,只是肘部骨折。然而,这足以让那位校长把我的父母叫到办公室,足以在她还没来得及说出"开除"这个词之前,他们开口说我要退学。"不要声张,对大家的名誉都有好处。"

只是那次我们是站在坚实的地面上,所以她只是撞在了几英尺下的路面。

我发誓我忘记了。我忘了我们正站在桥边,距离结冰的瀑布大约十五米的高处。还有岩石。我没有意识到我们站得离边缘这么近。当她倒下时,她的头向后仰着,她的四肢像布娃娃的一样松弛——简直滑稽可笑,像风车一样旋转着——然后她就消失了。长时间的安静。

"曼达?"我温柔地唤她,但我想我已经知道她是不可能回答的,"曼达?"

只有沉默。

我再去看,她已经躺在那里,就像是睡着了。只是她的腿弯曲的角度很滑稽,是张开的——而她却是如此优雅,我的米兰达。她的脑袋撞到岩石的地方绽开了红色花朵——像是星爆,一颗红色的超新星——还有其他物质,颜色更浅,还沾着血,我不愿去想。

我环顾四周。有人看见吗?这片土地人迹罕至。哪里都不会有人。我孤身一人。我不喜欢那座坐落在瀑布上方的小房子。里面当然没有人,只是它的外观让我害怕。那黑黢黢的窗户就像两只空洞的眼睛。

雪继续下着,就像幕布落下,或是白色的裹尸布——盖上了瀑布下方那破碎的美丽躯体。它覆盖并填满了我的足迹,仿佛它们从未存在过。

我开始哭泣。为了她，为了我自己，也为了我失去的一切。

希瑟

"道格,"我说,"我现在得回别墅了。你留在这儿,确保他平安无事。"

"不可能,"他说,"我不会让你急着再次去赴险。我们一起去。"

他的措辞暂时拖住了我。赴险。这个词让我忽然冒出一个想法,一个一直在思绪边缘徘徊的想法。因为,当我决定去旧别墅时,我就知道我会身处险境。那时,我已经非常确定莱恩手上有枪。我知道我有可能会死,我是在拿生命作赌注。是的,这堪比绝命行动。不,我不想深究这行为背后的深意。

道格扶我站起来。突然的动作使得我眼前骤然一晃——我忘记了头上有伤——我一个踉跄撞在他身上。他用一只胳膊搂住我,支撑着我。即使隔着衣服,我也能感觉到他身体的温度。我退后一步。

"他怎么办?"我指着莱恩说。

"他没事。我们把他留在这儿,让他想想他都干了些什么。"

"他看起来不太好,道格。"他是不太好——不过也没多糟,这也是事实。大部分出血似乎都被道格自制的纱布止住了。

"我不好,"莱恩说,"感觉不行了。带我一起走吧。"

"如果真有你说的那么严重,"道格残忍地说,"你半小时前就已经失去知觉了。在我们回来找你前，你就待在这里，护着你的宝贝。"

我试着用手机搜信号，我之前带它来也真的只是拿它当个手电筒。在山顶上，它时不时就会闪烁着生命的迹象——这是你在这里唯一能搜到信号的地方。终于，伴随着一声胜利的呼喊，我的信号格成功地出现了一格。

"你在给谁打电话？"

"警察。"

莱恩打了个寒战，好像冲着他肩膀上的伤口戳了一下。

我注意到，我们在这儿的这段时间，雪停了。警察的直升机马上就能抵达。但据他们目前所知，他们还没有意识到形势的紧迫性。

"劳驾，"我对接线员说，"帮我接通总督察约翰·麦克布莱德的电话。"

艾玛

你以为是谁从储藏室拿走了那把来复枪？当然是我！

这些年来，我练就了观察事物的本领。再加上我过目不忘的本事，从那个大笨蛋猎场看守在按键输入密码的那一刻起，它就储存在我脑海里那个条理分明的小文件柜里了。

说真的，米兰达看上他什么了？她挑男人的品位确实总是很差劲。

客厅对面走廊那间办公室里的电话铃响个不停。

"她为什么不接电话？"马克不解道，"还是他？没准是重要的事。可能是警察的电话之类的。"

等铃声停止后，不一会儿电话铃声又响了起来。

"我去看看，"我说，"看看是怎么回事。"

别墅的其他角落似乎特别安静，空空荡荡的沉默。甚至在我推开办公室的门之前，我就确信在进去之前敲门是多余的。他们不在这里，希瑟还有那个白痴猎场看守。桌子上的电话还在响，声音格外响亮，似乎在安静的房间里振动。

我举起话筒。

"喂？"

"是希瑟·麦金泰尔吗？"电话另一端的声音很年轻，就像童声，"约翰·麦克布莱德总督察让我给你打电话。我也一直在打你的手机,但都转到了语音信箱。"

我的直觉一直很准——在那不愉快的跨年夜之前。现在,有种直觉在说服我用柔和的爱丁堡口音说话(我告诉过你,我是个好演员):"我是希瑟。我能帮上什么忙吗?"

"总督察正坐直升机赶过去找你们。"

"终于来了,"我说,"嗯,这真是个好消息。"我想他们没法追查到我身上。即使他们能在犯罪现场采集DNA、化验纤维组织,大显身手——可我当时穿的是马克的外套,而我们所有人身上都能检测到其他人的DNA。米兰达身上有我的皮肤纤维,或者我的头发也没什么可奇怪的。在过去的几天里,我们一起乘火车旅行,一起吃饭,一起跳舞,互相拥抱。你看,为了米兰达,我不能让自己被抓获。因为我还有机会为她报仇。

"他也这么认为。"接线员咳嗽了一声。发誓我听到他声音里还有些尖,就像刚变声,(天哪,如果他们真是在雇用孩子替他们接电话,我对这些傻瓜就更没什么好怕的了。)"还要求你们不要惊动嫌疑犯。"

"嫌疑犯吗?"我问他。

"是的……嗯,当然,"他的语气中带着一点虚张声势的意味,"在我们对案情进行评估之前,她还没认定凶手。你说你那天晚上看见她和受害者在一起。"

她。

我想让他再说一遍,以防万一……尽管我知道我听到的是什么。可是,这样一来会引起怀疑。

可是没人看到啊。我没有说出口。震惊险些使我一时失控。我大胆猜测,他们口中的嫌疑犯可能是凯蒂,是的,一定是这样。也许朱利安为了自保或是出于类似的目的,把她拖下水了……

只是,我不确定自己可以冒险。

我怕的不是进监狱。我应该为我的所作所为付出代价。尽管没有什么惩罚能比我已经遭受的惩罚更严重:失去米兰达,我的女神,我的北极星。我担心的是没时间替她报仇。这下我必须得加快速度了。

凯蒂

"凯蒂,"艾玛和我说,"能借一步说话吗?"

"呃……"

她的语气有一种奇怪的急迫。我不禁疑惑她刚才接的那个电话是怎么回事。她就像变了一个人。米兰达的死似乎对她打击很大,有可能比我们其他人受到的打击都要大。我想我和朱利安都要和内心的愧疚做斗争,这让情绪变得更加复杂。我还没弄清楚在我心中这两种情绪哪个更强烈:悲伤,还是对自己的憎恨。不知为何,我感觉这一切都是我们的错。艾玛一整天都盯着地板,几乎不说话。她冲到电话前的架势,就像是寄希望于有人打电话告诉她犯了一个可怕的错误:米兰达最终还活着,这一切都搞错了。

"拜托,"她说,"这事很重要。"

"好吧。"我站起来,跟着她出去。她领着我穿过走廊,走到别墅前面,那里的雪一尘不染,洁白柔软,就像在湖边铺了一条羽绒被。我注意到雪停了。这是个好消息,不是吗?"是谁打来的电话?"我问艾玛,"是警察吗?"

"是的,"她说,"他们锁定了一个嫌疑人。"

"是谁?"我问她。

"过来。"她说。她的脸因某种强烈的情感而扭曲,我看不太懂。她用一只手示意。"我不想让别人听到我们的谈话。"

这只能说明一件事。嫌疑人就在我们中间。我想是马克。我知道不可能是朱利安——当我从睡梦中断断续续地醒来时，他就在我旁边的沙发上，张着嘴。我不得不再三确认他是否还活着。他还活着——我能闻到他呼出的气体里掺杂着威士忌的酒气。一定是马克干的。天啊，这就解释了她奇怪的表情。我朝她走去。

"艾玛，"我说，"是……是我想的那个人吗？"

我知道。他对她一直很着迷。我提醒过米兰达，她一笑置之。她总觉得自己能应付得来。

可艾玛做了一件奇怪的事。她弯下腰，用手在雪地里摸索，好像在找什么东西。

"你在干什么？"我问她。

她站起来的时候手里拿着什么东西。我过了一会儿才反应过来那是什么。我的身体似乎在我的大脑跟上之前就已经有所戒备：突然间，我的四肢僵硬，我的脊椎僵直了。

"艾玛。你拿着它干什么？"

她似乎没有听见。她整张脸都变了，看起来像个陌生人，而不是我认识三年的那个女人。"她的遭遇，"她发出嘶嘶的声音说，"都是你的错。如果她没有发现你俩，还有你们那桩丑事，她就不会那么难过，就不会说那些言不由衷的话。这不是她的错，也不是我的，是你的错。"

起初，当我试着说话时，我张开嘴却发不出声音，只冒出一个气泡。我仿佛听见一种奇怪的雷鸣般的声音，大得惊人，在我们周围振动——有东西在跳动，怦，怦，怦，就像是震耳欲聋的心跳声。但我看不出有什么能解释这种声音。毕竟，也许，只是我耳朵里的血液在涌动。

"我不明白,艾玛。我不明白你在说什么。"

"当然了。"她说,"因为你太蠢了。"她厉声说,"你从来就不配做她的朋友。"

"是你!"我恍然大悟。

她没有回答,只是挑起眉头,摆弄那支来复枪。那支枪发出一声不祥的"咔嗒"声。它被抬起,对准了我的胸口。

"别朝脑袋开枪,"猎场看守的话音在耳畔响起,"朝身体开枪,那里聚集着所有内脏。这样一枪更有可能致命。"然后他夸赞她,"哇,好枪法。你是天生的猎手。"

我见过艾玛这个表情,和那天她开枪射杀那头鹿时一模一样,嗜血的恶魔。

我听到了反驳声,熟悉的声音,我来不及做出反应,几乎就在同一时间,我似乎感到有什么东西带着强劲的力道撞向我的身体。当我倒在地上时,眼前一抹黑,一切都消失了。

道格

回别墅的路程出人意料地漫长，似乎比刚才上山的路要长。雪下的石楠花丛拉扯着他们的脚踝，每走一步都冒着被它们绊倒的风险。这种心情有一部分归咎于他们现在最新掌握的情况，清楚别墅那里的情形有多么危急。希瑟走在他前面，像野山羊一样敏捷地攀爬跳跃。他们犯了一个巨大的错误，让客人们自行其是。可当他知道希瑟可能涉险，他就别无选择，只能跟着她。

他们终于踏上了回别墅的那条小路。在他们头顶上方，一只巨大的金属鸟开始从云层中降落，螺旋桨发出震耳欲聋的嗡鸣。一时间，他仿佛回到了九年前的那个充斥着恐惧和黑暗的地方——尽管沙漠中的阳光令人目眩。在那里，直升机变成了一种战争工具：一架阿帕奇直升机在上空盘旋，试图辨认出敌人的位置。他提醒自己那是警察，这是件好事。高大的苏格兰松树正在簌簌地抖落积雪，在螺旋桨产生的气流中舞动。

接着，希瑟惊恐地叫了一声，加快了脚步。令人难以置信的是，他在努力跟上她的脚步。现在，他知道她看到什么了。两个女人，一个金发，一个黑发，在别墅前面对面站着。金发女郎正弯腰从雪中挖出什么东西。甚至在她拿在手里之前他就知道那是什么。优雅的长枪管隔着一定距离是致命武器，两个人之前的距离只有三米远，简直是毁灭性的。

他们终于到达了平地。他还没来得及出声制止希瑟，她就朝她们奔去。她们俩都全神贯注地盯着对方，都没看见她。他也向那个拿着来复枪的女人跑去。他还是迟了一步。枪声响起，他看见希瑟向黑头发的女人扑去，把她撞开了，子弹却击中了希瑟。

他眼前再次浮现那可怕的一刻，爆炸声响起，遥远的土地灰飞烟灭，那个士兵还有他的朋友们，都因为他的犹豫而丧命。他挣扎着回到现在。他扑倒在她身旁，雪地上溅着她的鲜血。"希瑟？"他说，"我在。我不会让你死的。"

尾声

希瑟

麻醉的药效退去，我从睡梦中醒来。我不知道自己是谁，更别说自己在哪儿。我看到的第一个人是道格。

"你好，"他说，"我希望你不介意我在这儿。"

在护士离开房间之前，她说："你的男人真了不起。他就一直坐在那里等你，等着你做完手术，等着你苏醒过来。"

我看着道格。他有些尴尬，好像被抓了个现行。"我不得不告诉他们我们在一起了，"他小声说，"不然他们会把我赶走。我希望你不要介意。"

他的手放在床单上，离我只有几厘米。我吃力地抬起手，放在他的手上。它奇迹般地温暖而富有生气。这是很久很久以来，我第一次以富含意义的方式触碰另一个人。

在接下来的几个小时里，亲朋好友全都驾车从爱丁堡长途跋涉赶了过来：有几位朋友，一年来我一直因为他们幸福和完整的生活对他们避而不见。当然，还有我的家人：我妈妈不停地念叨"就知道那个地方有问题"。而我意识到我被爱着，我也爱着别人。我失去了真爱，多年来它定义了我，它似乎已经逐渐成为我的全部，以至于它消失时我确信没有什么可以挽回。

我不知道是什么促使我奋不顾身。整个情景在我眼前重现，似乎是半速回放，我意识到还有时间，我可以出其不意，我可以做些什么。然后我在雪地上奔跑，快得不可思议。我甚至没有考虑过自己有危险，当时没有时间。子弹射入我肩膀时我也没去想。只有当我躺在地上，喘着粗气，剧痛如波浪般袭来，我确信自己快死了。但我有想过，是不是对于杰米的某种记忆在驱使我这么做，他总是把陌生人的生命看得比自己的命要重。

莱恩没事。事实上，很明显他和我在同一个病房，在某个角落。当然有警察在一旁。据道格说，当他带着警察找到他时，他非常痛苦，他向他们哭诉着坦白了自己的罪行。然而，他似乎是一台更大的机器上的一个小齿轮——毒品来自冰岛的一个实验室。还记得英格瓦和古德伦吗？顺便提一句，那不是他们的真名。从冰岛到马莱格也没有渡轮——我想得没错。他们两人乘坐一艘拖网渔船来到这里，在马莱格与莱恩接头。这个车站的列车员拿了两倍多的工资却睁一只眼闭一只眼。在火车的目的地卸下几个无伤大雅的手提箱，然后被送到老板的会员俱乐部。而跨年夜就是最佳时机：大家的心思都在别处，紧急服务系统超负荷运转。

运作一切的人当然是老板。原来他和莱恩是老相识了。莱恩年轻时曾因偷车而在监狱服刑很久，出狱后走投无路。最后，他想方设法在伦敦一家高档俱乐部找到一份保镖的工作。俱乐部老板向他提出一个条件：一份轻松的工作，更高的薪水，从头开始。那些毒品一直是老板的主要收入来源，而不是会员俱乐部，也不是度假别墅——尽管两者都提供了很好的掩护，而且货物从冰岛实验室到第一批富有的买家手中，它们都是整个链条里不可或缺的一环。警方逮捕他时，他正在希思罗机场的头等舱休息室喝橙汁，正准备逃到国外。

这对威廉堡警察局来说真是斩获颇丰。同时破获一起谋杀案和完成一次缉毒行动,都来自同一处宁静的荒野。我已经决定(不只是因为谋杀案和缉毒行动)要离开这里了。我当然会想念早上去湖里游泳。而且——连我自己都感到惊讶——我会想念我沉默寡言的同事。道格同意,等我在爱丁堡的生活安顿下来,就来和我共度周末。我买了一张客用沙发床,可能用得上,也可能用不上。他有自己的问题要去解决,有自己的旅程要继续。我想,我们俩的生活一直都停滞不前,两人都在逃避死亡,也在逃离一切。现在是时候开始继续生活这件苦差事了。

凯蒂

我失去了那个八周大的孩子。他们说怀孕初期会出现很多情况。但我确信，浸在冰冷的湖水中，腹部被猛地撞了一下（诚然，救了我的命），也可能与此有关。怀孕一直以来都像是一个需要解决的问题，一场危机，然而我却比自己想象中还要难过。不过我的难过和失去米兰达的难过交织在一起。没错，是难过。我知道这可能很难让人相信，因为我最近是多么差劲的朋友，更别说她之前是怎么对我的。不，是真的，我不总是喜欢米兰达，有时候甚至很讨厌她。但我想在某种程度上，我是爱她的。你和一个人认识这么久了，就会这样。没错，你看到了他们身上所有的缺点，但你也知道他们身上最好的品质——米兰达有很多这样的品质。没人能像她那样让一场派对活跃起来，没有人会毫不迟疑地把自己最好的衣服借给别人穿，也没有多少受欢迎的十三岁女孩冒着成为公敌的风险拯救一个局外人。她是独一无二的，以她的方式。没人能像她一样成为你坚实的盟友。没有，如果她是你的敌人，也没有人比她更可怕。

也许，除了一个人。

艾玛在庭审时表现得尤为出色，一副幡然悔悟的模样，非常悲伤，穿着也很得体，不会太抢眼。与米兰达的相似之处消失了——那个迷人的金发女郎，蛇蝎美人。我猜你在因谋杀罪受审时不会特别想摆出一副蛇蝎的样子吧。她的头发已经染回了一种非常朴素的灰白色，穿着一件高领的、几乎是维多利亚时代流行的花边领衬衫：介于唱诗班女孩和学校教师之间的那种打扮。她哭着解释说，米兰达先开始嘲笑她的病情，尽管她试着解释。哦，她说她不是有意要掐死米兰达的。是的，在米兰达说了一些过分的、不可原谅的——话之后，她们扭打在一起。她说她只是想轻轻推米兰达一把，然后，当她意识到米兰达要掉下去时，她上前想救她，抓住了她唯一够得着的部位：她的脖子。

不，在我听来不太可信，控方也不这么认为。但我们生活在一个后真相的世界。陪审团欣然接受。他们无法判定她犯了谋杀罪。眼前这个言辞恳切、安静温顺的人，看起来就像一个朋友的女儿，或是他们记忆中学校里的乖乖女。像她这样的人不会杀人。不是严格意义上的谋杀。他们只是不幸发生了意外。与此同时，辩方兴高采烈地把米兰达描绘成一个不快乐的人：一个在光鲜外表下生活分崩离析的人，一个酒鬼，一个瘾君子。

至于其他人——当然，除了尼克和博——我之前怀疑过我们毫无共同之处，也一语中的。米兰达真的是我们的纽带。还有那段过往，我想，习惯的惰性。我不是来为自己开脱的。我的表现并不比他们中的任何一个要好，反而和一些人相比要差劲很多。但这难道不是问题的一部分吗？老朋友并不总是对我们的缺点提出异议。我不是个好人，我需要一些东西来证明这一点。我只是希望不是用这种方式证明。

无论如何，这群朋友现在已经四分五裂，圣殿已经从内部坍塌。没有中心，没有女祭司。萨米拉和贾尔斯，我想，托你们的福，相处得非常愉快。他们在巴勒姆和他们国家课程考试班的朋友们在一起玩，他们不会吸毒，不会开香槟狂欢，说起这个，他们也不会自相残杀。尼克和博要搬回纽约了。马克在他工作的机构里遇到了另一个神似米兰达的替身——你可以自行解读。朱利安选择了最激进的路。显然，他已经彻底改变了生活方式，去果阿①静修了一个月——尽管是和他常去的那个城市健身房里那个身段柔软的瑜伽教练一起，所以也许他不仅仅是想成为一名禅师。

上周，当公司最新的案子结案后，我罕见地决定和同事们去喝一杯。其实他们也没那么差劲——当他们离开恶臭的办公室，不再埋头于卷宗时，甚至变回了正常人。诉讼部门有一个叫贾尔斯的，如果不穿那身皱巴巴的西装，不戴眼镜，眼神中不流露出对上帝的敬畏的话，其实还挺顺眼的。

也许是时候交些新朋友了。

---

①印度的一个邦，位于印度西岸。

THE HUNTING PARTY © 2019 by LOST AND FOUND BOOKS LTD
Simplified Chinese edition copyright: 2022 New Star Press Co., Ltd.
All rights reserved.

图书在版编目（CIP）数据

狩猎聚会 /（英）露西·福利著；梁清新译． —— 北京：新星出版社，2022.9
ISBN 978-7-5133-4896-6

Ⅰ．①狩… Ⅱ．①露… ②梁… Ⅲ．①长篇小说－英国－现代 Ⅳ．① I561.45

中国版本图书馆 CIP 数据核字（2022）第 055684 号

狩猎聚会

［英］露西·福利 著；梁清新 译

责任编辑：曹晓雅
责任校对：刘 义
责任印制：李珊珊
装帧设计：王柿原

出版发行：新星出版社
出 版 人：马汝军
社　　址：北京市西城区车公庄大街丙3号楼　　100044
网　　址：www.newstarpress.com
电　　话：010-88310888
传　　真：010-65270449
法律顾问：北京市岳成律师事务所

读者服务：010-88310811　　　service@newstarpress.com
邮购地址：北京市西城区车公庄大街丙 3 号楼　　100044

印　　刷：北京天恒嘉业印刷有限公司
开　　本：910mm×1230mm　　1/32
印　　张：9.25
字　　数：220千字
版　　次：2022年9月第一版　2022年9月第一次印刷
书　　号：ISBN 978-7-5133-4896-6
定　　价：59.00元

版权专有，侵权必究；如有质量问题，请与印刷厂联系调换。